Bluebird, bluebird

Du même auteur

Marée noire, Gallimard, 2011
(Folio policier, 2013)

Dernière Récolte, Gallimard, 2014
(Folio policier, 2016)

Pleasantville, Gallimard, 2018
(Folio policier, 2019)

Attica Locke

Bluebird, bluebird

Traduit de l'anglais (États-Unis)
par Anne Rabinovitch

Liana Levi

Titre original : *Bluebird, Bluebird*

ISBN : 979-10-349-0266-8

www.lianalevi.fr

Aux hommes et aux femmes qui ont dit non ;
ils s'appelaient
Hathorne,
Jackson,
Johnson,
Jones,
Locke,
Mark,
McClendon,
McGowan,
Perry,
Sweats,
Williams

I told him, « No, Mr Moore »
Lightnin' Hopkins, « Tom Moore Blues »

Comté de Shelby

Texas, 2016

Geneva Sweet dépassa Mayva Greenwood, mère et épouse bien-aimée, qu'elle repose en paix avec Son Père céleste. Elle traînait derrière elle une rallonge orangée. Le soleil perçait à travers les arbres en cette fin de matinée, parsemant d'étoiles le tapis d'aiguilles de pin sous ses pas. Elle fit glisser le fil entre la sœur de Mayva et son mari Leland, Père et Frère dans le Christ, tira un bon coup, puis gravit la petite colline, veillant à ne pas marcher sur les tombes, et à suivre les sentiers tracés entre les stèles disposées au hasard, à des angles curieux, comme les dents d'un pauvre hère.

Elle transportait un sac de courses en papier de Brookshire Brothers ainsi qu'un petit poste de radio d'où s'échappait la voix vibrante de Muddy Waters – l'un des disques préférés de Joe : *Have you ever been walking, walking down that ol' lonesome road.* Lorsqu'elle parvint à la dernière demeure de Joe « Petey Pie » Sweet, Époux et Père et Pardonne-lui Seigneur, Démon de la Guitare, elle posa la radio avec précaution sur la dalle en granit poli, et rangea le cordon d'alimentation dans sa cachette derrière la stèle. La tombe voisine avait une forme et une taille identiques. Elle appartenait à un autre Joe Sweet, plus jeune de quarante ans et mort lui aussi. Geneva ouvrit le sac à provisions et en sortit une assiette en carton recouverte de papier d'aluminium, une offrande pour son fils unique. Deux beignets garnis de sucre roux et de fruits, parfaites demi-lunes roulées à la main, luisantes de graisse – la spécialité de Geneva et le dessert préféré de Lil' Joe. Elle sentait leur chaleur à travers le carton, le parfum du beurre atténuant l'odeur âpre du pin dans l'air. Elle posa l'assiette en équilibre sur la stèle, puis se courba pour enlever les aiguilles des tombes, se retenant de l'autre main à une dalle de granit afin de ménager ses genoux arthritiques. En contrebas du cimetière, un semi-remorque passa en trombe sur la Route 59, projetant dans les arbres une rafale de gaz d'échappement. Il faisait chaud pour un mois d'octobre, mais c'était habituel à présent. Près de 26 °C aujourd'hui, et elle se dit qu'il était temps de sortir les décorations de Noël de la caravane derrière le café. *Ils appellent ça le changement climatique. Ça va continuer et je vivrai assez longtemps pour voir l'enfer sur terre, j'imagine.* Elle raconta tout cela aux deux hommes de sa vie. Elle leur parla de la nouvelle mercerie à Timpson. De Faith qui la tannait pour qu'elle lui achète une voiture. De la vilaine nuance de jaune qu'avait choisie Wally pour peindre le bar. *On dirait que quelqu'un a recraché un flot de morve répugnant et en a badigeonné les murs.*

Mais pas un mot sur les meurtres ou les problèmes qui agitaient la ville.

Elle leur accorda ce petit moment de tranquillité.

Elle baisa le bout de ses doigts, les posant sur la première stèle, ensuite sur la seconde. Sa main s'attarda sur la tombe de son fils, et elle poussa un soupir de lassitude. Telle une ombre sournoise dans son dos, aussi déterminée et fidèle qu'un chien courant, la mort semblait déterminée à la suivre dans cette vie.

Elle entendit craquer les aiguilles de pin derrière elle, puis un bruissement dans les feuilles de peupliers emportées par la brise, et se retournant, découvrit Mitt, le gardien noir semi-officiel. «Y a des batteries pour ces trucs », dit-il en indiquant du menton la petite radio. Il prit appui sur la dalle en béton de Beth Anne Solomon, Fille et Sœur partie trop tôt.

« Envoie-moi la facture quand tu la recevras », répondit Geneva.

Mitty était plus âgé qu'elle, pas loin de quatre-vingts ans, sans doute. C'était un petit homme à la peau sombre, avec les jambes fines comme des brindilles, aussi blanchâtres que la craie. Il passait ses après-midi dans l'appentis du cimetière, à chasser les chiens errants et la vermine. Il était là cinq jours par semaine avec un magazine de courses auto et un cigare, veillant sur le rassemblement des âmes, gardant un œil sur sa future demeure. Il tolérait la manière particulière dont Geneva prenait soin des morts – les édredons en hiver, les guirlandes lumineuses à Noël, les beignets aux fruits, et le constant bourdonnement du blues. Dévorant les pâtisseries des yeux, il tendit un doigt pour soulever le papier d'aluminium et les examiner de plus près. « Ils sont aux pêches, dit Geneva, et ton nom est pas écrit dessus. »

Ses genoux peinaient toujours plus à la descente qu'à la montée, et elle put le vérifier une fois encore. Elle grimaça de douleur en repartant vers sa voiture, et enleva le cardigan de son mari, l'un des derniers en assez bon état pour être porté tous les jours. Sa Grand Am '98 était garée sur le bas-côté en terre rouge de la route à quatre voies, où poussait une herbe clairsemée. Avant même d'avoir sorti les clés de son sac, elle aperçut Mitty en train de manger l'un des beignets et elle roula des yeux. Il n'avait même pas eu la politesse élémentaire d'attendre son départ.

Elle monta dans sa Pontiac et quitta prudemment son parking de fortune, guettant les semi-remorques et les véhicules filant à toute allure avant de s'engager sur la 59 en direction de Lark, vers le nord. Elle roula en silence jusqu'à son café, à un kilomètre de là, concentrée sur l'inventaire de ses stocks. Il lui restait deux boîtes de cocktail de fruits de soixante grammes, huit cœurs de laitue, du sirop pour la machine à soda, le Dr Pepper qu'elle n'arrivait jamais à garder en réserve, plus une bouteille ou deux de whisky Ezra Brooks, rangées sous le comptoir pour les habitués. Elle se demanda si le shérif était arrivé, si le gâchis découvert dans son arrière-cour ce matin s'y trouvait encore, avec cette fille couchée là toute seule. Elle ressentait une vague inquiétude, se disant que son commerce pourrait pâtir de cette histoire, mais elle essayait surtout de comprendre ce qui se passait dans le village où elle vivait depuis soixante-neuf ans.

Deux cadavres en une semaine.

Comment diable était-ce arrivé ?

Elle quitta la grand-route et s'arrêta devant Geneva Sweet's Sweets, un café de plain-pied au toit plat peint en rouge et blanc, aux fenêtres garnies de rideaux sanglés, et sous l'enseigne, une flèche lumineuse indiquant la porte d'entrée. SANDWICH AU PORC GRILLÉ 4,99 $ et LES MEILLEURES FRITES DU COMTÉ DE SHELBY, annonçaient des lettres rouges et noires. Geneva se gara à sa place attitrée le long du café, sur une bande de terre de la largeur d'une Pontiac, entre la paroi en bois du bâtiment et le terrain vague envahi par les mauvaises herbes. Elle habitait là depuis l'époque reculée où l'endroit s'appelait juste Geneva's, et consistait en une cabane d'une pièce construite à la main. Les espaces de stationnement pavés près de la station d'essence étaient réservés aux clients qui payaient. Et, bien sûr, à Wendy, son associée occasionnelle. Sa Mercury verte rouillée était juste devant la porte. Le véhicule de plus de vingt ans ressemblait à une piñata encore intacte malgré une volée de coups de bâton, pleine à ras bord de plaques d'immatriculation périmées, de poêles en fonte, de (deux) porte-perruques, de vieux vêtements, et d'un petit poste de télé dont l'antenne sortait par la fenêtre arrière gauche.

La minuscule clochette en cuivre tinta doucement quand Geneva poussa la porte du café.

Deux de ses habitués assis au comptoir levèrent les yeux. Huxley, un retraité local, et Tim, un routier qui faisait le trajet Houston-Chicago une semaine sur deux. « Le shérif est là », dit Huxley lorsque Geneva passa derrière lui. Au bout du comptoir, elle ouvrit le portillon qui donnait sur son « bureau principal », l'espace entre la cuisine et les clients. « Il a débarqué une demi-heure après ton départ », précisa Huxley. Tim et lui tendirent le cou pour juger de sa réaction.

« Il a dû rouler à cent cinquante à l'heure jusqu'ici », dit Tim.

Geneva pinçait les lèvres, folle de rage.

Elle prit un vieux tablier suspendu à un crochet près de l'entrée de la cuisine. Il était jaune, avec deux roses délavées en guise de poches.

« L'autre mettait une journée entière à venir – c'est bien ce que vous avez dit ? » Tim était en train de manger un sandwich au jambon et parlait la bouche pleine. Il déglutit, et fit passer la nourriture avec une rasade de Coca. « Van Horn prenait tout son temps à l'époque. »

« Le shérif ? » lança Wendy, juchée sur un haut tabouret à l'autre bout du comptoir, devant une collection de bocaux remplis des meilleurs produits de son potager. Poivrons rouges charnus, tomates vertes hachées filetées de choux et d'oignons, tiges entières de gombo au vinaigre. Geneva souleva chaque bocal, le tournant vers la lumière pour en vérifier le sceau.

« J'en ai d'autres dehors », dit Wendy quand Geneva prit un marqueur dans la poche de son tablier et commença à inscrire un prix sur le couvercle de chaque récipient.

« Tu peux laisser le chow chow et le gombo mariné, dit Geneva, mais j'en ai par-dessus la tête de tout le bordel que tu essaies de vendre. » Elle désigna du menton la Mercury garée devant. Les deux femmes avaient le même âge, mais Wendy avait tendance à ajuster le sien d'une année à l'autre selon son public ou son humeur. Elle était petite, avec des épaules masculines et un mépris affiché pour son apparence. Ses cheveux gris étaient enduits de brillantine et noués en un chignon serré. Du moins il l'avait été la dernière fois qu'elle s'était coiffée, ce qui devait remonter à trois jours, ou peut-être six ou sept. Elle portait le bas d'un tailleur pantalon jaune, un tee-shirt Houston Rockets délavé, et des richelieus d'homme.

« Geneva, les gens aiment acheter des vieux trucs au bord de la route. Ça leur fait du bien de se dire qu'ils vivent tellement mieux aujourd'hui. Pour eux c'est des pièces de musée.

– Pour moi c'est de la camelote rouillée, répliqua Geneva. Et la réponse est non. »

Wendy passa le café en revue – posant le regard sur Geneva, Tim et Huxley, puis sur deux autres clients assis dans l'un des boxes en vinyle – et se tourna vers l'autre côté de l'espace réservé à la restauration, au-delà duquel Isaac Snow louait cinq mètres carrés garnis d'un miroir et d'une chaise de barbier vert pomme. C'était un homme élancé à la peau claire, âgé de soixante ans environ, avec des taches de rousseur cuivrées. Il parlait très peu, s'en tenant au strict minimum, mais pour dix dollars il coupait les cheveux à la demande. En contrepartie, Geneva acceptait qu'il balaie un peu en échange des trois repas par jour qu'il prenait dans sa cuisine.

Pour rien au monde elle n'aurait laissé mourir de faim une créature de Dieu.

L'idée que les gens de couleur qui n'étaient admis nulle part ailleurs dans ce comté pouvaient se sentir chez eux ici avait été à l'origine de l'ouverture de ce café. On leur offrait un bon repas et un petit coup de whisky – à condition de n'en parler à personne ; et la possibilité de rafraîchir leur coupe de cheveux avant de rendre visite à leur famille dans le Nord ou d'obtenir l'emploi qui, espéraient-ils, serait encore disponible après leur traversée de l'Arkansas – à quoi bon y aller si on était pas fichu de passer la frontière de l'Arkansas, hein ? Quarante ans et quelques après la mort de Jim Crow, presque rien n'avait changé ; Geneva's était le vestige d'un autre temps, comme les calendriers jaunis sur les murs du café. C'était une constante au bord d'une route où passaient en continu des véhicules qui ne s'arrêtaient jamais.

Wendy regardait les visages noirs dans la salle, cherchant la raison de leur expression préoccupée, et de la tension palpable dans l'air. Derrière elle, le juke-box passa au disque suivant – l'une des cinquante chansons qu'il jouait 24 heures sur 24, cette fois-ci une ballade de Charley Pride avec une intonation douloureuse proche du gospel, un appel plaintif au pardon.

Tout le monde se tut un instant.

« Tu peux m'expliquer pourquoi tu es d'une humeur aussi massacrante ? demanda Wendy à Geneva.

– Le shérif Van Horn est là derrière », dit Huxley, indiquant le mur du fond tapissé des calendriers cornés des quinze dernières années dont les publicités hétéroclites allaient de la liqueur de malt aux pompes funèbres locales, sans oublier la candidature malheureuse de Jimmie Clark au poste de commissaire du comté. Derrière ce mur se trouvait la cuisine, où Dennis se concentrait sur la préparation d'un ragoût de queue de bœuf. Geneva sentait le parfum des feuilles de laurier baignant dans l'ail et la graisse de l'animal, l'odeur des oignons et de la sauce fumée. Au-delà de la porte-moustiquaire de la cuisine, une vaste étendue de terre rouge parsemée de boutons-d'or et de pissenlits se déployait sur une centaine de mètres jusqu'aux rives d'un bayou couleur de rouille qui marquait la frontière ouest du comté de Shelby. « Il a aussi amené trois adjoints.

– Pour quoi faire ? »

Geneva soupira. « Ils ont sorti un cadavre du bayou ce matin.

– Encore un ? s'exclama Wendy, sidérée.

– Une *Blanche*.

– Oh, merde. »

Huxley hocha la tête, repoussant sa tasse de café. « Vous vous rappelez quand cette fille blanche s'est fait tuer à Corrigan, y zont ramené presque tous les Noirs dans un rayon de cinquante kilomètres. Fouillé chaque église, chaque bar, chaque commerce appartenant à des Noirs, pour retrouver l'assassin ou n'importe qui ressemblant à ce qu'y zavaient en tête. »

Geneva sentit une boule se déloger dans sa poitrine, et la peur qu'elle avait tenté de refouler se libéra comme pour l'étouffer de l'intérieur.

« Et y zont rien fait du tout pour ce Noir qu'a été tué au bord de la route la semaine dernière à peine, continua Huxley.

– Y pensent pas à ce type, dit Tim, jetant une serviette souillée de gras sur son assiette. Pas quand une fille blanche est retrouvée morte.

– Écoutez-moi bien, reprit Huxley fixant d'un air sombre chacun des visages noirs dans le café. Quelqu'un va payer pour ça. »

Première partie

1

Darren Mathews posa son Stetson à l'endroit sur la barre des témoins, comme le lui avaient appris ses oncles. Pour l'audience de ce jour au tribunal, les Rangers l'avaient autorisé à porter son uniforme officiel – une chemise amidonnée à col boutonné, et un pantalon sombre repassé. L'insigne en argent était épinglé à gauche, au-dessus de sa poche de poitrine. Il ne l'avait pas porté depuis l'enquête Ronnie Malvo qui, des semaines auparavant, avait conduit à sa suspension; il s'était également abstenu de mettre son alliance pendant cette période. Elle faisait aussi partie de son costume officiel. Il résista à l'envie de jouer avec, tournant la bague sur l'annulaire de sa main, enflée pour une raison inexplicable.

Il fit défiler une fois encore les images fugaces de son unique souvenir de la veille après vingt heures: une assiette de poulet fumé, un plateau télé, une bouteille de Jim Beam, et du blues sur la chaîne hi-fi de ses oncles. Le cliquetis des glaçons, le premier verre qu'il s'était servi, et ensuite il ne se rappelait plus rien. À part le soulagement, bien sûr, qui accompagne le lâcher-prise. Oui, il était impuissant à sauver son mariage, étape numéro un. Étape numéro deux, verser trois doigts de whisky et répéter. Étape numéro trois, se laisser porter par la voix âpre de Johnnie Taylor – sa virilité affirmée, le droit de revendiquer ce qu'un homme devrait avoir pendant cette vie, y compris l'amour d'une bonne épouse, sa loyauté et son désir de patauger dans une merde noire avec lui s'il le faut, pour atteindre l'autre côté. La guitare blues, la chaleur ambrée du bourbon flottaient à la lisière de sa mémoire. Ensuite il ne se souvenait de rien, mis à part le contact brutal du sol en bois du porche arrière de sa maison familiale, où il s'était réveillé à l'aube.

Avec une écharde dans la joue et pas la moindre idée de ce qui était arrivé à sa main. Pas de sang, mais des ecchymoses au niveau des articulations et une douleur lancinante, enfin apaisée grâce à quatre comprimés de Motrin ; mais il s'était de toute évidence cogné dans la propriété à quelque chose qui lui avait asséné un coup *violent* en retour. La honte diffuse et familière du lendemain qui l'enveloppait depuis sa séparation d'avec Lisa avait émoussé sa curiosité, et il n'avait même pas essayé de reconstituer ce qui s'était passé. Les faits tels qu'il les connaissait étaient les suivants : il buvait seul et se réveillait seul. Ses clés de voiture se trouvaient encore dans le congélateur, où il les avait laissées, inspiré par une intuition prémonitoire spectaculaire. Il semblait n'avoir blessé personne d'autre que lui-même, et il pouvait l'assumer. Mais il en avait assez de coucher seul, de manger seul, de n'avoir rien d'autre à faire qu'à attendre : les conclusions du grand jury, et le jour où sa femme lui dirait qu'il pouvait rentrer chez lui.

« Et comment connaissez-vous l'accusé ? lui demanda Frank Vaughn, procureur du comté de San Jacinto, depuis sa place sur l'estrade.

– Mack travaille avec…

– Pardon ?

– Rutherford McMillan… Mack, précisa Darren. Il travaille avec ma famille depuis plus de vingt ans. »

Cela expliquait pourquoi, le soir où Mack avait pointé son arme sur Ronnie Malvo, Darren avait fait le trajet de

Houston à San Jacinto en moins d'une heure. Lisa l'avait supplié de ne pas y aller. Il n'était pas en service. Mais ils savaient tous les deux que ça ne comptait pas. Il revenait tout juste d'un mois d'absence pour son travail, et elle était furieuse qu'il la laisse de nouveau seule sans hésiter une seconde. *Darren, n'y va pas.* Mais il était parti quand même, volant au secours de Mack, et aujourd'hui il comparaissait comme témoin dans le cadre d'une enquête pour meurtre. Depuis cette nuit-là il n'avait cessé de payer pour le *Je t'avais prévenu* de Lisa.

Vaughn hocha la tête et lança un coup d'œil aux grands jurés, des hommes et des femmes de la région contraints d'abandonner leurs fermes et leur emploi à la poste ou dans un salon de coiffure, et pour lesquels une journée au tribunal était un événement réellement excitant – et même divertissant – bien que la vie d'un homme fût en jeu. Le procureur avait un instinct de conteur pour doser et planifier les coups de théâtre, et l'art de révéler, mine de rien, des informations clé. Il n'y avait pas de juge ici, seulement un huissier de justice, le procureur, le greffier, et les douze membres du grand jury, auxquels incombait la tâche solennelle de décider s'il fallait ou non inculper Rutherford McMillan de meurtre au premier degré. Toutes les séances d'un grand jury se déroulant à huis clos, les bancs jaune miel de la galerie étaient vides. L'État avait clairement toutes les cartes en main. Ni l'accusé ni son avocat n'étaient autorisés à influencer la présentation des preuves par le procureur. Darren était donc censé soutenir le camp de l'accusation. Mais il comptait faire son possible pour semer le doute dans l'esprit des jurés. L'astuce consistait à atteindre cet objectif tout en gardant son poste, un risque qu'il était prêt à courir. Il se refusait à croire que Mack avait tué quelqu'un de sang-froid.

« À quel titre travaille-t-il pour votre famille ? demanda Vaughn.

– Il veille sur notre propriété dans le comté, six hectares à Camilla. C'est la maison où j'ai grandi, mais personne n'y habite plus depuis des années, en tout cas pas à plein-temps, dit-il. En fait, c'est là que je vis à présent. Vous comprenez, ma femme et moi avons quelques problèmes, et elle a besoin d'espace pour… »

Objection : ne répond pas à la question.

C'est ce qu'il aurait dit s'il avait été à la place de Vaughn, s'il s'était agi d'un vrai procès.

Mais il n'y avait aucun juge ici. Et Darren, qui avait étudié le droit, savait qu'il pouvait tirer parti de cette situation. Il voulait que les jurés apprennent à le connaître, et soient plus enclins à le croire qu'à douter de ses propos. Il était convaincu qu'à cause de son apparence, son badge ne suffirait pas à les convaincre. Les aisselles de sa chemise à plastron étaient humides, et une peur nauséabonde émanait de ses pores. Il ressentait les premiers effets d'une gueule de bois qu'avait masquée la douleur de sa main. Son estomac se contracta et il eut un renvoi au goût âcre.

Il avait enfreint l'une des règles essentielles de ses oncles : ne jamais se rendre en ville avec l'air abattu ou minable d'un homme prêt à s'expliquer à tout moment. Même son oncle Clayton, autrefois avocat de la défense et professeur de droit constitutionnel, disait souvent que pour *des hommes comme nous*, un pantalon avachi ou des pans de chemise sortis étaient « un motif suffisant d'interpellation ». William, le jumeau de Clayton et son adversaire en matière d'idéologie, lui-même policier et Ranger, était d'accord. *Ne leur donne pas une bonne raison de t'arrêter, fils.* Les deux frères trouvaient rarement un terrain d'entente – contredisant le trope des jumeaux qui pensent d'une seule voix – mais c'étaient des Mathews, une tribu remontant à des générations dans le Texas rural de l'Est, des hommes noirs pour lesquels la confiance en soi était à la fois un état naturel et une technique de survie. Ses oncles adhéraient à ces anciennes règles de la vie dans le Sud, car ils comprenaient à quel point le comportement général d'un homme de couleur pouvait devenir une question de vie ou de mort. Darren avait toujours voulu se persuader que leur génération serait la dernière à être obligée de vivre ainsi, que le changement viendrait peut-être de la Maison Blanche.

Mais les événements avaient prouvé le contraire.

Dans le sillage d'Obama, l'Amérique s'était révélée sous son vrai visage.

Pourtant, ses oncles étaient des géants à ses yeux, des hommes prestigieux et engagés ; chacun d'eux convaincu d'avoir trouvé dans sa profession respective un moyen de rendre le pays foncièrement hospitalier envers les Noirs. Pour William, le Ranger, la loi nous sauverait tous en nous *protégeant* – en jugeant les crimes contre nous avec autant de zèle que ceux contre les Blancs. Non, répliquait Clayton, l'avocat de la défense : la loi est un mensonge dont les Noirs doivent être *protégés* ; une série de règles écrites à notre encontre à l'époque où l'encre fut apposée pour la première fois sur du parchemin. C'était un débat où les intervenants tenaient la vie des Noirs pour sacrée, digne d'être perpétuée, et gardée en lieu sûr ; un débat que Darren suivait depuis son plus jeune âge, quand il trottinait entre les longues jambes de ses oncles sous la table de la cuisine, à l'époque où les frères vivaient encore ensemble, avant de se fâcher à cause d'une femme. Ils avaient élevé Darren qui n'était alors qu'un nourrisson de deux ou trois jours, et il avait passé sa vie à naviguer entre les divisions idéologiques de la famille.

Vaughn l'interrompit, passant à la question suivante. « Donc, lorsque M. McMillan vous a appelé cette nuit-là, c'était en tant qu'ami ou en tant que membre des Rangers du Texas ? »

Objection : appel à la spéculation, pensa Darren.

« Les deux, je suppose, répondit-il.

– Et savez-vous pourquoi M. McMillan vous a appelé vous, au lieu de composer le 911 ? »

Lisa lui avait demandé la même chose. Assise sur leur lit, vêtue d'un tee-shirt SMU passé, elle avait voulu savoir pourquoi Mack n'avait pas contacté les autorités locales, pourquoi Darren s'était impliqué dans cette histoire. Il lui avait assuré que Mack avait téléphoné au shérif du coin. Il se trompait, ce qu'il découvrit trop tard. Mais il n'en informerait pas le grand jury. « Je pense qu'il se sentait plus à l'aise s'il avait affaire à quelqu'un qu'il connaissait », dit-il.

Vaughn fronça ses sourcils blond roux. C'était un homme blanc de quarante-cinq ans environ, un peu plus âgé que Darren, dont les cheveux châtains étaient d'une nuance plus foncée que ses sourcils. Darren supposa qu'il se teignait, et il eut soudain l'image redoutable de Vaughn en train d'arpenter les allées du supermarché Brookshire Brothers, à la recherche d'une coloration Miss Clairol. Vaughn était fonctionnaire jusqu'au bout des ongles, vêtu simplement d'un costume bleu et chaussé de bottes marron reluisantes. On lui avait dit que Darren s'opposait à cette inculpation et il pensait que les Rangers et l'État du Texas commettaient une erreur. Et il avait flairé une ruse depuis la première fois qu'ils s'étaient vus pour préparer son témoignage.

« Quelqu'un qu'il connaissait, oui, dit Vaughn en regardant les jurés. Un officier de police. Mais néanmoins un ami, n'est-ce pas ?

– Une relation cordiale, oui, repondit Darren d'un ton prudent.

– Eh bien, vous êtes venu de Houston pour lui porter secours. Je ne pense pas que vous le feriez pour n'importe qui.

– Il y avait un criminel notoire dans sa propriété.

– Mack l'a traité de plouc blanc, non ?

– Après que Malvo l'avait traité de nègre », répliqua Darren.

Le mot, lâché en plein tribunal, provoqua un électrochoc dans l'assistance. Plusieurs des jurés blancs se crispèrent visiblement, comme si, à leurs yeux, le simple fait de prononcer ce mot à voix haute devant une assistance mixte était une incitation à la violence ou un appel au pasteur évangélique Al Sharpton.

Mais Darren tenait à ce que les choses soient bien claires : Ronnie « Redrum » Malvo était un plouc blanc tatoué lié à la Fraternité Aryenne du Texas, une organisation criminelle qui prospérait grâce à la production de méth et au trafic d'armes – un gang dont le seul rite initiatique était le meurtre d'un nègre. Ronnie avait harcelé pendant des semaines Breanna, la petite-fille de Mack, étudiante à mi-temps à l'université d'État Sam Houston – la suivant en voiture quand elle allait et venait en ville, lui criant des mots qu'elle ne voulait pas répéter, faisant des allers-retours devant sa maison quand il savait qu'elle était rentrée, proférant des grossièretés sur sa couleur, sur son corps, sur sa façon de coiffer ses cheveux « crêpus ». La fille était bien entendu terrifiée. Ronnie était capable d'abattre un chien qui avait fait caca dans sa cour, de menacer du même sort et de pire encore toute personne noire s'aventurant à moins de cinq mètres du taudis branlant qu'il appelait son chez-lui. Il avait tabassé des gamins au lycée, vandalisé des fermes appartenant à des Noirs, arrachant les cultures et détruisant les clôtures, et on l'avait arrêté une fois pour avoir mis le feu à une église épiscopale méthodiste dans les environs de Camilla, la ville natale de Darren. Ronnie était bâti comme une bouche d'incendie, petit, le torse puissant, avec un crâne pointu et des cheveux clairsemés qu'il cachait sous des bandanas. Mack était un Noir de soixante-dix ans qui se souvenait du Klan, il se revoyait blotti derrière son papa et sa carabine, terrorisé par les descentes nocturnes et les récits sur les membres du Klan rappliquant de Goodrich et Shepherd. Mais nous étions en 2016, et Rutherford McMillan ne voulait plus entendre parler de tout ça.

« C'est exact, confirma Vaughn. Un criminel notoire et, comme vous l'avez dit, un suprémaciste blanc connu de nos services menaçait l'accusé…

– Je ne sais pas avec certitude si Ronnie l'a menacé. » Il regarda les jurés assis au premier rang, quatre hommes et deux femmes, tous blancs. « Mais Mack avait parfaitement le droit de protéger sa propriété », déclara Darren. Deux des jurés blancs hochèrent la tête.

Il y avait au Texas des écoliers capables de réciter la doctrine du Château[1] et la loi « Défendez votre territoire » de l'État, aussi aisément que le serment d'allégeance au drapeau américain.

Mack était un cas d'école.

Ronnie avait enfreint les limites de sa propriété à la faveur de l'obscurité, pour y garer sa Dodge Charger dernier modèle, perchée sur des roues de cinquante centimètres de haut, sans doute payée avec l'argent de la drogue. Il avait laissé le moteur tourner au ralenti, tous phares éteints. L'air chaud rejeté par le double pot d'échappement disparaissait comme de la fumée dans la cime en forme de clocher des pins qui bordaient le petit terrain de Mack, à la lisière du comté de San Jacinto. Le voisin le plus proche habitait sur la même route à une voie, environ cinq cents mètres plus loin…

Breanna, qui était seule, sortit sur le perron de la petite maison en bardeaux qu'elle partageait avec Mack, essayant de voir qui était assis dehors dans le noir, en train de

1. Doctrine qui donne le droit à toute personne, propriétaire ou occupant légal d'un lieu, d'utiliser la force (jusqu'à tuer l'intrus) pour se défendre. (*Toutes les notes sont de la traductrice.*)

l'observer. Lorsqu'elle reconnut la Dodge et la silhouette de Ronnie Malvo sur le siège avant, elle poussa un cri et lâcha son portable, qui se fêla en deux endroits. Elle se rua à l'intérieur, verrouilla la porte, et appela son grand-père depuis le poste de la cuisine. Mack interrompit la tâche entreprise dans les environs de Wolf Creek, et téléphona à Darren de la cabine de son vieux pick-up Ford alors qu'il fonçait sur la route pour rentrer chez lui. Lorsqu'il se gara dans son allée, son véhicule bloqua la seule issue qui aurait permis à Ronnie Malvo de repartir.

Mack hurla à Breanna de prendre son pistolet dans la maison. Elle sortit quelques secondes plus tard avec un .38 nez retroussé. Mack ne savait pas si Ronnie était armé. Mais pointer une arme sur quelqu'un était la façon la plus rapide de s'en assurer.

Le temps que Darren arrive, les deux hommes étaient face à face.

Il avait éteint ses phares pour entrer chez Mack, et garé son vieux pick-up sous les branches d'un vieux chêne. Remontant à pas de loup l'allée de terre et de gravier, il découvrit Mack, debout au milieu de tout son bazar, le .38 braqué sur la tête de Ronnie en train de jurer qu'il essayait juste de parler à la fille : « J'vais pas rester là et laisser ce nègre m'abattre de sang-froid. » Il pointait son .357 vers la poitrine de Mack – une arme d'une puissance de feu très supérieure à celle du Colt .45 que Darren tira de son étui. Ronnie semblait exaspéré par la bêtise de cette situation. Il exigeait que le « vieux nègre aux tifs cotonneux » déplace son putain de pick-up s'il était aussi foutrement pressé de le voir dégager de sa propriété. Mack ordonna à Ronnie de poser « son cul de plouc blanc tatoué » dans la Dodge. Les postillons volaient, les fronts luisaient de rage.

« Baisse ton revolver, Malvo, dit Darren. Évitons que ça tourne au drame.

– Dis ça au nègre, répliqua Ronnie, désignant Mack d'un hochement de tête.

– De quel nègre parles-tu, Ronnie ? demanda Darren. Et avant de répondre, souviens-toi qu'un de ces nègres est un Ranger du Texas qui s'est levé en pleine nuit pour ça. Je ne suis pas exactement disposé à me montrer patient. » Le Colt capta la lumière de la lampe du perron. Un instant, Ronnie parut acculé et terrifié, mais Darren savait que ce n'était pas forcément une bonne chose. Ronnie commençait à se crisper. Avec deux revolvers pointés sur sa tête, il tremblait dans ses bottes de motard, se rendant compte après coup, maintenant qu'on l'avait rappelé à l'ordre et ridiculisé, qu'il avait poussé le bouchon un peu loin. L'orgueil était un truc à prendre très au sérieux, et Darren connaissait des hommes qui s'étaient fait tuer pour beaucoup moins.

Il changea aussitôt de tactique.

« Mack, lâche ton arme », dit-il. Mack semblait être celui des deux auquel il pourrait le mieux faire entendre raison. Il se trompait.

« Je vais me gêner, répondit le vieil homme.

– Je m'en occupe, Mack.

– Je cherche pas les ennuis, mec », dit Ronnie.

Darren entendait Breanna pleurer sur le porche.

« Je veux que ce fils de pute fiche le camp de chez moi, déclara Mack.

– Baisse ton arme, Mack. Ça n'en vaut pas la peine.

– J'ai parfaitement le droit de protéger ma propriété.

– Ouais, mais chaque minute où tu tiens ce pistolet braqué sur Ronnie nous rapproche d'une situation dont je ne pourrai pas te sortir. Écoute-moi, Mack. Ne cède pas à la provocation, sinon tu vas finir en prison. OK, si tu baisses ton arme, je vais le verbaliser pour effraction.

– M'en fiche, répliqua Mack, une lueur de rage dans ses yeux chassieux. J'veux qu'y crève ou qu'y parte, point.

– Bouge ta caisse, et je me barre, dit Ronnie. Je m'amusais juste avec la fille. Elle devrait être contente que quelqu'un s'intéresse à son cul de singe.

– Lance tes clés à Bre», intervint Darren. Le vieil homme s'exécuta, mais ne baissa pas son arme – qui faisait penser à un pistolet à bouchon dans sa grande main. Darren pria Breanna de se mettre au volant de la Ford de son grand-père et de la garer au bord de la route afin de permettre à Ronnie de sortir de l'allée et de la propriété.

Sur le point de fondre en larmes, Mack marmonnait dans sa barbe, des filets de bave s'accumulant aux coins de sa bouche. «L'a pas l'droit d'mettre les pieds sur mon terrain, de tourner autour de ma fille. J'en ai rien à foutre de ce plouc blanc.»

Darren perçut un changement dans la respiration de Mack, qui devint plus assurée, combative. Il pensa qu'il leur restait quelques secondes à peine avant que le vieil homme cédât à la fureur qui gonflait chaque muscle de son corps efflanqué. «Vas-y tout de suite, déplace ce pick-up!»

Pendant que Breanna se précipitait vers la Ford, Darren profita de l'effet de diversion pour se jeter sur Mack. Il s'empara du poignet de son bras droit, l'abaissant d'un seul geste, tout en continuant de braquer son Colt sur Ronnie. Mack jura puis lâcha prise, s'écroulant sur l'herbe clairsemée. Ronnie baissa aussitôt son arme. Il la jeta à l'intérieur de la Dodge dont la fenêtre côté conducteur était restée ouverte, se rua au volant et démarra comme s'il avait le feu au cul.

Darren conclut son témoignage en récitant mot pour mot la doctrine du Château.

Vaughn se hérissa. «C'est moi qui suis chargé d'appliquer la loi dans cette affaire, monsieur Mathews.

– *Ranger* Mathews, rectifia Darren.

– Le nœud du problème, Ranger Mathews, c'est qu'au lieu de composer le 911, l'accusé a pris soin d'appeler un

Ranger qu'il connaissait, un Afro-Américain de ses amis qui comprendrait sans aucun doute la colère provoquée par l'incident...

– Objection », déclara Darren, à voix haute cette fois-ci.

Vaughn le fusilla du regard depuis sa place sur l'estrade, agrippant si fort le bord de la table que ses articulations blanchirent. « Monsieur Mathews...

– Je suis un Ranger du Texas, maître.

– Alors comportez-vous comme tel. »

Vaughn sut qu'il était allé trop loin dès qu'il eut prononcé ces paroles. Les femmes au premier rang du banc des jurés secouèrent la tête, indignées par cette façon de s'adresser à un membre du corps policier le plus respecté de l'État. L'un des hommes noirs du deuxième rang croisa les bras d'un air sévère, promenant un cure-dents d'un coin de sa bouche à l'autre, telle une minuscule épée pointée sur le procureur.

« Posez une autre question, dit Darren, profitant de la situation.

– M. Malvo est parti de son plein gré cette nuit-là, n'est-ce pas ?

– Oui, Malvo a lancé son arme à l'intérieur de son véhicule et pris la fuite. »

Deux jours plus tard, lorsqu'on avait retrouvé Ronnie mort dans un fossé longeant sa propriété, deux balles de .38 dans la poitrine, le rapport de Darren avait placé Mack sur la liste des suspects. Il se sentait responsable de tout ce calvaire. Cent fois par jour, il regrettait d'avoir volé à son secours, et d'avoir rédigé ce rapport. En réalité, il avait marqué un temps après l'avoir saisi, fixant avec lassitude les pages qui sortaient de l'imprimante, sachant que le simple fait de mentionner le nom de Mack dans ce type de document ouvrait une porte que le vieil homme ne franchirait sans doute jamais dans l'autre sens. Lorsqu'elle interférait dans la vie d'un Noir, la criminalité était une tache tenace. Mais Darren était flic, et il fit son travail. Il avait suivi les règles à la lettre, ce qui les avait tous conduits dans cette salle – face au grand jury qui déciderait s'il fallait mettre Mack en examen pour ce meurtre. Si c'était le cas, cet homme de soixante-dix ans qui n'avait rien fait d'autre que travailler et aimer sa famille durant toute sa vie passerait en jugement. S'il était condamné, il se retrouverait dans le couloir de la mort.

En fait, Ronnie était affilié à l'un des gangs les plus violents de l'histoire américaine, dont les membres éliminaient leurs propres hommes, en particulier ceux qu'ils soupçonnaient de les avoir trahis. Darren avait entendu parler du cas d'un capitaine de la Fraternité Aryenne du Texas qui avait un jour donné l'ordre d'exécuter avec une rare cruauté un subalterne soupçonné d'avoir parlé aux flics. On avait retrouvé le soi-disant mouchard de dix-neuf ans pendu haut et court par le peu de chair qu'il lui restait sur les os à la clôture d'une ferme céréalière dans le comté de Liberty. N'importe qui aurait pu assassiner Ronnie Malvo, qui *était* effectivement un indic du gouvernement fédéral. Darren était la seule personne du comté, avec le procureur, à disposer de cette information. Il était basé au bureau des Rangers à Houston, et quelques mois avant le meurtre de Malvo, il avait demandé à participer au travail d'une multi-agence qui enquêtait sur la FAT avec les forces fédérales. Bien entendu, il n'était pas autorisé à prononcer un seul mot à ce sujet, mais il savait que la Fraternité avait de bonnes raisons d'éliminer Ronnie – si quelqu'un avait découvert qu'il parlait.

« M. McMillan était très en colère cette nuit-là, n'est-ce pas ? »

Darren préféra employer le terme « inquiet », ajoutant : « Il ne semblait pas désireux de se venger, si c'est ce que vous voulez dire.

– Vous n'êtes pas censé émettre des suppositions.

– Je peux seulement vous dire ce que j'ai vu, Mack n'a tiré sur personne. »

Vaughn pinça les lèvres. Ça ne faisait pas partie du script, et Darren le savait.

« Ronnie Malvo a été abattu avec un pistolet .38, exact ?

– Je n'ai pas travaillé sur l'enquête.

– Pourquoi donc ?

– Je n'ai pas été missionné, répondit-il d'un ton désinvolte.

– Le lieutenant Fred Wilson a dit que vous étiez trop impliqué, n'est-ce pas ?

– Oui, Ronnie Malvo a été tué avec un .38, concéda Darren.

– Et la nuit où vous étiez dans sa propriété, vous avez vu M. McMillan agiter un .38 sous le nez de la victime, exact ?

– Mais il n'a pas tiré avec. » Darren changea de position sur sa chaise. « Il voulait juste avoir la paix, se sentir en sécurité chez lui. C'est pour cette raison qu'il m'a demandé de rester. »

Dès que Ronnie avait quitté la propriété de Mack le pied au plancher, soulevant un nuage de poussière et de gravillons dans son sillage, Darren s'était agenouillé près de Mack. Il ne l'avait jamais vu renifler en vingt ans, et encore moins pleurer à chaudes larmes comme cette nuit-là, bouleversé d'avoir failli tuer un homme. Darren lui avait dit clairement qu'il pouvait soit se lancer aux trousses de Ronnie, soit rester avec lui et sa petite-fille.

Mack lui avait demandé tout bas de rester.

Darren avait donc passé toute la nuit sur le porche, son arme à la main, guettant toute paire de phares susceptible de s'approcher de la maison en catimini. Il avait monté la garde jusqu'à l'apparition des nuages bas du matin, bordés d'une dentelle rouge orangé. La terre du Texas de l'Est se reflétait dans le ciel. Il avait veillé sur ce coin minuscule de l'État pour que Rutherford McMillan puisse profiter de la nuit paisible à laquelle il avait aspiré toute sa vie.

Deux jours plus tard, Ronnie Malvo avait été retrouvé mort derrière sa propre maison.

« Ce qui nous amène à ma dernière question », dit Vaughn, les mains croisées dans le dos. Darren décela l'infime crispation des coins de sa bouche. « Vous n'étiez pas en compagnie de l'accusé pendant les quarante-huit heures suivantes, n'est-ce pas ?

– Je suis retourné chez moi. Je suis allé travailler. »

Et Lisa lui avait conseillé de reprendre ses études de droit. *Tu devrais y réfléchir, Darren.*

Ce serait si facile de l'écouter.

De choisir une vie qu'elle comprenait et de rentrer à la maison.

« La réponse est non ?

– Non, je n'étais pas avec lui.

– Donc vous n'avez aucun moyen de savoir si, pendant ce laps de temps de quarante-huit heures, M. McMillan a quitté sa maison avec la même arme et abattu M. Malvo de deux balles, n'est-ce pas ?

– Non », répondit Darren. Un filet de sueur coulait le long de son flanc droit. Il craignit de voir apparaître une tache sur sa chemise, et aussi, d'avoir causé la perte de Mack.

2

« L'arme n'a pas encore été retrouvée.

– C'est pourquoi ils n'ont rien, dit Greg au téléphone.

– Tu crois que les gens du comté de San Jacinto se soucient des limites d'une preuve circonstancielle ? » répondit Darren, se versant le reste du Big Red soda qu'il avait commandé au Kay's Kountry Kitchen, en face du tribunal. Tolérant, pour cette fois, l'usage inconsidéré de la lettre *K* – une micro-agression manifeste, style Texas – parce que le café était à deux pas, ouvert, et que sa main le faisait souffrir. Il termina son verre et prit soin de récupérer les glaçons, déposant les cubes roses en partie fondus à l'intérieur d'un mouchoir trouvé dans sa boîte à gants. Il en rapprocha les bords pour appliquer cette poche de glace improvisée sur les articulations endolories de sa main gauche. « Bon sang, la plupart de ces types auraient sûrement voulu le descendre eux-mêmes. Ronnie Malvo est une pourriture blanche catégorie A, comme ils disent, et la haine qu'ils lui vouent est la seule encore autorisée en bonne compagnie.

– Alors ils vont peut-être traiter McMillan comme un héros… Lui éviter l'inculpation.

– On ne peut rien attendre de bon des gens d'ici qui pensent que Mack est un assassin », répliqua Darren, le dos appuyé contre la portière côté conducteur de son pick-up Chevy. « Tu sais bien que les règles ne sont pas les mêmes pour lui, Greg », dit-il en regardant la minuscule place de la ville de Coldspring. Un feu clignotant à l'unique carrefour, et de chaque côté, des magasins d'antiquités, des dépôts-ventes qui proposaient tout et n'importe quoi, des vieux revolvers, des berceaux usagés, et même des Lone Stars[1] en fer rouillé exposées dans des vérandas en bois. Aucun objet neuf ne circulait dans le comté de San Jacinto. C'était une économie entretenue par ses propres déchets.

« Les autorités fédérales essaient de protéger leur enquête », dit Darren.

Greg Heglund simula un soupir consterné.

En réalité, il était l'agent Heglund, et travaillait au Service des enquêtes criminelles, pour le bureau local du FBI à Houston. Ils s'étaient rencontrés dans cette ville des années auparavant, lorsque Clayton, l'oncle de Darren, l'avait inscrit dans un établissement privé de Houston, car aucune école du comté de San Jacinto n'était assez bien pour son neveu. Lisa et Greg avaient été les premiers amis de Darren dans ce lycée, où il avait terminé sa scolarité. Ils avaient tous les trois étudié un aspect différent du droit, et il était resté en contact avec Greg toutes ces années.

Greg était un Blanc qui avait fréquenté des Noirs la plus grande partie de sa vie, jouant au ballon dans leurs équipes, sortant avec des filles noires, renonçant à la danse country pour les *step shows*, les danses afro-américaines pratiquées dans les universités, et tout ce qui s'ensuit. Cela avait pris fin, bien entendu, dès la seconde où il avait rejoint le Bureau, échangeant ses Jordans contre des Johnston & Murphys. Mais Darren ne lui en tenait pas rigueur. Il avait enseigné à Greg l'art du passage d'une langue à l'autre – au moins par osmose. Pour lui, c'était

1. La Lone Star (étoile solitaire) est l'emblème du Texas.

un sport apparenté au ballet auquel chaque Noir devait être rompu. En dehors du basket-ball, c'était leur seul titre de gloire. Lors des soirées des Rangers, Darren avait une ou deux fois avoué une passion pour Vince Gill ou Kenny Chesney qu'il ne ressentait pas vraiment, il avait entraîné Lisa sur la piste de danse avec lui. Il tolérait Johnny Cash et Hank Williams, la country classique de son adolescence – il avait en principe une affection incontrôlable pour Charley Pride – mais le blues était le véritable héritage d'un Texan noir. Longtemps avant d'avoir entendu parler de Jay-Z ou de Sean Combs, il avait fait écouter à Greg Clarence « Gatemouth » Brown et Freddie King. En fait, Darren savait qu'en toute circonstance, il pouvait être lui-même avec Greg. C'était le fondement de leur relation.

Greg ne faisait pas partie de la force opérationnelle qui avait surveillé la Fraternité Aryenne du Texas et consigné leurs activités à l'intérieur des établissements pénitentiaires de l'État mais aussi en dehors – y compris la vente de méthamphétamine et d'armes de poing automatiques, les nombreux homicides, les complots – mais il en savait long sur les tenants et les aboutissants de l'enquête. Ronnie Malvo avait fourni des preuves contre la FAT quelques mois plus tôt, acceptant de témoigner le moment venu en échange de la levée des charges qui pesaient contre lui. Il avait accumulé à la force du poignet assez d'éléments pour faire tomber plusieurs capitaines de la FAT. Si un membre de la Fraternité avait eu vent de ses projets, on ne donnait pas cher de la peau de Ronnie Malvo. Darren répéta une fois encore ce qu'il affirmait depuis des semaines : « C'est la méthode de la FAT. »

Greg prit le parti opposé. « Deux blessures par balle et pas de carnage ? Ce n'est pas vraiment leur carte de visite. » Il mettait Darren en garde pour qu'il ne s'enferre pas trop dans son raisonnement, et se rappelle ce que pourrait lui coûter le soutien apporté à Mack.

« C'est un argument aussi circonstanciel que l'idée selon laquelle Mack l'a fait juste parce qu'il possède un .38.

– Un .38 qui a disparu.

– Il l'a déclaré. » Darren savait que ça sonnait faux.

« Il l'a signalé la veille du jour où on a retrouvé le corps de Malvo. Tu sais que nous ne croyons pas aux coïncidences dans cette région, dit Greg, étirant chaque voyelle en manière de jeu. Ils pensent encore que tu es impliqué d'une manière ou d'une autre ?

– Personne n'a eu les couilles de me le dire en face, répondit Darren. Officiellement, ils se contentent d'affirmer qu'étant donné ma relation avec Mack, je n'aurais jamais dû me rendre chez lui ce soir-là en ma qualité de policier. Ou bien ils disent que j'aurais dû le laisser en plan et poursuivre Malvo. Mais la mise à pied est aussi un moyen commode de m'exclure de la force opérationnelle sans admettre que ma couleur de peau pose un problème dans la profession, et de m'éloigner de la FAT.

– Tu n'es sûrement pas le premier Ranger à avoir un contrat sur la tête.

– C'est censé me rassurer ? »

Les messes basses avaient commencé peu après l'arrivée de Darren dans la force opérationnelle. Son lieutenant, Ranger Fred Wilson, s'était montré réticent à l'admettre pour des raisons qu'il ne voulait pas, ou ne *pouvait* pas formuler sans reconnaître la seule chose qu'un Ranger ne mentionne jamais : la race. Ils étaient avant tout des Rangers – et ensuite des hommes, des femmes, blancs, bruns, ou noirs. Mais Darren ne comprenait pas comment les autorités fédérales, avec l'aide des Rangers du Texas, menaient une enquête sur une organisation du nom de Fraternité Aryenne du Texas *sans* évoquer la race. Les Fédéraux cherchaient à coincer la FAT pour trafic de drogue et conspiration, et le lieutenant Wilson voulait s'assurer que Darren l'avait bien compris lorsqu'il avait accepté de l'intégrer dans l'unité des Rangers chargée d'assister les autorités fédérales de Houston. « Il ne s'agit pas d'une affaire style *Dans la chaleur de la nuit,* Mathews, lui avait-il dit. Ces hommes gèrent une entreprise criminelle sérieuse et sophistiquée dont les activités illégales dans cet État leur rapportent des millions. » C'était la stricte vérité. Mais essayer de mettre la Fraternité hors d'état de nuire sans tenir compte de la haine raciale qui l'animait revenait à se baigner dans un étang sans se mouiller.

Il avait commencé depuis plusieurs semaines à mener ses premières entrevues au nom de la force opérationnelle quand Mack lui avait téléphoné pour lui apprendre que la maison familiale de Camilla – la ferme où avait grandi Darren – avait été cambriolée. Des excréments canins – et humains, suspectait Mack – projetés sur les murs intérieurs et extérieurs, et deux pistolets dérobés, dont un revolver à crosse nacrée qui avait appartenu à l'oncle William. Ce vol particulier tourmentait Darren. Il lui restait si peu de choses de son oncle. La plupart de ses effets, y compris son insigne Ranger et le Stetson qu'il avait gardé en partant à la retraite, avaient été légués à son fils Aaron, policier d'État, qui en voulait à mort à Darren. Il lui reprochait d'avoir tiré parti de tout le népotisme des Mathews pour rejoindre les Rangers du Texas sans lui laisser la moindre chance d'en profiter. Darren aurait préféré croire que son diplôme de Princeton et ses deux années de droit avaient fait de lui une vraie vedette, mais il savait que son cousin avait raison. Si Darren n'avait pas été le neveu de William Mathews, il aurait sans doute été viré des semaines plus tôt à cause de cette affaire avec Mack. D'une certaine manière, l'oncle veillait encore sur lui.

L'incident fut rapporté et consigné, mais à première vue il ne portait pas l'empreinte de la violence de la Fraternité, fondée avant tout sur l'élément de surprise, accompagnée d'abondantes effusions de sang, qui ne s'encombrait pas d'avertissements ni de mises en scène ineptes. Mais le nom de Darren était apparu sur quelques sites de la FAT, et dans le marécage des réseaux sociaux où le nationalisme blanc proliférait comme des champignons, un fait que Greg préféra minimiser. « Les annonces de ta mort imminente sont très exagérées, dit-il, s'efforçant en vain de dédramatiser la situation. Ce ne sont que des bavardages… des rumeurs, en réalité, rien de concret. Je te promets que si ça empirait, nous prendrions les choses en main. Tu es parfaitement en sécurité.

– Raconte ça à ma femme. »

Lisa ne s'était jamais remise de son choix de carrière, du fait qu'elle s'était endormie le soir de ses noces avec un futur avocat et réveillée des années après avec un flic. Son épouse de bonne famille, qui portait du St John tous les jours et garait sa Lexus berline dans le parking privé du cabinet juridique où elle travaillait, ne comprenait pas ce besoin d'affronter la folie ni l'attrait exercé par les Rangers du Texas et l'étoile à cinq pointes qu'il arborait. *À quoi te sert ce putain d'insigne ? Il ne te protégera pas, parce qu'il n'a jamais été conçu pour ça. Il ne t'a jamais été destiné.* S'il se faisait tuer, disait-elle, elle ne le lui pardonnerait jamais.

« L'inculpation de Mack conforte leur version d'un crime raciste, une connerie sans importance aussi vieille que le monde, poursuivit Darren. Si le bruit court que Ronnie Malvo aurait été abattu par un tueur chargé d'exécuter un contrat, la Fraternité aura les jetons, changera peut-être ses habitudes, ou arrêtera carrément ses opérations ; ce qui anéantirait l'enquête des autorités fédérales. Je ne pense pas que Mack devrait payer de sa vie pour sauver leur affaire.

– Tu l'as fait ? demanda enfin Greg. Tu as aidé Mack à faire disparaître l'arme ?

– Bon sang, pas toi, non !

– C'est juste que je sais ce que tu ressens au sujet de Mack… et d'un type comme Malvo.

– Je suis d'abord flic. » Mais alors même qu'il prononçait ces mots, il n'était pas sûr de dire la vérité. Le matin même, il avait déjà frôlé le parjure, se reprenant juste à temps pour ne pas être expulsé du tribunal avec les menottes. D'après lui, un homme noir n'avait aucune raison de se retrouver en prison pour avoir pointé son arme sur un type comme Malvo. Mieux encore, personne ne méritait d'être incarcéré pour avoir abattu un criminel de cette sorte.

« Parce qu'ils vont venir te chercher, Darren. Et je ne parle pas seulement de ton job. Tu vas avoir une inculpation au cul s'ils croient que tu as dissimulé des preuves.

– Tu t'imagines que je ne suis pas au courant ? répliqua-t-il. Je n'ai *rien* fait. Et Mack non plus.

– Tu en es bien sûr ? Il a vu cet homme tourner autour de sa petite-fille. Si l'inverse s'était produit, ça aurait suffi autrefois à lui passer la corde au cou. Peut-être que le vieux s'est mis en tête de se faire justice à sa façon.

– On croirait entendre Lisa.

– Je ne m'aventure pas sur ce terrain, répondit Greg. Et ce n'est pas la raison de mon appel. »

Darren secoua le mouchoir bleu pâle, regardant les débris de glaçons tomber sur le béton gravier. Devant son pick-up, un gamin de cinq ans environ, debout sur le trottoir, le fixait la bouche ouverte, et sa mère le tira d'un coup en disant : « Viens. » Darren souleva son chapeau avec un sourire, se rappelant la terreur que pouvait inspirer à un enfant la vue d'un authentique Ranger du Texas.

« Tu as entendu parler de ce qui s'est passé à Lark ?

– Ce nom ne me dit rien du tout.

– Dans le comté de Shelby, juste après la frontière ouest, un patelin minuscule. Je crois qu'il ne compte pas plus de deux cents habitants.

– Ah ouais, dit Darren, se souvenant d'un petit café au bord de la route, où il s'était arrêté une fois pour boire un Coca. Je l'ai traversé en voiture, en effet.

– Eh bien, il y a eu deux cadavres en six jours. D'abord un mec noir de Chicago, un peu plus jeune que nous, trente-cinq ans je crois. Apparemment, il ne faisait que passer. Deux jours après quelqu'un a sorti son corps du bayou Attoyac.

– Mon Dieu.

– Et ce matin un autre cadavre a refait surface, poursuivit Greg. Une fille blanche du coin, âgée de vingt ans. » Darren entendit à l'autre bout du fil un bruissement de papiers dans le box de Greg. Il ne faisait partie du Bureau que depuis deux ou trois ans et n'avait encore décroché aucune grosse affaire, rien qui pût lui assurer une carrière. « Melissa Dale.

– Les deux meurtres sont liés ?

– C'est ce que je voudrais savoir. Il n'y a pas eu d'homicide à Lark depuis des années, et voilà que deux assassinats sont commis en une semaine.

– Ce n'est pas une coïncidence, bien sûr ? dit Darren.

– Il y a quelque chose dans l'air. »

À cette mention d'un crime raciste dans l'État, Darren perçut un changement familier dans son flux sanguin, une accélération incontrôlable. « Tu l'as appris comment ?

– J'ai mes espions, répondit Greg.

– Et elle s'appelle... ? »

Greg eut un petit rire, satisfait de sa réputation d'homme doué du talent de collectionner les femmes, surtout celles que ça ne dérangeait pas, un talent qui n'en était peut-être pas un, soupçonnait Darren. « Disons plutôt que j'ai reçu un appel d'une personne qui travaille dans les locaux du médecin légiste du comté de Dallas. Le comté de Shelby les a chargés de procéder à l'autopsie de l'homme. » Un autre bruissement de papiers, puis Greg dit son nom.

« Michael Wright. Dès qu'ils ont ouvert le sac mortuaire et examiné le cadavre, ils ont eu un tas de questions pour le shérif.

– Pourquoi donc ?

– À cause de l'état du corps. C'est tout ce que j'ai réussi à savoir au téléphone.

– Quelle est la cause du décès ?

– La noyade, répondit Greg. Mais ça veut seulement dire qu'il respirait quand il a plongé. Il s'est noyé, le shérif va sûrement s'en tenir à cette version, et écarter toutes les autres possibilités. Personne ne veut d'un autre Jasper. »

La mention du crime commis à Jasper, au Texas, remua les entrailles de Darren, comme l'avait prévu Greg. En 1998, Darren était un étudiant de vingt-trois ans en deuxième année de droit, qui pleurait la mort subite de son oncle William. Il était en train d'acheter un sandwich dans un foyer d'étudiants entre deux cours quand la nouvelle de la mort atroce de James Byrd Jr avait été diffusée sur tous les écrans de télévision. Darren n'était jamais allé à son cours suivant. Il était resté là et avait regardé heure après heure les reportages sur les chaînes câblées d'information. Il avait de la peine à exprimer avec des mots la fureur que lui inspiraient ces images. À cent soixante kilomètres à peine de l'endroit où il avait grandi, quelqu'un avait littéralement traîné un homme noir à travers une ville jusqu'au moment où sa tête s'était détachée de son corps. Darren avait honte de son pays, honte de l'État où il était né.

Mais il était aussi en rage contre les étudiants et les professeurs qui l'entouraient, Blancs du Nord pour la plupart, qui claquaient la langue et chuchotaient *Texas* d'une manière qui évoquait à la fois la pitié et le dédain pour une terre que Darren aimait, un État qui avait fait de lui un gentleman, et aussi un combattant. Il était difficile d'exprimer tout cela par des mots. Donc il n'essaya pas. Il partit, simplement. À la fin de l'été, il avait déposé une demande auprès de la Sûreté publique du Texas pour être policier d'État, la première étape d'un périple de près de dix ans pour devenir membre de la vénérable force de police connue sous le nom de Texas Rangers, qui intervenait lorsque les autorités locales ne pouvaient pas ou ne *voulaient* pas résoudre un crime. Darren avait décidé qu'une seule loi comptait désormais pour lui : elle se résumait à une paire de bottes – cousues main, de préférence, en croco ou en vachette –, un insigne, et un Colt .45. La balance intérieure qui pesait toujours sur son cœur penchait en faveur de son oncle William. Lorsque Clayton, l'avocat, avait appris que son neveu avait abandonné ses études de droit, il s'était contenté de dire : « Tu me déçois énormément, fils. »

« Il a été tué le premier ? demanda Darren à Greg.

– On l'a sorti du bayou vendredi, il y a trois jours. La fille a refait surface seulement ce matin, quatre cents mètres plus bas. »

Curieux, pensa Darren.

D'habitude, les histoires du Sud se déroulaient de la manière inverse : une femme blanche était tuée ou blessée, d'une façon réelle ou imaginée, puis telle la lune après le soleil, un homme noir était retrouvé mort. « Quelle est la cause du décès ? demanda-t-il.

– Aucune autopsie n'a encore été pratiquée. On sait seulement que le corps de la fille est dans un état très similaire à celui du premier cadavre. D'après la rumeur, elle aurait subi une agression sexuelle.

– Pourquoi ne pas envoyer un agent là-bas ?

– Le shérif ne l'a pas demandé et ne réclame pas non plus d'aide extérieure pour cette affaire. Par ailleurs je ne suis pas habilité à faire ce genre de démarche.

– Alors qu'attends-tu de moi ?

– Va sur place pour tâter un peu le terrain et voir si c'est plus sérieux que ce que le shérif veut bien admettre…

Un coup du Klan ou pire encore. Ce que tu appellerais… une saloperie raciste aussi vieille que le monde ? Je pense que ça mérite une vraie enquête. Je sais que c'est pour ce genre d'affaire que tu as voulu porter cet insigne.

– Je suis suspendu, Greg. Je n'ai plus d'insigne. »

Mais quand il baissa les yeux, il aperçut l'étoile à cinq pointes épinglée sur son revers pour la séance au tribunal. Et il portait encore son uniforme de Ranger. « Ça te servira à quoi ?

– Tu veux dire, à part la quête de la justice ?

– Non, de m'avoir exposé franchement les faits.

– Si c'est quelque chose de grave, un bordel bien plus compromettant que le shérif ne veut bien l'admettre, genre l'affaire Sandra Bland, une merde qu'ils ont pris soin de cacher, et si c'est moi qui le signale, je n'ai pas besoin de te dire que ça pourrait me propulser hors de ce box.

– Allons, Greg », intervint Darren, réprouvant cette ambition sans fard alors même qu'il la comprenait. Il avait été malheureux à l'époque où il travaillait à Houston, s'occupant surtout de crimes d'entreprise et de corruption. C'était seulement quand il avait mené une vie fidèle à l'esprit d'un Ranger du Texas, *patrouillant* à travers ce grand État, qu'il avait eu le sentiment d'avoir enfin trouvé sa place. Rejoindre la force opérationnelle avait changé sa vie, mais créé de terribles tensions dans son couple. Le temps qu'il passait en mission était ce que Lisa reprochait le plus à son métier.

« Quelque chose sent mauvais là-dedans, D, et tu le sais. »

En réalité il ne savait rien du tout.

Sauf que les cadavres d'hommes noirs ne poussent pas dans les rivières comme des mauvaises herbes.

« Prends un jour ou deux, pas plus, dit Greg. Si ton instinct ne te mène nulle part, rebrousse chemin et rentre chez toi. »

Mais Darren ne savait plus très bien où était son chez lui ces temps-ci.

« Je m'en occupe », dit-il.

Il savait déjà qu'il irait à Lark, il l'avait compris dès l'instant où Greg lui avait décrit la scène. Il avait pris cette décision à cause de la colère que lui inspiraient le grand jury et le sort de Mack et de sa rancune à l'égard des Rangers qui l'avaient coincé.

« D, garde la tête froide là-bas. La FAT sévit aussi dans le comté de Shelby. » Comme s'il avait besoin que Greg le lui rappelle. Il hocha la tête d'un air sombre quand il grimpa dans la cabine de son pick-up et noua ses doigts meurtris sur le volant.

3

Il passa d'abord chez sa mère, comme il le lui avait promis. Elle savait qu'il s'était installé à Camilla, à quelques minutes à peine en voiture, et qu'il se faisait rare. Bell Callis vivait à la limite est du comté de Jacinto, au bout d'une route de terre rouge bordée de pins à encens et de tilleuls de Caroline, dont les branches frôlaient les parois du pick-up de Darren. Il apercevait à travers les arbres la toiture goudronnée des voisins de sa mère, les petits appentis et cabanes de chasse dans les herbes. Un peu plus loin, quelqu'un brûlait des ordures, dont la fumée âcre flottait devant le capot du véhicule – l'odeur familière d'une vie difficile. Au détour d'un virage, Darren salua d'un signe de tête le propriétaire de sa mère, un Blanc de quatre-vingts ans environ qui s'appelait Puck, et autorisait Bell à louer un bout de terrain derrière chez lui. De sa véranda, il répondit à Darren d'un geste de la main, puis se replongea dans la contemplation des arbres, occupation qui meublait la plupart de ses journées. Darren tourna à gauche pour pénétrer dans la propriété, puis il suivit les deux traces de pneus dans la terre et les herbes sauvages, jusqu'à la caravane de sa mère.

Elle était assise sur les marches en béton devant son mobile home, fumant une Newport en grattant le vernis de l'ongle de son gros orteil. Une bière posée à ses pieds, mais Darren savait que la vraie merde était dans la cuisine. Bell leva les yeux et vit le pick-up argenté conduit par son fils unique, son expression de morne indifférence ne laissant rien paraître du fait qu'elle lui avait téléphoné sans arrêt pendant les quatre derniers jours.

« Tu es bien maigre, dit-elle quand il descendit de son véhicule.

– Parle pour toi », répliqua-t-il.

Elle avait seulement seize ans de plus que lui, et la taille des os de leurs bras et de leurs jambes était identique – ils étaient dégingandés, aussi fins que des lévriers, mis à part le torse et les mollets musclés de Darren, et la couche de graisse que Bell – dont le corps vaincu par les années semblait s'être ratatiné – avait réussi à conserver sur ses hanches. Il n'avait jamais connu son père, mais William et Clayton, les frères aînés de Duke, mesuraient à peine un mètre soixante-seize.

Par son physique, du moins, Darren était Callis des pieds à la tête.

« Ça fait combien de temps que tu n'as pas fait de courses, Mama ? »

Le mot *Mama* ne manquait jamais de la radoucir.

Darren avait huit ans lorsqu'il l'avait rencontrée pour la première fois ; jusque-là, son intérêt pour ses parents biologiques s'était limité à des récits sur son père – plus aventurier que lui tu meurs –, même si Darren « Duke » Mathews n'avait pas fait grand-chose pendant les dix-neuf années de sa courte vie, à part mettre enceinte une fille de la campagne avec qui il avait couché une ou deux fois avant de casser sa pipe dans un accident d'hélicoptère survenu à la fin de la triste guerre du Vietnam. Sa mère avait été une curiosité qui lui paraissait aussi étrangère à sa vraie vie que le lointain Amérindien Caddo de la lignée Mathews. Les premières années il l'appelait *Miss Callis*, et *Bell* après son entrée au lycée, puis à l'université. Mais quelque temps après ses quarante ans, le mot *Mama* avait jailli telle une graine tenace coincée entre ses dents depuis tout ce temps, et enfin libérée.

«J'ai des saucisses et des haricots en train de chauffer là-dedans», dit-elle en prenant la canette de Pearl lager; on pouvait encore les acheter à l'unité dans le magasin d'articles de pêche à côté des bungalows sur le lac Livingston, où Bell travaillait comme femme de ménage trois jours par semaine. «Tu as faim? Tu veux que je te prépare une assiette?

– Je ne peux pas rester, Mama.

– Bien sûr que non.»

Elle se leva, pieds nus, repoussant la main secourable qu'il lui tendait. Elle termina sa bière et se tourna vers la porte moustiquaire de la caravane. «Mais tu vas prendre un verre, ça c'est sûr.» Elle vacilla légèrement sur la marche du haut avant d'ouvrir et de disparaître à l'intérieur. Darren la suivit, pénétrant dans le mobile home de deux pièces, dont le sol était recouvert d'une moquette marron clair feutrée.

«Tu en as bu combien aujourd'hui?» dit Darren, consultant sa montre.

Si elle avait absorbé plus de huit verres avant midi, il devrait lui prendre ses clés de voiture et se rendre à pied chez Puck pour les mettre en lieu sûr, une démarche qui ne plairait ni à la mère ni à son fils, quoique pour des raisons différentes. «Je prends du bon temps», disait-elle seulement, se laissant aller sur le mince coussin posé sur la banquette en L qui occupait une partie du séjour et de la kitchenette. C'était une femme de cinquante-sept ans qui avait été alcoolique pendant une bonne partie de sa vie adulte, un fait qui avait perturbé Darren pendant son adolescence et lui avait foutu la trouille par la suite. Bell leva une petite bouteille en forme de balle de revolver et but au goulot comme si c'était un mamelon. Le magasin d'articles de pêche vendait cinquante cents les petits flacons d'alcool servis dans les avions, et Bell les alignait sur le rebord de sa fenêtre comme les douilles d'un chargeur.

« C'est mon jour de congé.

– Qu'est-ce que tu veux, Mama ?

– T'es trop bien pour boire un verre avec ta maman ? » demanda-t-elle en tapotant le coussin à motif cachemire près d'elle. Ses cheveux nattés étaient relevés en chignon, et un flacon de vernis à ongles était posé sur la table. Elle sort ce soir, songea-t-il.

« Je suis en service.

– Non, c'est faux. Lisa me l'a dit.

– Impossible. »

Ce serait bien la première fois qu'elles se parlaient. Sa mère n'était même pas venue au mariage et ne figurait pas sur la liste des invités, à la demande expresse de Lisa et de Clayton, à qui Bell Callis inspirait une aversion irréductible. Son oncle William avait l'habitude de lui donner une petite somme chaque mois pour lui permettre de subvenir à ses besoins, sans jamais demander où allait l'argent. Mais cela prit fin le jour de sa mort. Clayton la tenait à distance, se figeant à la seule mention de son nom, comme si elle était capable de réclamer Darren une fois encore, et d'essayer de se réapproprier son enfance, enlevant à l'oncle l'unique fils qu'il eût jamais connu. Chaque année, Noël se passait chez les Mathews : Clayton, Naomi, la veuve de William et leurs deux enfants, Rebecca et Aaron. Pâques, avec les parents de Lisa dans leur résidence secondaire, au Nouveau Mexique. Thanksgiving avec des amis, en général Greg et la famille Ranger élargie de Darren. À sa connaissance, Lisa et sa mère ne s'étaient jamais trouvées ensemble dans la même pièce. L'idée que Lisa avait révélé à sa mère ses problèmes professionnels signifiait soit que Bell mentait, soit que Lisa était beaucoup plus en colère qu'il ne l'avait cru.

« On me traite pas de menteuse sous mon propre toit, Darren. J'ai téléphoné deux fois à Houston puisque tu répondais pas à la résidence Mathews. » Elle donnait toujours à sa maison familiale ce nom assez pompeux, indiquant clairement qu'au-delà de cette limite elle n'était plus la bienvenue. Ses parents n'étaient jamais sortis ensemble, pas dans le sens convenable du mot, et Duke n'avait jamais emmené Bell chez lui. Il y avait eu des baisers volés dans les bois, le dos de Bell plaqué contre l'écorce rugueuse d'un chêne, et Duke la ramenant chez elle à la tombée de la nuit. Leur amour s'était résumé à cela. Après la mort de Duke et la naissance de Darren quelques mois plus tard, Clayton était venu presque aussitôt s'emparer de son neveu. « Elle m'a dit que t'avais des problèmes au boulot, une histoire de fusillade qui avait un rapport avec Rutherford McMillan, et elle savait pas où tu habitais en ce moment, mais j'ai vu ton camion à Camilla, Darren.

– On a juste besoin d'un peu d'air, c'est tout.

– J'aurais pu te prévenir que ça serait pas facile de plaire à cette fille », dit-elle, se penchant en avant pour glisser les doigts dans un paquet de Newport ouvert. Elle alluma une cigarette et exhala un nuage de fumée. « Mais tu m'as pas demandé mon avis, hein ? »

Il avait à peine posé un pied sur le seuil. Son chapeau calé sous le bras, le sommet de sa tête frôlant presque le plafond. « Tu m'as cherché, et me voici. Alors, qu'est-ce que tu veux, Mama ?

– J'ai besoin que tu parles à Fisher.

– Je refuse d'être impliqué dans tes affaires.

– Mais y me paye pas régulier. J'ai pus d'quoi manger, Darren.

– Tu as dit que tu avais de la nourriture. » Il jeta un coup d'œil à la plaque à deux feux de la kitchenette et vit la croûte d'un plat qui avait été préparé au moins une semaine auparavant. Les saucisses et les haricots avaient été un vœu pieux, un geste de la mère qu'elle voulait être.

« Pourquoi ne t'a-t-il pas payée ? », demanda Darren, parce qu'il savait que ce n'était qu'une partie de l'histoire, comme toujours. Fisher était l'employeur de Bell aux Bungalows et Camping-cars connectés Starfish près du lac Livingstone. C'était aussi son amant et il était marié avec l'autre femme de ménage. Un triste feuilleton mélo dont Darren ne voulait surtout pas se mêler.

« Il prétend que j'ai pris cent dollars dans son portefeuille.

– Bon sang, Mama, tu as de la chance qu'il ne t'ait pas virée ou signalée au shérif. »

Elle émit un gloussement avec un petit sourire tout en attrapant une autre bouteille sur le rebord de la fenêtre. « Y fera pas ça, y sait qu'j'ai un fils Ranger.

– Faux – en tout cas, pas en ce moment, répliqua-t-il, cherchant une porte de sortie.

– L'est pas au courant, dit-elle d'un air rusé. Combien de temps y vont te laisser porter ce truc ? » Elle désigna du menton l'insigne en argent épinglé sur sa poitrine.

« Ils vont me chercher si je ne me présente pas avec demain.

– Ça laisse tout le temps.

– Tu as besoin de combien ? » demanda-t-il, parce que c'était plus facile ainsi. Ne rien faire ne servait qu'à attiser la mauvaise humeur et le dépit d'une femme qui se sentait perpétuellement sous-estimée et en éprouvait de la colère. D'après elle, les hommes de sa vie, et en particulier son fils, lui devaient plus que ce qu'ils voulaient bien lui offrir. Certes, sa mère ne l'avait pas élevé, pendant des années elle n'avait même pas pris la peine de lui envoyer une carte à Noël, mais lui aussi avait l'impression de lui devoir quelque chose en échange de sa vie. Il ne savait pas très bien quoi. Aujourd'hui ce serait deux cents dollars en espèces, une bonne partie de l'argent qu'il avait sur lui.

Elle l'accepta sans plus de cérémonie, glissant les billets dans la poche de sa chemise. « Et achète-toi de quoi manger, dit-il. Dépense au moins cinquante dollars en provisions. » Peut-être que oui, peut-être que non, répondit-elle en tendant la main pour attraper un autre flacon sur le rebord de la fenêtre.

4

La Route 59 est une ligne qui traverse le cœur du Texas de l'Est, un fil sur la carte qui relie des petites villes entre elles comme une corde à nœuds, de Laredo à Texarkana, sur la frontière nord. Pour les Noirs nés et élevés dans les communautés rurales situées le long du trajet nord-sud de la route, la 59 a toujours représenté un éventail de possibilités, une voie pavée d'espérance tournée vers le nord.

Pas pour la famille de Darren.

Les deux branches étaient originaires du Texas, jusqu'à l'époque de l'esclavage. Depuis la Reconstruction, personne n'avait jamais quitté les bois de pins de l'extrémité est de l'État, à l'exception de quelques oncles et cousins maternels recherchés par la justice. La famille de sa mère était restée en raison de sa pauvreté ; et les Mathews, parce qu'ils étaient fortunés. Ils possédaient depuis le début des terres agricoles florissantes, léguées par l'homme qui, selon la légende, avait donné à ses esclaves préférés le nom de Mathews, et les Noirs n'avaient pas choisi de renoncer à cette forme de richesse pour recommencer de zéro dans une région froide et inconnue. Non, ils avaient creusé le sol plus en profondeur, planté du coton et du maïs et les racines d'une famille qui n'appartiendrait qu'à eux – et ne serait pas une source de richesse convertible en dollars selon le bon vouloir du maître. Ils avaient travaillé dur et gagné assez d'argent pour élever des générations d'hommes et de femmes et en envoyer des dizaines à l'université jusqu'au troisième cycle; ils s'étaient construit une vie qui pouvait rivaliser avec celle qu'ils auraient pu avoir à Chicago, Detroit ou Gary, dans l'Indiana. Ils n'étaient pas disposés à livrer un État tout entier à la haine d'une bande de pauvres Blancs gratte-couilles et cracheurs de chique. L'argent leur avait permis ce choix, à coup sûr. Mais il exigeait aussi un effort de leur part, et ils acceptèrent de le lui accorder. Ils bâtirent une école noire à Camilla, proposèrent des prêts aux petites entreprises dirigées par des gens de couleur quand ils le pouvaient, et consacrèrent leur vie au service public, devenant professeurs, médecins de campagne, avocats et agitateurs lorsque l'époque l'exigeait.

En tout cas, on ne les ferait pas décamper.

La certitude d'être spéciaux, d'avoir le courage d'endurer ce que d'autres n'étaient pas capables d'affronter, était le summum de leur quintessence texane. C'était une arrogance issue d'une force d'âme authentique et d'une tendance à l'entêtement remontant à six générations, bouclier homérique contre les jalousies mesquines et les injustices mortelles qui occupaient le temps libre des Blancs, leur regard intrusif et oppressant sur chaque aspect de la vie des Noirs – de ce que tu manges à qui tu épouses aux vêtements que tu portes à la musique que tu joues à ta façon de te coiffer à ta manière de les aborder dans la rue. La famille Mathews reconnaissait ce comportement pour ce qu'il était: une obsession fébrile qui n'avait en réalité aucun rapport avec eux, une préoccupation qui affaiblissait un homme centré sur lui-même.

Non, nous n'irons nulle part ailleurs.

Darren l'avait entendu répéter toute sa vie.

Vous pouviez vous enfuir, personne ne vous jugerait. Mais vous aviez aussi la possibilité de rester et de vous battre. Dans la véranda à l'arrière de la vieille maison familiale de Camilla, William, son chapeau posé sur la balustrade, avait l'habitude de contempler les couchers de soleil sur les terres environnantes et de dire à Darren : « La noblesse est dans le combat, fils, en toutes choses. »

C'était ce combat qui avait encouragé Darren à retourner chez lui des années auparavant, et qui le poussait à accélérer aujourd'hui sur la Route 59 en direction du comté de Shelby, vers le nord.

Il partageait avec Greg l'intuition que les deux meurtres étaient liés, que la race y jouait un certain rôle, et que ça valait la peine de se poser la question. Il reconnaissait son attirance pour les affaires d'homicide avec une composante raciste : des assassinats qui sentaient particulièrement mauvais, un détail dans la motivation, la méthode employée pour tuer qui nous donnait la nausée, des meurtres qui devraient être condamnés pour permettre à la nation de relever la tête.

Darren prenait soin de ne pas utiliser le terme de crime de haine, ayant appris bien trop vite que les flics du Texas rechignaient à désigner un acte criminel comme plus haineux qu'un autre. Sa première année dans la police, il en avait pris pour son grade quand il avait proposé de créer une unité de crimes de haine comparable au Département de la corruption publique des Rangers et à leur équipe d'investigation pour les crimes non élucidés. Il envisageait une unité concentrée sur les similitudes entre les affaires, sans aucun lien avec une région ni une compagnie. Il avait rédigé un rapport sur la nature des crimes de haine – citant la jurisprudence et les condamnations prononcées dans d'autres États – et l'avait présenté à son lieutenant et à son capitaine de la Compagnie A de Houston, ainsi qu'au quartier général des Rangers à Austin.

Ce rapport n'avait eu guère d'effet, sinon celui de le faire repérer comme un policier trop intéressé par une question qui lui tenait à cœur. Cela n'inspira guère de respect à ses supérieurs et éveilla le ressentiment de plus d'un Ranger blanc. L'idée avait été vertement rejetée. Cet incident, et maintenant l'éventuelle inculpation de Mack, le poussaient à remettre en question son allégeance aux Rangers.

Il fallait deux heures pour se rendre dans le comté de Shelby, sur une route ombragée par la profusion des pins qui la bordaient et les cyprès gorgés d'eau éparpillés dans les criques et les bayous dérivant du fleuve San Jacinto. Il franchit un pont en fer rouillé à la sortie de Leggett, et se gara quelques kilomètres plus loin quand il vit un carton peint à la main cloué sur le tronc d'un chêne d'Espagne. La pancarte annonçait des cacahuètes bouillies mais la femme qui avait installé un stand sur la plate-forme de son pick-up vendait aussi des poires et de la gelée de poivrons faite maison, et lorsqu'elle vit l'étoile à cinq pointes épinglée à sa chemise, elle lui offrit une citrouille gratuite. Elle avait un cageot de courges ventrues à ses pieds. Il refusa poliment, et acheta plutôt un sachet de cacahuètes et deux poires pour quelques dollars. Il avala ce déjeuner improvisé dans la cabine de son véhicule, remontant ses manches pour laisser couler le jus de poires sur ses avant-bras. Son téléphone bipa sur le siège avant. C'était un texto de Mack : *Comment ça s'est passé ?*

En principe, Darren n'était pas censé parler de la séance à huis clos du grand jury, et il ne prendrait pas le risque d'aggraver ses difficultés professionnelles en laissant la trace numérique d'un contact avec l'accusé. Au lieu de cela il appela son oncle, espérant laisser un simple message vocal – dont le contenu serait transmis à Mack – mais il l'attrapa au vol entre deux cours. Il entendit les bavardages des étudiants qui passaient et la respiration un peu essoufflée d'un homme de près de soixante-dix ans qui traversait le campus tentaculaire. Naomi, la veuve de son frère, lui avait offert un

Fitbit à Noël dernier. Désormais il faisait les cent pas pendant ses cours de droit constitutionnel au lieu d'officier sur l'estrade, et il marchait tous les jours où il ne pleuvait pas. *Naomi m'a offert la chance d'une seconde vie*, disait-il au moins une fois par mois, sans se soucier du malaise que cela inspirait à Darren ou aux enfants nés du mariage de Naomi et de William, sa nièce et son neveu. « J'attendais de tes nouvelles avec impatience », dit Clayton.

Sa voix, suave avec une légère intonation rocailleuse, ressemblait tant à celle de son frère que Darren, troublé une seconde par une émotion incontrôlée, espérait chaque fois entendre celle de William. La ressemblance saisissante des deux frères rendait encore plus criantes la perte de l'oncle dont il souhaitait la présence à ses côtés, et la nostalgie de quelque chose qui lui échappait désormais. Cela expliquait en partie, supposait-il, la liaison de Clayton avec Naomi : sa tante se raccrochait à la correspondance ADN, une science parfaite qui compensait la médiocrité de cet amour.

« Je suis passé chez Mama », dit Darren.

Clayton ne tint pas compte de cette information. « Alors, raconte-moi. Comment s'en est sorti Vaughn ? Avec un grand jury du Texas ça a dû être un jeu d'enfant, je sais, mais dis-moi que ce fils de pute a commis une faute, n'importe quoi qui puisse sauver la peau de Mack. »

Darren lui dit la vérité : ça se présentait mal… le pistolet volé et tout ça… et il n'était pas certain d'en avoir fait assez, le procureur avait réussi à obtenir de lui qu'il confirme la virulence des propos échangés entre Ronnie Malvo et Mack ce soir-là. « J'ai peut-être réussi à convaincre deux d'entre eux, dit-il, songeant aux jurés noirs.

– Tu as fait ce que tu as pu, fils, et je suis fier de toi pour cela. Maintenant il est temps de rendre ton insigne et de t'en aller. Tu connais le doyen à Chicago ? C'est toujours le même type ?

– En fait c'est une femme à présent », dit Darren. Il avait fait l'effort de consulter le site qui, lorsqu'il s'était inscrit en fac de droit, se limitait à une triste page où s'affichait la liste des numéros de téléphone que vous deviez appeler pour obtenir plus d'informations. Aujourd'hui on vous priait de remplir votre demande en ligne, mais Darren n'avait cliqué sur aucun lien après la page d'accueil – pas quand il était sobre, du moins.

« De toute manière, fils, tu sais que je peux te faire entrer en troisième année ici, à Austin. Tu dois juste remplir ta demande. Tu pourrais commencer dès le lendemain du nouvel an. Par ailleurs, dit-il doucement, l'université du Texas serait une meilleure solution pour Lisa et toi. »

Donc ils avaient parlé ensemble, pensa Darren.

« Ils ont créé un nouveau “Projet Innocence” à la fac de droit, qui traite spécifiquement des brutalités présumées de la police en cours d'interrogatoire, et avec ta connaissance du mode de fonctionnement des forces de l'ordre, c'est quelque chose que tu pourrais maîtriser en deux ou trois ans. Tu en as le talent et l'énergie, fils. Tout ce que tu as essayé de faire, tout ce qu'ils t'empêchent de réaliser, tu peux y parvenir ici, fils, en protégeant les gens. Ce qui arrive à Mack devrait te montrer…

– J'ai procédé à quelques arrestations utiles, Pop. J'ai fait du bon travail.

– Dans l'intérêt de qui, Darren ? »

C'était une discussion qu'ils avaient eue des dizaines de fois, plus encore si on comptait les années où William, lui-même compagnon Ranger, était capable d'intervenir. Par pure stratégie, Clayton s'abstint de développer le sujet. « Passe à la maison quand tu auras tout réglé à Houston, dit-il. Nous te préparerons un bon dîner, Naomi et moi. Je te ferai visiter la faculté de droit, je te présenterai des gens qui peuvent changer les choses pour des personnes comme nous, dit-il sans tenir compte – ce qui lui arrivait souvent – de la dynamique de classe qui rendait ce *nous* très compliqué. Lisa envisage un transfert de poste à Austin, où son cabinet a des bureaux. Elle ferait ça pour toi, Darren. Tu peux recommencer de zéro, fils. »

Il roulait depuis moins de quatre-vingts kilomètres, mais sa mère l'avait déjà appelé à trois reprises, et à un moment donné il posa son portable à l'envers sur le siège passager, et manqua le premier texto de Greg. Le second apparut sur son écran alors qu'il accélérait à quelques kilomètres de la sortie de Nacogdoches. Trois mots : *Consulte tes mails.* Greg avait envoyé de son compte Yahoo personnel un courriel l'informant du peu qu'il savait sur *Wright, Michael,* et *Dale, Melissa* – « Missy », en réalité. Après quelques recherches sur Google et un usage généreux des bases de données du Bureau, Greg avait trouvé les informations suivantes : Michael Wright était un Texan de souche âgé de trente-cinq ans. Une fois à l'arrêt, Darren continua de lire dans son pick-up, laissant le moteur tourner au ralenti. Michael Wright était né à Tyler où il avait fait ses études primaires avant de déménager à Chicago avec son père et sa mère, aujourd'hui décédés. Marié, il avait voyagé seul, du moins d'après les déclarations de quelques témoins oculaires auxquelles Greg avait eu accès. Il n'avait pas de casier judiciaire. Après avoir commencé ses études à Purdue, il avait obtenu son diplôme en droit à l'université de Chicago, et était resté proche de sa patrie d'adoption dans le Nord. À cet endroit Greg avait ajouté une note entre parenthèses : *tu l'as connu à l'U. de C. ?*

Greg se trompait entièrement dans ses calculs, car à l'époque où Darren avait commencé ses études de droit Michael Wright devait être encore au lycée. Mais la similarité de leurs parcours retint son attention. Il ressentit une affinité instantanée, comme s'il l'avait toujours connu. Sur la photo jointe – un portrait figurant dans les archives du cabinet d'avocats de Wright –, Michael avait le teint plus clair que Darren, dont la peau prenait une couleur caramel après quelques heures passées au soleil, et il était mieux habillé. Pourtant il avait l'impression de connaître cet homme. Malgré une différence d'âge de cinq ou six ans, ils auraient pu se rencontrer à l'université de Chicago, échanger des histoires sur leur vie d'adolescents noirs au Texas – ils auraient bu des bières ensemble et parlé de filles, de basket-ball, et de droit constitutionnel.

L'épouse a été informée.

C'était la dernière note de Greg sur Michael Wright, avec le nom de la femme, Randie Winston, et le fait que personne ne savait exactement où elle se trouvait au moment du meurtre. Il n'y avait pas de photo d'elle. Mais Darren pensa à Lisa : la peau brun clair, la constellation de grains de beauté sur ses joues, les boucles lisses dont l'entretien coûtait cent dollars par semaine. Elle redoutait depuis des années un appel comme celui que venait de recevoir la femme de Michael Wright.

Le reste du mail de Greg concernait un dossier beaucoup plus mince sur Missy Dale. Elle avait fait ses études secondaires au lycée de Timpson ; elle s'était inscrite à l'université Panola où elle avait suivi des cours de cosmétique pendant un semestre et demi ; elle travaillait comme serveuse dans un bar de Lark situé tout près de la 59, Jeff's Juice House. Les événements de sa vie tenaient sur une carte postale. Au premier coup d'œil, le seul détail d'importance faillit lui échapper. C'était la mention de son mariage avec Keith Avery Dale, de Lark, actuellement employé dans l'exploitation forestière Timpson, et sorti depuis peu de la prison de Walls Unit, l'établissement pénitentiaire de l'État du Texas à Huntsville, où il avait purgé une peine de deux ans pour trafic de drogue.

Greg avait ajouté une note : *FAT ?*

La Fraternité Aryenne du Texas était née dans une prison de cet État, et plus de la moitié de ses membres y avaient été incarcérés à un moment donné, ce qui ne les empêchait pas de poursuivre les activités criminelles de leur organisation. En réalité, la prison était leur vivier : à leur sortie, les recrues converties dans ses murs mouraient d'envie de tuer quelqu'un pour être acceptées dans le gang. L'initiation à la FAT exigeait un cadavre noir, peu importait lequel, tant que vous l'écorchiez vous-même. L'argument de Greg – fondé sur le fait qu'après avoir purgé sa peine de deux ans dans un établissement pénitentiaire du Texas, Keith Dale était revenu dans une ville où, en l'espace d'une semaine, son épouse et un homme noir avaient trouvé la mort – n'échappait pas à Darren. Il se rendit compte avec agacement que Greg était sans doute au courant du lien potentiel avec la Fraternité lorsqu'il lui avait téléphoné plus tôt, mais avait attendu le moment où, supposait-il, Darren était à mi-chemin du comté de Shelby, pour lui communiquer cette information. Darren pouvait encore rebrousser chemin, même s'il n'était motivé que par le dépit. Mais la mention de la Fraternité l'avait stimulé. En un rien de temps, il fut de retour sur la 59, roulant à cent quarante à l'heure. Il eût mieux fait de ralentir, pour constater que son ressentiment envers les Rangers le précipitait tête la première dans une affaire dont il ne connaissait pas la moitié. Mais il ne le fit pas. En tout cas, pas à ce moment-là.

Lorsqu'il pénétra dans le comté de Shelby, il enleva son insigne, lançant l'étoile à cinq pointes dans la boîte à gants. Elle heurta avec un léger cliquetis une bouteille de Wild Turkey à moitié pleine dont il avait oublié l'existence, un chant de sirènes qu'il laissa sans réponse pour l'instant. Il se sentait nu sans son précieux insigne, mais aussi, étrangement protégé par l'anonymat dû à son absence. Sans l'étoile, il n'attirerait aucune attention intempestive, et ne signalerait sa présence à aucun des membres de base de la Fraternité dans le comté, ces chiens enragés toujours aux aguets. À Houston, où il était en poste, personne ne saurait qu'il enquêtait, sans y être autorisé par ses supérieurs, sur une affaire qui, devinait-il, était pour lui, en tant que flic et que Texan, de la plus haute importance. En fait, tant qu'il ne portait pas l'étoile des Rangers, ils ne pouvaient pas l'empêcher de faire ce qu'il voulait. Sans l'insigne, il était simplement un homme noir voyageant seul sur la route.

Deuxième partie

5

La clochette en cuivre de la porte d'entrée de Geneva Sweet's Sweets tinta doucement lorsque Darren entra dans le café. C'était un antique grelot de traîneau, attaché à la poignée à poussoir avec un vieux bout de ruban écossais rouge et vert Kelly aux bords effrangés, comme une décoration de Noël que quelqu'un aurait accrochée un mois de décembre particulièrement festif au moins dix ans plus tôt. Noël semblait être une fête privilégiée au Geneva's. Une guirlande d'ampoules colorées formait une auréole au-dessus de la porte de la cuisine située derrière le comptoir décoré lui aussi de lumières bariolées sur un fil tordu, souillé de ketchup séché et de sauce barbecue aux endroits où il avait été agrafé au contreplaqué déformé. Les calendriers sur le mur du fond proche de la cuisine étaient tous ouverts à la page du dernier mois de l'année avec des photos de poinsettias, de couronnes de pommes de pin et de petits Jésus radieux, jaunissant sous le soleil de l'après-midi qui pénétrait à flots par les fenêtres du café. Darren avait entendu à deux reprises Mahalia Jackson chanter *Silent Night* sur le juke-box situé à côté de l'endroit où il était assis depuis une heure. Le café faisait à peine soixante-quinze mètres carrés, et marchait bien pour un établissement d'une salle au milieu de nulle part. Le panneau à l'entrée de Lark que Darren avait dépassé juste après avoir franchi la limite du comté indiquait POPULATION : 178 HABITANTS. Une partie du Geneva's avait été convertie en salon de coiffure pour hommes, une bizarrerie dans un endroit regorgeant de bizarreries et de bric-à-brac. Des plaques d'immatriculation du Texas datant d'un demi-siècle, une vieille guitare électrique, et sur une haute étagère, des rangées de poupons au crochet. Un Noir avec des taches de rousseur, âgé d'une cinquantaine d'années, était assis sur un fauteuil vert de barbier et lisait une bande dessinée.

Darren avait connu ce genre d'endroits dans son enfance. Mary's Market & Eats, à Camilla, où il achetait des cornets de glace, et ramenait à la maison des assiettes de poisson-chat frit quand ses oncles n'avaient pas envie de préparer un repas. Rochelle's, à Coldspring, vendait une citronnade si sucrée qu'elle vous agaçait les dents, et par une journée d'été la queue s'allongeait presque jusqu'au tribunal. Depuis des générations, les femmes noires avaient monté quatre murs, mijoté leur recette préférée, et compté les dollars quand les gens de couleur arrivaient de partout juste pour passer un moment dans un lieu où ils étaient les bienvenus. Geneva's était une survivance, et Darren se demanda si dans vingt ans, des bouis-bouis comme celui-ci existeraient encore. Peut-être que oui, songea-t-il, si la nourriture était aussi bonne.

Il n'avait rien avalé d'autre que son en-cas au bord de la route.

Il attaqua sa portion de queue de bœuf aux haricots noirs, mâchant le plus lentement possible pour conserver sa place près de la fenêtre, ce qui lui permettait de garder un œil sur le village. Il n'y avait pas grand-chose à voir, conclut-il. Le café Geneva's, et à l'angle, de l'autre côté de la Route 59, une grosse maison surmontée d'une coupole, entourée d'une clôture, le bois blanchi à la chaux, immaculé. À cinq cents mètres plus au nord, du même côté que le Geneva's, il avait dépassé un bar à l'ancienne, à moitié en plein air, avec une véranda sur trois côtés du bâtiment carré au toit plat, dont le bois grisâtre était noir et pourri par endroits. Les murs du bar étaient recouverts de plaques d'aluminium peintes en ocre terne, et l'enseigne au néon indiquait : JEFF'S JUICE HOUSE. Darren se souvint que le mail de Greg citait ce nom.

Les autres joyaux du village, s'ils existaient, étaient enfouis dans la campagne ou le long des étroits chemins de terre rouge truffés d'ornières qui partaient de la grand-route comme des lits de torrents, et serpentaient entre les pins en direction des fermes et des caravanes blotties dans les bois. On pouvait embrasser du regard la totalité de Lark le temps d'un éternuement. Darren l'avait traversé en voiture et avait rebroussé chemin à deux reprises avant de comprendre que le village ne s'étendait pas plus loin. Lorsqu'il était arrivé, il avait vu deux voitures de police garées devant le Geneva's, et décidé de s'y arrêter en premier. Il savait que le bayou Attoyac, qui suivait la frontière ouest du comté, longeait la forêt derrière le restaurant.

Un camionneur blanc qui venait de se garer s'approcha d'un pas incertain. Darren aperçut ses plaques incrustées de boue par la fenêtre : OHIO, AU CŒUR DE TOUT. L'homme s'immobilisa sur le seuil, impressionné par la demi-douzaine de visages noirs tournés vers lui, et retira la casquette qui couvrait ses cheveux trempés de sueur.

« Je vous sers quoi ? demanda Geneva.

– C'est le seul relais routier par ici ?

– Il y en a un à Simpson si vous tenez jusque-là. »

L'homme jeta un coup d'œil à son semi-remorque, qui bloquait la moitié du parking, la pompe à essence solitaire paraissant minuscule à côté. Il hésitait.

« On dirait que vous avez besoin de manger quelque chose, alors entrez. Ne vous inquiétez pas, on vous laissera vous asseoir au comptoir. » Elle sourit et croisa le regard de Darren, à qui elle fit un clin d'œil. Il lui rendit son sourire malgré lui. Ils avaient échangé quelques mots à peine lorsqu'il avait commandé son repas, mais elle lui avait plu tout de suite. Le camionneur commanda un sandwich au porc à emporter. Et Darren profita de l'occasion pour intervenir dans la conversation. Il alla s'installer sur le dernier tabouret libre au comptoir, et s'assit entre un homme de soixante ans environ et un garçon plus jeune qui portait une chemise en nylon avec l'inscription TRANSPORTS TRANSWEST ASSOCIÉS.

« Si vous permettez, dit Darren à Geneva. Je n'ai pas pu m'empêcher de remarquer qu'il y avait beaucoup d'hommes en uniforme dans votre café. Il y a un problème ? »

L'homme plus âgé émit un léger sifflement, tapotant les bords du journal posé devant lui, mais il se tut. Geneva leva les yeux du sac en papier qu'elle remplissait de sachets de lingettes. Elle refusa elle aussi de commenter. Mais le jeune Noir intervint : « Une fille est morte là derrière », dit-il, levant les yeux de son portable pour lancer un coup d'œil à Darren. Puis, décidant que son interlocuteur méritait d'entendre toute l'histoire, il ajouta : « Une Blanche.

– Combien de temps encore, pour mon sandwich ? demanda le camionneur de l'Ohio.

– Elle avait un bébé, hein Geneva ? insista le garçon.

– Qui ? Missy ? » dit le cuisinier de Geneva, un homme en tablier blanc arrivant de la cuisine, tenant un sandwich enveloppé dans du papier blanc, taché sur les côtés par des filets de sauce barbecue. Il le glissa dans le sachet.

« Ça fait quatre dollars quatre-vingt-dix-neuf », dit Geneva au routier, indifférente au reste des gens.

Ohio laissa un billet de cinq dollars devant la caisse et fila.

Quelques secondes plus tard, Darren entendit rugir le moteur du semi-remorque quand le chauffeur accéléra, une fois de retour sur la route. Geneva, occupée à examiner un tas de courrier posé sur la tablette d'un secrétaire calé contre le mur du fond, ignora Darren.

« Huxley, tu as du courrier à poster ?

– Pas aujourd'hui, répondit le vieil homme.

– Ouais, elle a un bébé, c'est c'que t'as dit, claironna le jeune garçon.

– Ça suffit, Tim », répliqua Geneva. Elle empila avec soin les lettres à envoyer, et enroula un élastique orangé autour. Elle semblait éviter délibérément de croiser le regard de Darren. Il n'était pas des leurs et n'avait donc pas le droit d'être initié aux secrets du village.

C'était de bonne guerre.

Darren régla son repas en espèces, laissant un pourboire ridiculement généreux.

La clochette tinta quand il sortit pour regagner son véhicule. Derrière le siège passager, il gardait un sac de voyage bleu marine qui contenait des vêtements de rechange, deux cents dollars en espèces, des chargeurs supplémentaires pour le Colt, de la viande de cerf séchée qu'un collègue avait fumée lui-même, une brosse à cheveux, et un paquet de cigarettes. Il n'était pas fumeur, mais savait que les gens avaient moins tendance à poser des questions à un homme en train de flâner s'il avait une cigarette entre les doigts. Il prit une Camel dans son paquet et contourna le café. Il y avait derrière Geneva's une étendue de terre bosselée d'une centaine de mètres qui rejoignait la rive envahie de mauvaises herbes du bayou Attoyac, un plan d'eau lisse de trois mètres de large, vert mousse à certains endroits et brun rouille à d'autres, en fonction de l'inclinaison des arbres sous le soleil. Pas une ride ne frémissait sur sa surface, l'eau aussi immobile qu'une vitre teintée. Il était impossible de déterminer la profondeur du bayou ou de deviner quelles espèces pouvaient subsister à l'intérieur. Darren s'interrogea de nouveau sur les mots *état du corps*, et sur leur sens, se demandant si une créature s'était repue de Michael Wright.

Cette idée lui donna la nausée, la queue de bœuf et les haricots refluant dans son œsophage. Il tourna la tête et cracha dans l'herbe, se forçant à ne pas vomir. Entre le bayou pestilentiel et l'odeur fétide et douceâtre de la décomposition humaine, Darren crut s'évanouir. Il se couvrit la bouche et le nez. Ça ne servirait à rien, rien du tout, mais c'était un réflexe impossible à maîtriser. Le cadavre était déjà recouvert, mais il savait que c'était elle. Sans aucun doute. Michael Wright était sur la table du médecin légiste à Dallas. Ce terrain était l'ultime lieu de repos de Missy Dale. Darren nota la distance qui séparait le bord de l'eau de la porte de derrière de Geneva's – où le cuisinier, l'homme en tablier, s'appuyait contre le chambranle, jetant un œil sur l'ensemble de la scène. Il y avait aussi un mobile home d'une taille conséquente garé à cet endroit. Blanc avec des garnitures vertes, il était beaucoup plus grand que la caravane de sa mère – avec trois chambres à coucher, peut-être.

La personne qui habitait là était sans doute celle qui l'avait trouvée.

« Dis à Geneva qu'elle va devoir interdire à ses clients de se promener ici », déclara un homme en pantalon serré, avec un insigne de shérif épinglé sur sa chemise blanche.

Il s'adressait à Darren, qui s'était aventuré un peu trop près de la scène de crime. D'instinct, celui-ci ouvrit la bouche pour s'expliquer, mais il se ravisa, se souvenant qu'il était un simple badaud ici. Il avait fréquenté des shérifs de petites villes pendant toute sa carrière. Les Rangers travaillaient la plupart du temps au service de la police locale qui ne disposait pas des mêmes ressources qu'eux pour entreprendre des enquêtes de fond. Certains shérifs leur faisaient bon accueil, appréciant particulièrement Darren, perçu comme ayant un don avec les suspects et les témoins à la peau sombre ; et d'autres – comme cet homme d'un mètre soixante-dix, large comme une barrique, qui se dressait devant lui – se méfiaient de tous les étrangers. Ils avaient en horreur tout ce qui touchait aux Rangers : du financement public généreux qui leur était alloué à leur juridiction inter-comté et à leur liberté d'aller et venir grâce à l'admiration mêlée d'effroi qu'ils inspiraient.

Darren était heureux de jouer les badauds. La journée s'était rafraîchie, et son humeur aussi. Il ressentait les effets de la fatigue, et la nourriture trop riche jouait des tours à son système nerveux. Il s'autorisa une pensée pour sa maison.

Celle de Camilla. Ou de Houston, si Lisa voulait encore de lui.

Il savait que c'était sa soif qui l'entraînait.

Partie au galop devant la charrette, tel un étalon sauvage qui se serait emparé des rênes. Il avait besoin d'un putain de verre. Un besoin plus urgent peut-être que la résolution de ce mystère. Il pouvait rester dans le coin jusqu'au coucher du soleil, réunir des informations pour Greg, et rentrer à Houston, ainsi qu'il l'avait promis au lieutenant Wilson. Peut-être devrait-il accepter l'invitation à dîner de son oncle et sa proposition de lui faire visiter l'université d'Austin. Peut-être Darren ne pouvait-il pas se permettre de balayer d'un revers de main le projet de reprendre ses études de droit. Il avait déjà dans la bouche le goût du bourbon qui l'attendait chez lui à la fin de cette journée merdique. Ce serait sa récompense pour s'être montré ouvert à d'autres perspectives d'avenir, ce que Lisa ne lui reprocherait sûrement pas. Il était tenté de céder.

Il recula derrière une ligne invisible dans la terre, à un mètre à peine de la porte du café, et le shérif approuva d'un signe de tête.

« Tu en as une autre ? » entendit Darren.

En se retournant, il vit une vieille femme noire debout à côté de lui. Elle avait la taille d'un collégien, mais était vêtue comme un homme âgé venant de découvrir le concept de la fluidité du genre. Quand Darren était arrivé, elle regardait les adjoints du shérif travailler. Elle tendit la main, désignant sa cigarette. Il ne l'avait pas encore allumée, et la lui proposa galamment. Elle fit la grimace, il prit donc le paquet dans sa poche pour lui en offrir une intacte. « C'est bien », dit-elle. Elle ne lui demanda pas de feu mais sortit un briquet de sa poche. Un petit objet en plastique orné d'un crocodile dansant sur le côté. Elle l'approcha de sa cigarette, puis fit signe à Darren de se pencher, et alluma la sienne. « T'es qui ? » demanda-t-elle, le fixant par-dessus la flamme.

« Pardon ?

– J't'ai jamais vu par ici avant.

– Je suis de passage.

– T'as bien choisi ton jour, répliqua-t-elle, indiquant la scène de crime.

– Je vois ça, répondit-il. Qu'est-ce qui s'est passé ? »

La femme cracha un brin de tabac intempestif sur le sol, puis tira sur les pans de sa veste, arrangeant sa tenue avec beaucoup de soin, comme si elle devait présenter le journal télévisé. « Un vrai gâchis, voilà tout. Tu vois, d'abord y a eu le gars qui s'est arrêté ici la semaine dernière, mercredi, je crois que c'est c'qu'a dit Geneva, on le retrouve mort le vendredi, et on essaie de nous faire croire qu'il s'est noyé. Et aujourd'hui cette petite, et Dieu sait c'qu'on lui a fait », dit-elle, indiquant le corps, une forme d'un mètre cinquante recouverte d'une bâche en nylon blanc. Des mèches blondes agglutinées dépassaient d'un côté.

« Michael Wright est venu ici ? » demanda Darren.

Il ne s'était pas rendu compte qu'il marchait sur les traces de cet homme. Si la femme jugeait curieux qu'il sût le nom du mort, elle n'en dit rien. « Ils l'ont découvert plus au nord, derrière le bar.

– Je veux dire, est-ce qu'il est venu ici ? Vous avez parlé du Geneva's.

– En dehors de ce café, où un homme noir aurait-il pu aller ? »

Darren tourna la tête vers le mobile home.

« Qui habite là ?

– Geneva, répondit la femme tirant sur sa cigarette. Elle loue une des pièces de temps en temps, parce que le motel le plus proche est à dix kilomètres, et elle y garde des provisions, et certaines affaires de Joe qui datent de l'époque où il partait en tournée.

– Joe ?

– Vaut mieux dire à personne dans le coin qu't'as jamais entendu parler de Joe Sweet. »

Une ombre traversa son visage à l'instant où Darren sentit une présence derrière lui, un parfum d'Aqua Velva et de Vitalis qui enveloppait ses épaules. En se retournant, il vit qu'un homme blanc corpulent les avait rejoints. Il mesurait un mètre quatre-vingt-dix avec ses bottes, avait une grosse tête, des cheveux noirs coiffés en banane, et les tempes grises. Il tenait une cigarette allumée, un léger sourire sur les lèvres, et semblait incapable de dissimuler l'excitation perverse que lui inspiraient les horribles crimes perpétrés dans ce village. « On dirait que nous avons un tueur en série sur les bras », s'exclama-t-il, faisant tomber la cendre de sa Marlboro rouge. Il portait, serti dans son alliance, un diamant plus volumineux que celui de Lisa. Il lança un coup d'œil oblique à Darren, ne vit rien d'intéressant, et continua d'observer les adjoints du shérif.

« Parce qu'un tueur en série noir, ça existe ? dit la femme.

– Alors tu penses que le tueur est noir ?

– Ce n'est pas ce que vous croyez ? » Elle aspira la dernière bouffée de son mégot.

« Une fille blanche échoue sur la rive du bayou à une centaine de mètres de l'endroit du comté de Shelby qui compte le plus de Noirs. Et toi, tu *penses* quoi ?

– Je pense que ça explique pourquoi le shérif est arrivé ici dare-dare.

– C'est une fille d'ici, Wendy. C'est différent.

– Elle est blanche. C'est ça la différence. »

Geneva les observait depuis la porte de derrière, debout à côté de son cuisinier les bras croisés sur son tablier taché, le pli de ses lèvres pincées trahissant son agacement. Les hommes du shérif prenaient des notes, jetant de temps à autre un coup d'œil au café et écrivant quelque chose. Darren avait déjà vu l'expression du cuisinier chez d'autres Noirs ; une lassitude, mêlée à l'impatience d'en finir – avec la fouille, la réprimande, l'interrogatoire, le moment inévitable sous le feu des projecteurs. Ce qui ne manquerait pas d'arriver, on le savait.

Bien entendu, le shérif s'approcha, saluant d'abord d'un signe de tête le Blanc qui se tenait à côté de Wendy. « Wally, faut nous laisser gérer tout ça, compris ?

– Bien reçu, Parker », rétorqua Wally.

Les deux hommes s'appelaient par leur prénom, et la déférence semblait s'orienter dans la mauvaise direction. Darren jugea inconvenante la manière dont le shérif levait la tête vers Wally, tel un écolier nerveux s'assurant qu'il n'avait marché sur les orteils de personne. Le shérif indiqua alors du menton l'arrière du café.

« Geneva », dit-il.

Elle répondit par un signe de tête abrupt. « Shérif Van Horn.

– Tu me donneras cette liste le plus tôt possible, tant que c'est encore frais dans ta mémoire. Ceux que tu te souviens d'avoir vus ici, et ceux dont tu ne connais pas le nom, tu te contentes de les décrire. Mais nous avons besoin de cette liste immédiatement. »

Wendy éleva la voix.

« Enfin bordel, tout le monde sait que Missy venait du bar de Wally hier soir.

– Nous ne savons rien pour l'instant.

– Wendy, vas-y et laisse-les faire leur boulot ici, dit Geneva. Plus tôt ils s'en iront, mieux ça vaudra pour tout le monde. Vous prévenez ses parents, shérif? dit-elle doucement. Elle a un fils, vous savez.

– Je suis au courant.» Le shérif Van Horn soupira et passa la main dans ses cheveux clairsemés. Il avait une cinquantaine d'années, trapu et bâti comme un joueur de baseball vieillissant, le cou épais et le dos large. «Ils habitent à Timpson mais j'ai dit à mes hommes d'essayer de les contacter. Keith a quitté la scierie dès qu'il a appris la nouvelle. Y va falloir procéder à une identification officielle du corps, alors...»

Geneva frissonna un peu, mais répondit d'une voix ferme: «C'est *elle*.

– Par la famille, madame. Nous avons besoin qu'elle soit identifiée par la famille.

– Bien sûr.» Geneva acquiesça, la tête aussi lourde que si elle transportait un chargement de bois flotté sur ses épaules, et Darren sut tout de suite que c'était elle qui avait trouvé la fille. Van Horn s'éloigna pour surveiller les opérations en cours et guider la camionnette du médecin légiste qui venait d'arriver et contournait le café, klaxonnant pour que les adjoints s'écartent sur son passage et avançant cahin-caha sur le sol inégal. Wally observa la scène macabre qui se déroulait devant eux, puis se détourna pour se diriger vers le café. «Je suis vraiment désolé pour toi, Geneva. Tu n'as pas besoin de ce genre d'ennuis», dit-il, suggérant que les ennuis ne tarderaient pas à arriver, selon des règles qu'aucun d'eux n'avait écrites. «Tu sais que j'essaierai de te protéger du mieux que je pourrai.»

Il s'approcha de la porte.

Geneva leva une main pour l'en empêcher. «Non, vous ne franchirez pas cette porte comme si ce putain de café vous appartenait, déclara-t-elle. Vous faites le tour comme tout le monde. Je me fous de savoir qui était votre père.»

6

Darren franchit la porte du café sur les talons de Wally, qui prit le seul siège disponible au comptoir. Mais il ne s'assit pas. Il se dressa de toute sa hauteur comme un ours au-dessus d'un tas de nourriture trouvé dans les bois. On sentait l'assurance du propriétaire dans sa posture dominante, ses bottes en cuir d'autruche plantées sur le lino, à environ soixante centimètres l'une de l'autre, ses mains épaisses parsemées de taches brunes agrippant le bord du comptoir. Tim, le jeune routier, s'éloigna le plus possible de lui, se glissant de son tabouret pour aller s'asseoir dans un box libre près de la fenêtre, laissant Huxley, qui était plus âgé, observer Wally par-dessus ses lunettes de lecture. Geneva, sans même un signe de Wally, glissa une tasse à café devant lui et prit pour la remplir une carafe à couvercle orangé, près de la cloche à pâtisserie où étaient disposés des petits gâteaux carrés et des beignets aux fruits, comme ceux que Darren s'achetait enfant en grappillant des pièces de cinq cents. Wally la remercia pour le café, et Geneva lui répondit d'un hochement de tête qui n'était pas inamical. Darren fut frappé par la curieuse harmonie de leurs gestes. Lorsque Wally prit son portefeuille pour payer, Geneva avait déjà compté la monnaie à lui rendre sur le billet de vingt dollars qui, semblait-elle savoir, allait surgir de la pince à billets de Wally. Une familiarité bien rodée, et pourtant discrète.

Wallace Jefferson III, découvrirait Darren, était propriétaire de l'étrange villa en brique rouge située de l'autre côté de la voie rapide, dont le salon donnait sur Geneva Sweet's Sweets. « Tout ce gâchis, c'est une honte, s'exclama Wally, la voix assourdie par la nicotine. Cette route commence à attirer un paquet de racailles. Je peux te dire tout de suite que ça ne plaît ni à Van Horn ni à ses hommes que la fille ait atterri dans ton arrière-cour. Toutes sortes de gens fréquentent ton café, il y a des routiers qui viennent du nord, de Chicago, de Detroit, et même de Laredo, au sud. N'importe lequel de ces types pourrait être mêlé à ça. On raconte que Missy aurait été violée.

– Je peux utiliser votre téléphone ? demanda Darren.

– Il y a un problème avec celui que vous avez à la main ? » répondit Geneva, indiquant son portable. Son affection, accordée si naturellement au moment où elle lui avait servi son déjeuner, s'était à présent dissipée. Elle le regardait comme si elle ne comprenait pas pourquoi il était encore là. Il avait mangé, réglé sa note, et n'était ni son parent ni son ami. Elle était occupée à remplir les salières et les poivriers, et son humeur avait subitement tourné au vinaigre.

« Je n'ai plus de batterie, expliqua-t-il.

– À force de jouer avec ces trucs, c'est la batterie de nos cerveaux qui va mourir », dit Wendy en entrant par la cuisine. Elle se laissa tomber avec un soupir sur la chaise en vinyle rangée derrière le comptoir. Geneva indiqua avec un poivrier le téléphone public dissimulé dans un angle du café, à l'abri d'un rideau en polyester orné de canards. Darren la remercia et traversa la salle, contraint de s'excuser à deux reprises avant que Tim déplace ses chaussures de travail qui dépassaient du box et lui barraient la route. Tim s'était aligné sur l'accueil glacial réservé à Darren par

Geneva, et avait décidé d'entrer dans son jeu sans se poser de question. Il prit tout son temps pour libérer la voie et permettre à Darren d'accéder au téléphone.

Derrière le rideau, sur une petite étagère en bois, il trouva un annuaire de Timpson et des environs – aussi mince qu'un album de promotion d'école primaire – ainsi qu'il l'avait deviné. Il valait mieux consulter un annuaire mis à disposition du public que de signaler à toute la ville qu'il cherchait quelqu'un. Il feuilleta les pages, en quête de Keith Dale, époux de Missy Dale et ancien détenu du pénitencier de l'État du Texas à Huntsville – comme berceau des activités criminelles de la Fraternité Aryenne du Texas, il n'y avait pas mieux. C'était la piste la plus ténue menant à un double homicide, ou plutôt une hypothèse qui ne justifierait pas un mandat de perquisition. Il ne pouvait pas faire grand-chose sans son insigne et il se surprit à regretter le pouvoir qu'il lui conférait.

Il se souvenait de la première fois où il en avait vu un de près.

Darren avait douze ans quand William Mathews était devenu l'un des premiers Rangers noirs du Texas de l'histoire du département. Il tirait avec des pistolets à eau en compagnie des garçons d'à côté, les Gatney, quand son oncle arriva à bord de son pick-up GMC bleu et lui fit signe d'approcher. Il avait deux dossiers à retirer au bureau du shérif à Shepherd, pas très loin de là.

Viens faire un tour avec moi, fils.

Les jambes moites de Darren collaient sur le siège en vinyle de la cabine. Il ne quittait pas des yeux le revolver posé à côté de Pop, un .357 avec une poignée en vrai noyer, si polie qu'elle capta un rayon de soleil pénétrant par la fenêtre passager tandis qu'ils roulaient dans la partie sud du comté. Marié depuis peu, William était en poste à Huntsville et vivait avec Naomi à Houston où ils élevaient leurs enfants. Clayton, qui était épris de la jeune femme depuis l'époque où ils étaient tous les trois au lycée, lui avait fait une cour assidue pendant des années et fini par perdre cette compétition amoureuse contre son jumeau pendant qu'il étudiait le droit à l'université. *Je suis désolée, Clay,* avait dit Naomi quand William et elle avaient annoncé leurs fiançailles. Clayton avait cessé de parler à son frère et même banni William de la maison de Camilla, où les deux hommes étaient nés. Le jour de sa prestation de serment de Ranger, William regretta l'absence de son « fils aîné » – le nom qu'il donnait à Darren – qui n'avait pas été autorisé à y assister.

Ils avaient écouté une face d'un album de John Lee Hooker sur son lecteur de cassette, et William lui avait promis de lui acheter un Coca glacé. Darren était fier de saluer les gens au passage, les gosses qui n'avaient pas d'oncle Ranger. Mais il se crispa lorsqu'ils dépassèrent le panneau routier indiquant Shepherd : 1 674 HABITANTS.

Toute sa vie on lui avait dit d'éviter ce lieu qui de tout temps, se souvenaient les oncles, avait été un bastion du Ku Klux Klan dans le comté. On avait recommandé à Darren de ne jamais faire de vélo sur une route menant à Shepherd.

Mais l'insigne changeait tout.

En ville, les adjoints blancs y regardèrent à deux fois quand William franchit la porte du poste. Mais ils firent preuve d'une déférence que Darren n'avait jamais constatée de la part d'hommes blancs. Ils n'avaient pas le choix ; William était plus gradé qu'eux tous. Darren était encore convaincu aujourd'hui que son oncle l'avait emmené ce jour-là pour lui montrer le pouvoir de l'insigne du Ranger. William supposait même que de la même façon qu'il avait réussi à épouser Naomi, il l'emporterait contre Clayton en ce qui concernait les études de droit de leur neveu.

Darren entendit Tim qui disait : « On va pas les laisser nous mettre ça sur le dos.

– C'est qui, *nous* ? intervint Wally. T'es un gars de Houston, pas vrai ?

– Fais gaffe à c'que tu dis, mon *gars*.

– Z'êtes tous trop sensibles, déclara Wally, passant en revue la demi-douzaine de clients noirs dans la salle. C'est exactement ce que redoute Van Horn, que l'un d'entre vous se soit fait des idées tordues sur l'autre type, celui qui s'est noyé…

– Vous parlez de celui qu'a été *tué*, rectifia Geneva.

– Y a pas le début d'une preuve pour le confirmer, et tu le sais.

– On sait rien. On nous dit rien. »

Darren trouva une adresse pour Keith Dale, mais sans mandat de perquisition, il n'existait aucun moyen légal de pénétrer chez cet homme. Un Noir sans insigne surpris à fouiner chez quelqu'un était à coup sûr un cambrioleur. Un sentiment d'incertitude l'envahit de nouveau. Que faisait-il ici, que croyait-il donc accomplir ? Il était suspendu, bon sang. Sans l'insigne, il n'était personne. *Rentre à la maison.*

Mais la soif chuchotait aussi à son oreille. Il était presque dix-sept heures, et il n'était pas sûr d'être capable de faire le trajet jusqu'à Houston sans un petit remontant pour se détendre. Un verre, deux au maximum.

« On a rien connu de pareil par ici depuis la mort de Joe, dit Huxley.

– Lequel des Joe ?

– Ça suffit, Tim, dit aussitôt Geneva.

– Cette sorte de crime… intervint Wally… beaucoup de gens vont en profiter pour vous fiche à la porte. Quand tu seras prête à discuter, dis-le-moi. Mon offre tient toujours. Je ferai en sorte qu'il y ait un moyen pour toi de faire partie du deal.

– Si j'avais voulu vous vendre ce café, je l'aurais fait depuis longtemps. »

Darren les interrompit, se penchant entre Huxley et Wally, les coudes appuyés sur le comptoir en formica. Il s'efforça de croiser le regard de Geneva avant de partir; son éducation n'en exigeait pas moins en échange de son temps et de son repas. De plus, si elle rédigeait des listes de clients qui étaient passés dans son café les derniers jours, il voulait qu'elle se souvienne de lui comme d'une personne parfaitement inoffensive. Pour quelqu'un qui voyageait à l'insu de ses supérieurs, il avait déjà attiré sur lui plus d'attention qu'il ne l'aurait souhaité.

« Merci madame. »

Geneva ne lui donna rien en retour.

« J'ai promis à Laura de lui rapporter quelque chose, dit Wally.

– Nous avons pêche et gelée de pomme. » Geneva indiqua les beignets aux fruits exposés. « Vous en voulez combien ?

– Quatre à la pêche et deux à la gelée de pommes. »

Elle souleva le lourd couvercle en verre du plateau de pâtisseries. « La gelée de pomme est expérimentale. Je vous en fais cadeau. »

Cette fois encore, Geneva avait déjà compté et préparé l'appoint avant que Wally n'eût sorti un autre billet de vingt dollars – sa monnaie de prédilection, apparemment, quel que fût le montant de la note. Darren se demanda s'il gardait une montagne de billets de cinq et de dix dans la cabine du pick-up à soixante-dix mille dollars – les étiquettes du vendeur encore collées sur le pare-brise – qu'il avait pris pour franchir la vingtaine de mètres séparant sa porte d'entrée du café de Geneva. Dehors, Darren passa devant le Ford F-250 noir de Wally, si reluisant qu'il y voyait son propre reflet, et son expression hagarde à la fin d'une journée qui avait commencé avec autant de ferveur. Il monta dans son Chevy de neuf ans, démarra, et s'engagea sur la 59, en direction du bar. La fille, Missy Dale, y avait travaillé, et Darren pouvait encore se convaincre qu'il essayait de faire quelque chose de bien ici, qu'il retournait déjà des pierres.

7

Il prit soin d'appeler Lisa avant son premier verre.

Il était dans son pick-up, garé sur le parking du bar, les derniers rayons du soleil réchauffant la vitre arrière de la cabine du Chevy. Demain il recommencerait tout de zéro. C'étaient les mots qu'il avait l'intention de dire à sa femme. Il s'exerça en comptant les sonneries triller dans son oreille, sans savoir si elle allait seulement décrocher. Lisa était encore au bureau, une assez bonne excuse pour l'ignorer. Mais Darren savait que Clayton l'avait sans doute appelée dès la fin de leur conversation de ce matin, pour lui en faire un compte rendu. *Il est prêt.* Il suffisait à Darren de le dire tout haut.

Leur relation s'était déroulée ainsi depuis le début – une ligne droite entre deux personnes qui se changeait souvent en un triangle où son oncle Clayton intervenait. L'oncle avait approuvé Lisa dès la seconde où Darren l'avait ramenée à Camilla à bord de sa Toyota Tercel d'occasion pour dîner en famille, s'emparant de sa main à peine la cinquième passée. Il voulait que Lisa le voie tel qu'il était : un garçon de la campagne élevé à l'ombre des pins, qui n'avait jamais possédé de cheval mais était capable de monter tous ceux qu'on lui présentait ; un garçon qui à chaque Noël avait fait des pâtés de boue rouge sur la véranda avec sa cousine Rebecca ; un garçon qui avait tiré avec un calibre 12 avant d'avoir mué. Les parents de Lisa avaient une résidence secondaire à Santa Fe ; la famille de Darren possédait la vieille maison de Camilla, et il était aussi fier de la partager avec sa petite amie que les paons sauvages qui se pavanaient le long de la propriété. Lisa sourit et mangea des morceaux de porc qu'elle n'avait jamais goûtés auparavant, essuyant le siège vert en métal avant de s'y asseoir pour le repas et il fut ému par ses efforts, les interprétant à tort comme le germe d'une passion pour la vie à la campagne qui s'épanouirait grâce à lui. Des années après elle éclata de rire lorsqu'il suggéra qu'ils pourraient y vivre un jour. Clayton, qui était venu d'Austin, où il séjournait pendant les semestres d'automne et de printemps, pensait que Lisa était parfaite pour Darren. Et s'il y avait eu des hésitations sur la route cahoteuse vers le mariage – les années passées dans différentes universités – Clayton conseillait toujours à Darren de surmonter les obstacles. *Tu ne retrouveras pas une fille comme elle.* Une phrase qui rendait hommage à Lisa mais semblait sous-entendre que son neveu n'avait guère de potentiel en tant que mari. Darren pensait lui aussi qu'aucune femme ne l'aimerait jamais comme Lisa.

« Darren », dit-elle en décrochant.

Elle prononça son nom en un soupir, où il perçut du soulagement, plutôt que de l'exaspération. Un objet cliqueta contre l'appareil, puis un baiser muet, et il sut qu'elle avait enlevé sa boucle d'oreille. Elle s'installait pour lui parler, et il se sentit chavirer. « Tu me manques », dit-il, les mots lui échappant malgré lui comme des perles glissant entre ses doigts maladroits pour s'éparpiller sur le sol. Dans le silence qui suivit, ils retinrent tous les deux leur souffle.

« Reviens à la maison », dit-elle.

Avec tant de naturel qu'il ne sut pas quoi répondre, ni s'il pouvait la croire.

«J'ai dépassé les bornes quand je t'ai demandé d'en faire moins pour Mack que pour n'importe qui d'autre en difficulté. C'est ton travail», poursuivit-elle. Cela ressemblait plus à une accusation qu'à une concession. «J'avais peur, c'est tout. J'ai peur. Je ne veux pas te perdre.» Ce qui était faux, avait-il décidé ces dernières semaines, pendant leur séparation. En réalité, Lisa ne voulait pas le *partager* – avec son devoir de Ranger, avec les appels téléphoniques à minuit, avec l'État du Texas tout entier, et les inconnus auxquels il avait juré allégeance.

Il savait qu'il n'aurait pas dû l'aimer plus pour cela – à cause de cette avarice logée au fond de son cœur, des parties de lui qu'elle voulait pour elle seule – mais c'était le cas. «S'il t'arrivait quelque chose», dit-elle, incapable d'achever sa phrase.

«C'est mon travail, reprit-il, répétant ses mots.

– J'ai été trop rigide, je le sais.»

À part lui il savait qu'elle le reconnaissait uniquement parce qu'elle croyait qu'il en avait fini avec les Rangers, mais il s'en fichait. Il attendait d'entendre ces mots depuis des semaines, il était même prêt à renoncer à son insigne pour cela. «Je t'aime, Lisa.»

Il avait connu beaucoup d'autres femmes – avec une petite amie à mille cinq cents kilomètres, il avait été en manque de sexe pendant de longues années quand il était étudiant; d'un commun accord, ils avaient décidé de ne pas parler de ce qui s'était passé durant cette période – mais elle était la seule qu'il eût jamais aimée. Et Clayton l'adorait, ce qui ne gâchait rien.

Cela comptait tant pour lui qu'il en éprouvait de l'embarras.

«Ça ne me plaît pas que tu boives, dit-elle, posant une condition.

– C'est sous contrôle», répondit-il, assis dans le parking d'un bar.

Avant de quitter ce village, il voulait juste jeter un coup d'œil, par acquit de conscience. Et on pouvait difficilement entrer dans un bar sans commander un verre. Il aurait besoin d'un remontant, après tout. Un bourbon serait aussi inoffensif que la cigarette allumée dans l'arrière-cour de Geneva, mais cette fois il avait l'intention d'inhaler.

«J'ai quelque chose à terminer ici.

– Tu es où ?

– Je fais un petit travail pour Greg.

– Greg», dit-elle, une seule syllabe, aussi dure qu'une pierre.

Darren ne prit pas la peine de s'interroger sur ce que pouvait cacher ce ton glacial. Il l'informa de ses plans : il rendrait son insigne le lendemain, comme convenu avec le lieutenant Wilson, et on verrait ensuite comment les choses tourneraient, si Mack était inculpé ou pas, et ce que cela impliquerait pour Darren. Lisa ne souffla pas mot du projet de reprendre ses études de droit et ne parla pas du jour d'après. Il l'aima pour cela.

«Je t'aime aussi», dit-elle.

Il se sentait si heureux qu'il faillit envisager de laisser tomber le bar et de rentrer immédiatement. La Route 59 le conduisait tout droit à Houston. Il serait de retour à temps pour l'une des émissions que Lisa aimait regarder – *Scandale* ou *Real Housewives.* Mais non : un verre l'attendait.

Il avait fréquenté beaucoup de bars pendant sa première année de fac, et, avant que sa relation avec Lisa devienne sérieuse, eu le béguin pour une capitaine de majorettes. Presque tous les week-ends de ce semestre d'automne il se rendait à près de deux heures de route, dans un country bar de Victoria, où les gamins de son lycée pouvaient se soûler sans que personne leur pose de questions. Il n'avait jamais appris la danse country, ni obtenu plus d'un baiser sur la joue – la fille le trouvait mignon mais son père l'aurait tuée si elle avait ramené un Noir à la maison. Pourtant les élèves blancs du lycée étaient sympas avec lui. Ils lui permettaient de s'asseoir à leur table, et lui offraient même une bière ou deux. Le problème venait de tous les autres. Les femmes qui roulaient les yeux s'il se rapprochait trop sur la piste de danse ; les hommes qui faisaient en sorte de le pousser chaque fois qu'ils le frôlaient, marmonnant *nègre* ou *bamboula* assez fort pour qu'il l'entende ; les regards hostiles, chargés de menace, sous une visière de casquette ou un chapeau de cow-boy. Il sentit les mêmes yeux se poser sur lui lorsqu'il pénétra dans Jeff's Juice House.

Une partie de billard était en cours.

Avant son arrivée.

Les joueurs placés autour du tapis vert, vêtus de Wranglers tachés d'herbe – l'un d'eux portant un T-shirt Cruz 2016 –, se figèrent comme un seul homme, la queue à la main, immobiles tels des rocs, dévisageant le Noir qui venait de franchir le seuil du bar. L'intérieur ressemblait à une salle de jeu démesurée, avec une station billards, deux flippers, un jeu de fléchettes, et un juke-box qui, au contraire de l'antiquité de Geneva's, passait des CD. Et de la country, bien sûr. George Strait chantait *Easy come, girl, easy go.* Le drapeau sudiste était visible partout, punaisé aux murs à côté de panneaux routiers et d'affiches des concerts de Luke Bryan et de Lady Antebellum à Dallas. La clientèle était surtout masculine, et il y avait une barmaid plantureuse. C'était une femme de plus de quarante ans, avec des cheveux brun foncé et un visage potable marqué par une acné tardive ou les traces d'une addiction à la meth. Dans le Texas de l'Est il y avait un dicton sur les femmes blanches de cette sorte : *Baisée à mort, plus bonne à rien.*

Il s'approcha du bar et commanda un bourbon, sec, et elle s'empressa de traduire en mots l'animosité qu'il sentait monter de toutes parts.

« Zêtes perdu ? dit-elle.

– Pas le moins du monde », répondit-il, soulevant la cuisse gauche pour se hisser sur un tabouret, faisant en sorte d'exhiber l'étui en cuir de son .45. La barmaid céda en fronçant les sourcils. Darren la regarda remplir son verre, s'assurant qu'elle n'y ajoutait aucun ingrédient supplémentaire. Lorsqu'elle le glissa vers lui, il le leva en disant : « Je bois au port d'armes en public ! » Il laissa un billet de vingt dollars sur le comptoir pour montrer qu'il avait l'intention de rester un moment, puis alla s'asseoir au fond de la salle.

Il y avait une autre fille en service, une serveuse vêtue d'un jean coupé et d'un T-shirt Jeff's Juice House, l'uniforme qu'avait dû porter Missy pour travailler le soir précédent. Il lança un coup d'œil aux clients du bar – âgés de dix-neuf à cinquante ans –, remarquant l'énergie brute qui planait dans l'air, l'odeur de cigarettes et de sueur, les seins et les culs exposés partout. Les nichons sur les vélos, sur le capot d'une Corvette. Partout, des photos de filles presque nues. Peut-être qu'aucune femme n'était en sécurité si elle quittait seule cet endroit. Il fallait en tenir compte, dirait-il à Greg qui, s'il obtenait une copie des autopsies, serait plus efficace dans l'affaire Michael Wright et Missy Dale que Darren en piétinant la poussière dans ce village. Il se cala sur son siège, laissant le bourbon produire son effet, réchauffer ses veines comme du beurre fondu, relâcher tout son corps. Une porte s'ouvrit derrière lui, et par réflexe, afin de ne pas exposer son dos à un danger éventuel, il se retourna, choqué de constater que non seulement le bar avait des toilettes pour dames, mais aussi que la personne qui en sortait était noire.

Elle essuyait des gouttes d'eau éparses sur son visage. Certaines viraient au caramel sur son manteau blanc comme neige – un vêtement qu'avec un peu de bon sens, personne ne porterait dans un lieu pareil. Son teint était grisâtre, et elle serrait contre son flanc un sac à main Furla noir tout en évoluant entre les tables poisseuses sans croiser un seul regard, pas même celui de Darren qui ne la quittait pas des yeux. La certitude qui l'envahit alors était une sensation qu'un flic éprouvait rarement dans sa carrière.

L'épouse a été informée.

Elle s'assit seule à une table de l'autre côté de la salle, sans adresser la parole à quiconque, examinant ce qui l'entourait – les drapeaux confédérés, les hommes blancs se donnant des coups de coude en sa présence, les assiettes remplies de porc, de haricots et de pain grillé aussi épais qu'un manuel – comme si elle essayait de déchiffrer des panneaux routiers dans un pays étranger, et ne savait ni où elle était ni comment elle y était arrivée. Darren se leva aussitôt, presque sans réfléchir. À l'instant où il atteignait sa table, et seulement alors, quand il la vit lever vers lui des yeux où se lisait la confusion et non le soulagement, il se rappela qu'il ne portait pas son insigne, et jouait un rôle restreint dans cette affaire. « Tout va bien ? » lui demanda-t-il, mais sa réponse fut engloutie par la musique, les jeux électroniques, et les deux télévisions diffusant *Monday Night Football*.

Il s'assit en face d'elle et la regarda tressaillir. Il se présenta nu, sans son titre. Elle hocha la tête et répondit quelque chose qu'il ne parvint pas à saisir, se penchant assez près pour voir la peau fripée sous ses yeux rouges et humides. Elle secoua la tête et dit : « Je ne sais pas ce que je fais là. » Puis elle se leva en hâte, renversant un verre d'eau avec le bord de son sac. L'eau ruissela sur la table, formant des vaguelettes, et se déversa sur les genoux de Darren. « Je n'aurais pas dû venir », dit-elle, se dirigeant vers la porte qui donnait sur la véranda et le parking. Darren lui attrapa la main en se levant pour la suivre. « Ne me touchez pas », dit-elle, en se dégageant de son emprise.

Ils se donnaient en spectacle.

La barmaid fit un signe de tête à un type en T-shirt noir, coiffé d'une casquette Steelers, à l'autre bout du bar. Il décroisa ses bras musclés et tatoués et vint vers eux. La femme de Michael Wright repoussa Darren et s'avança vers la porte d'entrée. Il la suivit, quelques pas en retrait, dans cette salle remplie d'hommes qui observaient tous la scène. Dehors, la musique s'estompa, et un semi-remorque roulant vers le sud passa en vrombissant devant le bar, noyant le parking dans un nuage de gaz d'échappement. Le soleil s'était couché, et l'enseigne au néon projetait sur le sol une clarté ambrée et bleu pâle, le nom du bar se reflétant sur les pare-brise des pick-up.

Darren avait atteint la plus basse des marches du porche quand il entendit un bruit de bottes derrière lui. En se retournant il aperçut le grand type à casquette Steelers qui gardait à présent la porte. « Foutez le camp d'ici, cracha-t-il, les chassant comme des chiens errants. Foutez-moi le camp, tous les deux. »

Darren scruta le parking, cherchant la femme.

« On veut pas d'ennuis, dit-il à l'homme en T-shirt noir.

– Alors vous zêtes pas au bon endroit. »

Le type s'avança dans la clarté de l'enseigne, assez pour que Darren distingue les tatouages sur ses bras. Il compta au moins trois motifs inquiétants. Des crêtes assorties sur les deux biceps, soulignées en noir et surmontées des lettres F et A, et traversées par une épée en forme de T d'où dégoulinait une goutte de sang. Et les deux éclairs de l'insigne SS sur le poignet gauche.

La porte s'ouvrit derrière lui, et quatre autres hommes s'avancèrent sur le porche. Darren reconnut au moins l'un d'eux pour l'avoir vu près de la table de billard après l'interruption de la partie. Deux d'entre eux étaient armés. Darren aussi, bien sûr, mais seul, il ne faisait pas le poids. Il savait que s'il esquissait un geste en direction de son étui de revolver il risquait – ainsi que la femme de Michael Wright, peut-être – d'être abattu en quelques secondes. Elle était revenue près de lui. « Je veux savoir ce qui s'est passé », dit-elle, la voix plus rauque qu'avant. Elle s'adressait aux hommes qui montaient la garde devant le bar. Il y avait un ton accusateur dans ses paroles. Darren le perçut, et il savait que la bande en haut des marches l'avait aussi remarqué. Il tendit le bras pour l'empêcher de se rapprocher des hommes, qui la briseraient en un clin d'œil.

« Quelqu'un sait quelque chose ici », dit-elle.

Chicago, se rappela brusquement Darren.

Elle ne sait pas où elle est tombée.

Elle portait une tenue qui, savait Darren d'expérience pour avoir vécu avec Lisa, coûtait très cher, sans parler de ce manteau blanc en cachemire. C'était un mois d'octobre plutôt frais pour le Texas, mais ce vêtement n'était pas adapté et elle commençait à transpirer. Une pâleur grise s'étendait sur tout son visage à partir de la racine de ses cheveux coupés au carré qui ondulaient, gonflés par l'humidité de l'air. Il fixa ses yeux ronds, écarquillés dont la nuancée ambrée lui rappelait le contenu de son verre la plupart des soirs.

« Ne faites pas ça, chuchota-t-il.

– Quelqu'un a dû voir quelque chose », dit-elle. Les larmes coulaient à présent sur ses joues. « Qu'est-ce que vous lui avez tous fait ? » Elle dépassa Darren et s'arrêta au pied de l'escalier, où l'attendait l'un des joueurs de billard. Il avait une trentaine d'années, ses yeux bleus injectés de sang, débordant d'une rage désespérée sous la visière de sa casquette. Il ne la laisserait pas prononcer un mot de plus, même s'il devait porter la main sur elle pour l'obliger à la fermer. Il tendit les mains pour l'empoigner.

« Keith ! »

Le gars costaud en noir descendit pesamment les marches pour le rejoindre, plaquant sa paume sur l'épaule du type. *Keith.* Le duvet de la nuque de Darren se hérissa. Keith Dale ?

« Madame, arrête de brailler et écoute ton mec », ordonna le malabar tatoué, se permettant des hypothèses à deux balles sur le couple noir en face de lui. Un autre type armé défit le rabat de son étui à revolver et le rejoignit. D'après les calculs de Darren, il leur restait soixante secondes avant que la soirée tourne au drame. Cette femme ne paraissait pas comprendre le moins du monde ce que signifiaient ces tatouages. Mais elle vit les armes et comprit le danger, et pour la première fois, il la sentit reculer derrière lui. Il devait l'entraîner hors d'ici tout de suite, loin de ces hommes arc-boutés sur leur haine, qui avaient trouvé leur cible : une femme noire trop bavarde. Le pick-up de Darren était assez proche pour qu'il lui dise : « Montez. »

Il lui saisit le coude, la guidant vers le Chevy.

« J'ai une voiture de location.

– Où ?

– Je me suis garée… »

Elle passa en revue le parking comme si elle ne se rappelait plus à quoi ressemblait la berline made in America qui était la sienne. Ford, Chevy, Chrysler – toutes pareilles à ses yeux. Paniquée, elle ne savait plus où chercher. Les larmes brouillaient sa vue.

« Laissez-la ici. »

Quand il ouvrit la portière côté passager, elle déclara : « Je ne monterai pas dans votre véhicule. » D'une main tremblante, elle fouilla son sac en quête de ses clés de voiture.

Il se pencha dans la cabine du Chevy et ouvrit la boîte à gants pour que la clarté du bar illumine son insigne. Les mots familiers s'échappèrent de sa bouche, et il ressentit la même détermination que le premier jour où il les avait prononcés : « Je m'appelle Darren Mathews, madame. Et je suis un Ranger du Texas. »

8

Elle s'appelait Randie Winston, et elle avait été prévenue trois jours plus tôt, par son agent en fait, qui l'avait appelée à Saint Albans, dans la banlieue de Londres, où elle était en plein shooting pour le *Vogue* britannique. Depuis cet appel elle avait voyagé sans arrêt : un trajet en train jusqu'à Londres, puis un vol de huit heures pour New York, où elle avait dû changer d'avion pour se rendre à Dallas, parce que, lui avait-on dit, c'était plus près des bureaux de Parker Van Horn, le shérif du comté de Shelby qu'elle devait rencontrer. Pourtant, ce n'était pas lui qui l'avait accueillie dans le minuscule poste de police de Center, au Texas – encore trois heures de route en plus de ses douze heures de voyage – mais un employé qui ne devait pas avoir plus de dix-neuf ans et un jour, sa bague de fin d'études entaillant la chair grassouillette de sa main droite à cause des kilos pris depuis la remise de diplôme. Il était en train de gober un hot-dog au chili acheté dans une station-service quand elle était arrivée, et avait failli s'étouffer en l'entendant se présenter « L'épouse de Michael Wright », le dernier mot noyé dans un sanglot qu'elle n'avait pas pu réprimer.

Elle était séparée de Michael depuis plus d'un an, mais était restée sa femme jusqu'à la fin, laissant tout en plan pour se précipiter ici vêtue de sa tenue de travail. Elle était photographe de mode, très recherchée dans le monde entier, mais le cachemire et les bijoux fins adaptés à son milieu la désignaient comme une étrangère au Texas. Son matériel photo était encore dans sa voiture de location, et Darren lui promit à plusieurs reprises d'aller la récupérer et même de faire dix kilomètres à pied jusqu'au bar s'il le fallait. Il leur avait pris des chambres pour la nuit dans un motel sur la route à deux pas de Lark. Elle tremblait quand il avait atteint la voie rapide, après un dernier coup d'œil au bar dans son rétroviseur. En état de choc, à bout de forces, épuisée par le chagrin, elle s'était effondrée sur le siège avant.

Le motel était un bâtiment de dix pièces en forme de fer à cheval, avec une enseigne au néon perchée sur une pyramide de vieux pneus haute de six mètres. Il s'appelait The Lucky Ten. Jetant un coup d'œil à l'alliance de Darren et à la main de Randie où l'anneau brillait par son absence, la réceptionniste leur donna deux chambres sans que Darren eût besoin de les lui demander. La femme avait des boucles serrées et desséchées, couleur d'argent terni ; une permanente maison, sans aucun doute. Âgée d'une soixantaine d'années, une croix en or étincelant sur son cou marbré, elle s'assura que chacun d'eux n'avait qu'une clé. Darren avait laissé à Randie la chambre avec le lit le plus grand. Elle était à présent assise sur le bord, face aux épais rideaux jaunes.

Darren avait pris place sur une chaise en vinyle vert foncé à dossier rembourré. Ses bottes enfouies dans l'épaisse moquette à velours bouclé, les mains bien visibles, et il ne prenait pas de notes. Il voulait qu'elle se sente en sécurité.

« Donc le shérif ne vous a jamais parlé ?

– Il n'était pas à son bureau. »

Elle avait retiré son manteau. Elle portait un jean et un T-shirt gris qui soulignaient sa minceur. Ses cheveux tirés en arrière lui dégageaient le visage. Darren savait que

Van Horn se trouvait à Lark cet après-midi, mais il se tut. Il n'avait pas fait mention de l'autre décès ni prononcé le nom de Missy Dale, et il s'en abstiendrait. Pour l'instant, du moins.

Il entendait les camions passer toutes les deux ou trois minutes sur la 59, le bringuebalement nocturne suivi de plages de silence où rien ne bougeait, où seul résonnait le chant des rainettes dans les bois environnants.

« J'ai vu un de ses adjoints, reprit-elle. Il m'a remis un sac en plastique contenant les affaires de mon mari, en disant "Je suis désolé" et "Le corps se trouve à Dallas" et un tas d'autres choses dont je ne me souviens pas. Et puis il m'a demandé de l'identifier sur une photo.

– Quelles affaires ? »

Elle se tourna et palpa le dessus-de-lit pour attraper son sac à main. Elle en tira un petit sachet en plastique rendu opaque par la condensation, si mal emballé qu'un flic l'aurait sûrement enveloppé avec plus de soin s'il avait contenu son déjeuner, ou pire encore, une potentielle pièce à conviction. *Noyade* était la version officielle. Mais d'après Greg, le médecin légiste avait dû buter sur la *cause* de la mort, à supposer que Michael Wright eût été victime d'un homicide. Darren sentit la question planer dans l'air, dans l'odeur infecte qui s'échappait du sac, la puanteur du bayou flottant sur cette affaire. Il avait des gants en latex dans son camion, une boîte entière. Mais il ne pouvait pas la laisser seule. Au lieu de cela il inspecta ce qu'il pouvait à travers le plastique. À l'intérieur il y avait un portefeuille en cuir noir, imbibé d'eau et gonflé ; une alliance en or, assez semblable à celle de Darren, qu'il avait portée en signe d'espoir au tribunal ce matin ; un porte-clés BMW réduit à un morceau de cuir noir et déchiré. De Michael Wright, il ne restait rien d'autre.

« C'est ce qu'ils ont trouvé sur son corps, expliqua-t-elle. Il était dans le bayou depuis plusieurs jours quand ils l'ont découvert, si gonflé qu'il en était presque méconnaissable.» Sa voix s'étrangla. Elle déglutit et essaya de poursuivre. «Le portefeuille… c'est comme ça que j'ai su… Je le lui ai offert au dernier Noël que nous avons passé ensemble.» Elle recommença à pleurer doucement, se vidant peu à peu de son oxygène, recroquevillée sur elle-même.

Darren alla dans la salle de bains, où une boîte de mouchoirs épais et moelleux était calée sur un support en plastique orné de décalcomanies de roses rouges. Il rapporta le tout, qu'il posa à côté d'elle sur le lit avant de retourner s'asseoir sur sa chaise. Les pieds à plat sur le sol, les mains bien en vue, assis sous un paysage de ranch encadré où figuraient des bœufs noir et marron.

Randie se moucha. «Mais ce qu'il a dit ne tenait pas debout.

– L'adjoint a parlé d'autre chose que de la noyade ?

– Il m'a raconté que d'après le shérif, Michael aurait été dévalisé.»

C'était la première fois que Darren entendait ça. «Dévalisé ?

– Ce soir-là il sortait du bar, paraît-il. Il était peut-être soûl, a dit l'adjoint du shérif.»

Une allégation fondée sur quoi ? se demanda Darren, qui eut soudain très envie de consulter le rapport d'autopsie.

Elle prit un autre mouchoir. «Mais les cartes de crédit se trouvent encore dans son portefeuille.

– Vous l'avez touché ?» demanda-t-il, bien qu'un coup d'œil au sachet lui confirmât que ça n'avait pas d'importance. Les empreintes laissées sur ces objets avaient déjà été détruites.

«Je l'ai ouvert tout de suite, devant l'adjoint. Des cartes de crédit et plus de cent dollars en liquide. Peut-être que quelqu'un a volé sa montre, mais il se peut qu'elle soit tombée dans l'eau. Comment aurait-il pu être dévalisé si son portefeuille était intact ?

– La voiture », répondit-il. Non qu'il en fût certain, mais n'importe quel flic devait envisager cette possibilité. Randie le regarda, surprise qu'il l'eût deviné.

Elle acquiesça. « Michael roulait dans une "très jolie voiture", a déclaré l'adjoint, comme si c'était un crime en soi, et il a dit que quelqu'un aurait pu l'agresser pour ça.

– Mais ses clés de voiture sont là, observa Darren.

– Il gardait un double dans la boîte à gants. N'importe qui aurait pu s'en emparer, expliqua Randie. Michael n'était pas d'ici, et ils pensent qu'il s'est perdu – à pied, sans doute, en marchant dans les bois – avant de tomber dans le bayou. La voiture va refaire surface un jour, c'est ce qu'ils ont dit. » Elle secoua la tête. « Mais vous avez vu ce bar. Michael ne serait jamais entré dans un endroit comme celui-là. »

Le bar où travaillait Missy Dale, pensa Darren.

« Vous vous entendiez avec votre mari ? demanda-t-il spontanément.

– Et vous, avec votre épouse ? » répliqua-t-elle.

Il perçut pour la première fois la femme à travers ses larmes, à ses yeux écarquillés qui se plissaient sous l'effet de l'indignation, à sa mâchoire qui se contractait à la lumière de la lampe. La question lui déplaisait. Darren n'aimait pas non plus qu'on le pousse dans ses retranchements. « Vous avez précisé que vous étiez "séparés", c'est tout, répondit-il.

– Il me trompait. »

Elle le dit d'un ton détaché, le forçant à combler un silence embarrassant.

« Je suis désolé », dit-il aussitôt, se rendant compte trop tard que ses premières condoléances étaient motivées par le fait que son mari baisait une autre femme.

« Je suis désolé », répéta-t-il, pour rattraper le coup. Mais elle écarta ses paroles du geste, puis se tut, fixant son annulaire dénudé. « Donc vous l'avez quitté ? poursuivit-il.

– Non. » Elle ne pleurait plus, mais le regret étranglait sa voix. « Je n'ai rien fait. Je n'ai pas divorcé, mais je ne lui ai pas pardonné non plus. Je ne l'ai pas quitté, mais je ne suis pas restée. Je partais en déplacement des mois d'affilée, j'acceptais toutes les missions que je pouvais décrocher, je me tenais le plus loin possible de lui.

– Vous l'aimiez ?

– Quelle importance ? »

C'était une belle femme, il s'en rendait mieux compte à présent, et il était incapable de comprendre un univers où un homme qui avait la chance d'être aimé par une femme comme elle allait baiser ailleurs. Mais il devait aborder la question. Il ne savait toujours pas pourquoi Michael était venu seul au Texas. « Il voyait encore d'autres femmes ?

– Nous n'avons pas échangé un seul mot depuis des mois », répliqua-t-elle d'un ton formel inattendu, une froideur destinée à remettre Darren à sa place.

« Est-ce que vous savez pourquoi il est venu ici ? À mille six cents kilomètres de Chicago ? »

Elle fixa le bord du lit, où était encore posé le sac plastique des affaires de son mari. La réponse ne s'y trouvait pas.

« Qu'y avait-il à Lark ?

– Je n'en ai pas la moindre idée », dit-elle. Pendant les sept années de leur mariage, lui raconta Randie, Michael ne l'avait pas une fois emmenée dans son village natal qui, avait-elle cru par erreur, confondant Timpson et Tyler, se trouvait pas loin d'ici.

Darren la remercia, lui disant qu'il avait de la viande de cerf séchée et des crackers dans son pick-up et qu'il les partagerait volontiers avec elle, puisque la réceptionniste avait précisé que les distributeurs étaient verrouillés après minuit. Randie répondit qu'elle mourait de faim et n'était pas difficile. « Merci. » Elle réussit à lui adresser un pâle sourire, expression spontanée d'une reconnaissance que les femmes savent montrer d'instinct quand elles souffrent. Mais lorsque Darren se leva de son siège pour se diriger vers la porte, elle bondit et lui empoigna le bras, le visage empreint d'une folle panique, comme si elle pensait qu'il ne reviendrait peut-être pas. Ses doigts étaient plantés dans le muscle au-dessus de son coude. « Vous allez trouver ce qui lui est arrivé ? Parce que je l'ai aimé... Vraiment », insista-t-elle, le suppliant de la croire, comme si elle craignait qu'il ne l'aide pas dans le cas contraire. « Vous allez trouver qui a fait ça, n'est-ce pas ? Je veux dire, c'est pour ça qu'on vous a envoyé ici, hein ? »

Darren ne se résolut pas à lui dire qu'en réalité personne ne l'avait envoyé ni chargé d'enquêter, qu'elle était la seule au monde à vouloir qu'il reste.

Parce qu'à ce moment précis, c'était suffisant.

« Reposez-vous, dit-il, lui tapotant le bras. Je ne vous abandonne pas. »

Il attendit d'être sûr que Lisa fût endormie pour lui envoyer un texto. Toute conversation au sujet de son retour différé à la maison devrait attendre le lendemain. Randie s'était écroulée après avoir dévoré un paquet de crackers, et il avait refermé doucement la porte, tenant les clés de sa voiture de location dans son autre main. Puis il attendit. Posté devant la nº 9, il fit le guet, appuyé à la mince cloison de stuc qui séparait les deux chambres. Son regard allant du parking vide, à l'exception de son pick-up, à la route à quatre voies au-delà de laquelle il fut satisfait de constater qu'on ne les avait pas suivis – ni les brutes du bar ni toute autre personne ayant eu vent de la présence de l'épouse dans le village. D'ici le lever du soleil, l'endroit semblait sûr, mais il attendit encore une heure pour plus de sécurité, supposant à juste titre qu'aucun bar du Texas de l'Est ne restait ouvert après deux heures du matin. Ensuite il partit à pied sur la route.

Sa torche à la main, son .45 sur la hanche, et la flasque de Wild Turkey à moitié pleine dans sa poche arrière. Il restait juste assez de bourbon pour lui donner envie d'en boire plus, mais c'était mieux que rien. Le ciel bas, les étoiles saupoudrant le sommet des pins comme de la neige. L'air était vif à présent, et il regretta de n'avoir pas pris sa veste, mais pour rester en vie il avait besoin de sa chemise blanche qui le protégerait des véhicules filant sur la route à cent dix kilomètres à l'heure, tel un réflecteur des phares en forme de torse. Il marchait surtout sur le bas-côté, le gravier et la poussière crissant sous ses pas, guettant le son de la vie sauvage incessante dans la forêt de part et d'autre de la route. À cette heure de la nuit, les semi-remorques étaient rares et espacés, et dans le silence de la campagne, ses pensées se clarifièrent. Il but une gorgée ou deux de bourbon – pour se réchauffer et, reconnut-il, pour se donner du courage. La décision de rester à Lark lui coûterait quelque chose, il le savait. Mais il ignorait *quoi*. Il ne parvenait pas non plus à comprendre ce qui le préoccupait tant dans ces meurtres. Peut-être leur prétendue simplicité éveillait-elle ses soupçons – ces théories sur l'homicide qui se déployaient naturellement, portées par les vagues des siècles d'histoire.

D'abord, il y avait la chronologie des meurtres ; l'homme noir meurt, puis la fille blanche. Ça ne correspondait pas au scénario américain convenu, ni aux avertissements de ses oncles concernant les relations avec des Blanches ou même les remarques corsées à leur encontre, cela sous-entendait un absurde besoin de venger le meurtre de Michael – un étranger à Lark – chez les Noirs du village. Les clients du Geneva's ne s'étaient montrés ouvertement hostiles qu'à l'égard des policiers qui fouinaient derrière le café, et il n'avait surpris aucune réflexion méchante au sujet de Missy Dale. En fait, Geneva avait parlé avec bienveillance de l'enfant de la jeune femme. Tim, le camionneur, avait paru également concerné. C'était Wally, en réalité, qui avait posé en principe l'idée que Missy était morte à cause de l'agressivité manifestée à son égard par les Noirs de Lark, et que son assassinat n'était pas une coïncidence, mais la conséquence de celui de Michael Wright. C'était en tout cas le point de vue de Wally *et* du shérif Van Horn, qui avait demandé à Geneva la liste des hommes et des femmes présents dans son café la veille au soir. Darren se souvint des paroles de Greg, et de la réticence de sa tribu à céder à l'idée futile de la *coïncidence* – la tribu des policiers, s'entend.

Mais si les flics creusaient là où il n'y avait rien à déterrer, cela pouvait conduire à une autre série de problèmes. Et plus il y pensait, plus il jugeait tout à fait possible qu'en voyant une BMW dernier modèle, quelqu'un eût agressé Michael pour la lui voler, l'abandonnant seul et étourdi par une nuit noire comme celle-ci. Il avait pu se perdre. Du moins, il fallait l'envisager.

Et le sort de Missy, l'état effroyable dans lequel on l'avait découverte, n'était peut-être pas lié à Michael Wright mais était l'œuvre de la clientèle du bar où elle travaillait, et des types violents qui le fréquentaient; n'importe lequel d'entre eux pouvait avoir un casier plein d'accusations de viol. *Il fallait l'envisager*, se dit-il encore, malgré le doute qui persistait dans son esprit.

Il avait fait près de dix kilomètres, et ses pieds souffraient à l'intérieur de ses bottes, une paire de Ropers en cuir de vache marron clair dont les semelles se fendraient s'il leur imposait de recommencer un tel effort. Il fut heureux de voir la voiture de location, une Ford bleue à deux portières, garée dans le parking vide. L'enseigne était éteinte pour la nuit, ainsi que toutes les lumières de l'établissement. Il s'était préparé à trouver la voiture vandalisée, mais tout paraissait en ordre, et en éclairant l'intérieur avec sa torche, il vit les sacs de Randie sur le siège arrière, y compris l'étui noir d'un appareil photo.

Il était trempé de sueur après l'effort de la marche, et dès qu'il eut démarré, il baissa les vitres pour respirer un peu d'air frais en conduisant.

Mais il ne retourna pas au motel, pas tout de suite.

En sortant du parking il prit la direction opposée, les genoux presque repliés contre sa poitrine dans cette voiture minuscule quand il s'engagea sur la 59. Il bifurqua ensuite sur la FM 19, une route de terre traversant les bois pour rejoindre le bayou Attoyac, qui passait derrière le café Geneva's et le bar de Wally. Deux univers différents, séparés par quatre cents mètres à peine. Au bout du chemin, Darren avança en cahotant sur l'étroite chaussée sans ligne médiane, les villageois étant habitués à céder le passage. À travers le plancher, Darren sentait chaque bosse du sol, chaque fissure de l'asphalte, sa tête heurtant presque le plafond du véhicule toutes les deux ou trois secondes. Cinquante mètres plus loin, il s'arrêta.

Sa portière grinça quand il l'ouvrit dans le silence de la nuit où seul résonnait le chœur des grillons et des grenouilles. De part et d'autre, des pins gigantesques s'élevaient au-dessus de lui, transformé en Lilliputien au volant de la Ford miniature, les moucherons et scarabées nocturnes dansant dans la clarté des phares. À titre d'expérience, il tendit le bras à l'intérieur du véhicule pour les éteindre. L'obscurité était extraordinaire, si dense qu'il aurait pu la toucher, comme un édredon de velours noir garni d'étoiles, imperceptibles nœuds de lumière à peine assez brillants pour distinguer sa propre main devant son visage. Darren savait que Michael avait été retrouvé ici, à quelques pas du bar, mais que diable était-il venu faire sur cette route ?

Si la théorie du shérif était fondée, la voiture de Michael n'avait pas pu être volée sur le parking du bar. Michael était un homme intelligent, diplômé en droit, bon sang. Il avait sûrement longé à pied la route relativement bien éclairée pour retourner au café Geneva's. Non, quelque chose l'avait conduit sur ce chemin, et c'était là qu'on l'avait agressé pour lui voler sa voiture. *Ça ne faisait aucun doute.* À cette heure où il n'y avait pas de circulation sur la 59 – les phares indiquant la voie pour sortir de la forêt – il était possible de perdre ses repères dans le noir, de s'égarer et de tourner en rond, surtout après plusieurs verres. Darren se limitait à 0,9 g, et contrôlait parfaitement le taux d'alcool dans son sang, buvant juste assez pour savoir quand il devait s'arrêter, mais selon ses critères, assez lucide encore pour détecter le problème inhérent à la théorie du shérif. S'il restait très immobile, il pouvait entendre l'eau couler.

Le bayou était devant lui, comprit-il, à peut-être cinquante mètres de l'endroit où il se tenait. Si Michael, se retrouvant seul, sans véhicule, avait erré par ici, pourquoi se serait-il dirigé vers un plan d'eau qu'il ne voyait pas ? Aucune personne sensée n'aurait agi comme Darren à cet instant précis ; s'aventurant à travers une forêt dense et obscure sans savoir où il allait. C'était cependant pour affronter l'inconnu qu'il avait prêté serment, et il n'avait pas encore rendu son insigne.

Il s'avança droit devant lui, dépassant l'endroit où la route tournait vers le sud, puis il continua à travers bois ; il était guidé par le clapotis du bayou. Il plongea sous les branches basses, repoussant les plus grosses pour passer, une main sur sa lampe de poche dont la faible clarté était insuffisante en raison de la densité de la forêt. Il songea à faire demi-tour pour rallumer les phares afin de s'orienter, ce qu'un homme sobre aurait jugé foutrement plus malin que le fait de marcher à l'aveuglette dans la nuit. À l'instant où il rebroussait chemin sans voir où il posait son pied gauche, il se sentit glisser. La pente n'était pas raide, mais le choc l'empêcha de se rattraper. Il se retourna pendant sa chute, essayant de s'agripper au talus pour ne pas tomber dans l'eau, mais il n'avait aucune prise et sa lampe lui échappa. Il atterrit dans le bayou les bottes en premier et plongea à l'horizontale, sentant l'eau s'infiltrer dans sa chemise.

Il ferma les yeux juste à temps, mais l'eau le brûlait déjà.

Il ferma la bouche et se sentit à tel point privé d'air qu'il dut combattre la panique à force de volonté. *Je ne vais pas mourir ici cette nuit.* Il agita les bras pour tenter un semblant de brasse, et continuer de flotter. Il lança ses jambes en arrière, et il n'en fallut pas plus pour que son pied droit heurte le fond du bayou. Il sentit son orteil se coincer à l'intérieur de sa botte. La douleur s'accompagna d'une illumination. *Lève-toi, mec. Lève-toi.*

En quelques secondes, Darren se releva, l'eau du bayou atteignant à peine le haut de ses cuisses, et il sut alors que Michael Wright n'était jamais entré de lui-même dans le bayou pour s'y noyer.

Troisième partie

9

Il se réveilla la bouche pâteuse. Ses yeux le brûlaient encore. La sonnerie stridente de son portable le rappelait à l'ordre sur sa table de chevet où était aussi posé son revolver qu'il avait démonté la veille au soir pour le faire sécher sur une serviette du motel. *Lisa,* pensa-t-il.

Mais c'était bien pire.

Wilson, son lieutenant, téléphonait du quartier général de la Compagnie A à Houston, et lui cria dans l'oreille sans lui laisser le temps de se racler la gorge pour dire *Bonjour, monsieur.* « C'est quoi cette histoire de double homicide à Lark ? » Darren se rassit et bredouilla « Monsieur », mais fut aussitôt interrompu. « D'abord, personne n'a appelé du comté de Shelby pour demander de l'aide. Ensuite, c'est le domaine de Tom Randall. Et enfin, ce qui est foutrement plus important ici, c'est que vous êtes suspendu, Ranger. »

Darren jeta un coup d'œil au réveil. Il était plus de sept heures. Il avait prévu d'être sur pied des heures plus tôt. Il pensa à l'épouse dans l'autre chambre – fouillant sa mémoire une minute entière pour se souvenir de son nom – et se demanda si elle allait bien, si elle s'était levée effrayée et seule. *Randie.* Il faillit le dire tout bas.

« Dites-moi que vous n'êtes pas dans le comté de Shelby en ce moment, poursuivit Wilson. S'il vous plaît, dites-moi que je n'ai pas besoin d'appeler le capitaine pour lui conseiller de ne pas prendre la peine de peser le pour et le contre, et de vous foutre directement à la porte pour insubordination. »

Wilson l'avait engagé huit ans plus tôt, se faisant le champion de sa promotion au grade de Ranger du Texas, allant même jusqu'à se battre pour lui contre des haut-gradés qui pensaient que Darren n'avait pas l'étoffe d'un Ranger, que Princeton et la faculté de droit l'encombreraient d'une intelligence et d'une conscience morale qui le desserviraient sur le terrain, où l'instinct domine et où la conclusion la plus simple est presque toujours la bonne. Surtout pour les meurtres commis dans le Texas rural, précédés en général d'une annonce belliqueuse lancée à la cantonade dans le bistrot local : *Certaines choses méritent de mourir !*

Wilson avait servi dans la compagnie A avec l'oncle de Darren, à l'époque où William était l'un des premiers Rangers noirs du Texas dans le service. Il pensait le plus grand bien de William et du nom Mathews et avait fait pression pour accorder de l'avancement à Darren, suggérant à la compagnie de le garder au quartier général de Houston, où il pourrait travailler dans l'unité de lutte contre la corruption, enquêtant sur des crimes pour lesquels la paperasse était primordiale. Darren s'y était ennuyé et ne tenant pas en place, il avait demandé instamment à être engagé dans la force opérationnelle chargée de la FAT. Depuis, il avait l'impression que Wilson avait changé d'attitude à son égard et qu'il avait perdu son soutien le plus solide en affichant ainsi son intérêt pour la vie des Noirs, et le sentiment que certains crimes comptaient plus que d'autres. La meth et les armes étaient une chose, mais au fond de son cœur il savait que son objectif était de détruire la Fraternité Aryenne du Texas. Et Wilson le savait lui aussi.

« Nous avions conclu un marché, Mathews », dit Wilson, la voix si tendue qu'il en avait presque le souffle coupé.

L'idée que le lieutenant essayait de parler tout bas et que la nouvelle ne s'était pas encore ébruitée dans le service traversa l'esprit de Darren, et il pensa qu'il pouvait encore sauver sa peau. «Je m'attendais à vous voir arriver dans mon bureau ce matin.

– Vous l'avez appris comment?» demanda Darren.

Il fut traversé par un éclair de panique à l'idée que Greg avait dit quelque chose. Une pensée paranoïaque, déloyale, inspirée par sa gueule de bois. Il se leva pour s'approcher du lavabo situé à l'extérieur de la salle de bains. Il prit de l'eau dans sa main et l'aspira, les gouttes giclant sur son maillot de corps.

«L'épouse, répondit Wilson. Elle a des contacts dans les médias.

– Elle est photographe.

– En effet. Eh bien, elle a appelé quelqu'un au *Chicago Tribune,* et ce matin, il y a dix minutes à peine, je reçois un coup de téléphone d'un journaliste au sujet d'une mort suspecte et je ne vois vraiment pas de quoi il parle, sauf qu'il mentionne votre nom et demande si les Rangers enquêtent sur un crime raciste, quelque chose que le shérif local essaie de couvrir. Mathews, vous vous êtes fourré dans quoi, bordel?

– C'est une noyade qui n'en est pas une, je peux vous l'assurer.

– Je connais le shérif. Parker est un bon flic.

– Alors laissez-moi lui parler, dit Darren. Laissez-moi faire mon boulot.» Il demandait quelque chose de plus qu'un entretien de dix minutes avec Van Horn, et ils le savaient tous les deux. C'était ce dont il n'avait pas discuté avec sa femme hier au téléphone – le fait que sa conscience ne l'autorisait pas à renoncer, que l'insigne représentait ce qu'il était devenu, et que c'était pour lui la seule manière de gérer sa vie de Texan. «Il n'y a pas que le meurtre de l'homme noir, dit-il. Il y a aussi le cadavre d'une fille blanche, locale. Elle est venue s'échouer sur le bord du même bayou, à peine quelques jours plus tard. Michael Wright se trouvait dans le bar où travaillait la fille la nuit où il a disparu. »

Wilson se taisait à l'autre bout de la ligne, et Darren sut que le lieutenant intégrait l'information : en prenant connaissance de ces détails, n'importe quel policier comprendrait que l'histoire ne s'arrêtait pas là. Darren avait frappé juste. « Écoutez, si le *Tribune* croit qu'un Ranger noir est déjà ici en train d'enquêter sur la mort inexpliquée de l'un des siens, ça sera sûrement la merde si je repars avec mon baluchon une fois que le journaliste a éveillé l'intérêt du public. Laissez-moi creuser la question, voir ce que je peux reconstituer sur ces meurtres. Je vous ferai un rapport quotidien, je vous le promets.

– Quotidien ? s'indigna Wilson. Vous comptez rester combien de temps ?

– Le temps qu'il faudra.

– Je vous accorde une semaine, pas plus. Vous me ferez un compte rendu tous les jours, Mathews. Si je n'ai pas de nouvelles, je fais remonter toute l'affaire au capitaine et je le laisse s'occuper de votre cas.

– Et le grand jury ? Vous savez quelque chose ? »

Wilson soupira. Il jugeait particulièrement inapproprié l'intérêt porté par Darren à l'affaire de Rutherford McMillan, qui était à son avis la cause de ses ennuis. *Vous n'auriez jamais dû y aller, vieux.* Il l'avait répété plus d'une fois. Au contraire des autres, il ne croyait pas que Darren avait caché des preuves pour protéger Mack, ou s'il le croyait, il ne le disait pas. Darren était le garçon de William Mathews, ce qui lui assurait chaque fois le bénéfice du doute.

« Pas d'acte d'accusation… pour l'instant, répondit Wilson. Aucune décision à ce jour. »

Darren ressentit à la fois du soulagement et de la terreur. Il se demanda comment Mack et Breanna tenaient le coup. Avant même que Darren eût témoigné, Mack parlait déjà de vendre sa maison, et le priait de prendre soin de sa petite-fille si on l'envoyait en prison. *Veille à ce qu'elle termine ses études.* L'argent de la vente de sa maison et de son pick-up devrait lui permettre d'aller jusqu'en quatrième année. *Promets-le-moi, Darren.*

«Je vais appeler le shérif Van Horn du comté de Shelby, reprit Wilson. Je vais lui dire que vous êtes là seulement pour donner un coup de main.

– J'aurai besoin d'une copie de l'autopsie.

– Déposez une demande par l'intermédiaire du shérif, répondit Wilson. Respectez le protocole et attendez qu'il baisse la garde. N'y allez pas en agitant le poing et pas de scandale à propos des crimes racistes et de tout le reste avant qu'on sache vraiment de quoi il s'agit. Je parle sérieusement, Darren, dit-il avant d'ajouter : Et gardez l'épouse sous contrôle.»

Il devait d'abord la retrouver.

La voiture de location n'était plus dans le parking, et un silence absolu lui répondit quand il frappa à la porte de sa chambre. La réceptionniste ne daigna répondre à aucune de ses questions, pas même à la plus basique : comment Randie avait-elle récupéré ses clés de voiture dans sa chambre à lui, alors que la seule personne disposant d'un double était l'employée de la réception en personne ? «Je ne me mêle pas des affaires des gens, l'informa-t-elle, mais si une dame dit qu'un homme a ses clés de voiture et qu'elle ne peut pas s'en aller, eh bien, je ne reste pas les bras croisés. Je regarde *Dateline* à la télévision.» Apparemment, elle était entrée, et avait fouillé le pantalon de Darren pendant qu'il dormait. «Je veux que vous dégagiez tout de suite. Des gens de votre espèce, j'en veux pas chez moi», déclara-t-elle, sa croix en or captant un rayon du soleil matinal qui illuminait la baie vitrée.

Il songea à montrer son insigne, mais il avait promis à son chef de faire profil bas. Il paya pour une nuit, voulut régler la note de Randie, mais la femme le lui interdit.

« Elle a pris ses affaires ? » demanda-t-il, alarmé à l'idée qu'elle tournait en rond dans sa chambre, seule.

« Si elle avait rendu sa clé, je ne vous le dirais pas, répliqua la femme. Vous avez dix minutes. »

Darren prit une douche rapide pour effacer les traces de la puanteur du bayou, puis il s'habilla, remonta son Colt .45, prit le volant et partit à la recherche de Randie.

Le parking du bar était déjà à moitié plein à huit heures et demie du matin, mais la Ford bleue ne s'y trouvait pas, et elle n'était pas non plus devant le Geneva's, un peu plus loin sur la route. Lorsqu'il s'arrêta près de la pompe à essence pour faire demi-tour, il jeta un coup d'œil dans le café et aperçut un tableau familier : Geneva derrière le comptoir, Wendy en tenue colorée, perchée sur l'un des tabourets rouges en vinyle, et Huxley avec son journal. Le scintillement de la garniture chromée du Chevy attira l'attention de Geneva. Elle leva les yeux, remarqua Darren au volant du pick-up, et fronça les sourcils. Darren fit marche arrière et revint sur la 59. Il était arrivé au bout des quelques centaines de mètres de la rue principale de Lark. Il ne lui restait que les petites routes. À peine l'idée lui avait-elle traversé l'esprit qu'il sut où la veuve était allée. Sur la tombe anonyme de son mari.

Il quitta la 59 et s'engagea sur la FM 19, la route de terre qui conduisait au bord de l'eau. Il découvrit la Ford si vite qu'il dut freiner brutalement pour ne pas en enfoncer l'arrière. Il gara son véhicule et partit en sautillant, les semelles de ses bottes encore humides à cause de sa glissade de la nuit. Il n'y avait personne au volant de la berline, et il ne vit Randie qu'après avoir quitté la route pavée, traversant le bouquet d'arbres où il avait erré la nuit précédente. À présent, il distinguait nettement la ligne à partir de laquelle la berge descendait à pic, et l'eau du bayou qui clapotait un mètre plus bas, et érodait le terrain. Randie se tenait beaucoup trop près du bord à son goût. Elle braquait l'objectif de son appareil photo sur l'eau, comme si c'était la seule façon de comprendre ce qu'elle voyait.

Darren fit craquer des brindilles sous ses semelles, pour être sûr de ne pas la surprendre. « Vous m'avez fait peur, dit-il, en disparaissant comme ça. »

Elle se retourna pour l'affronter, les yeux rougis par la colère. Elle portait le même manteau blanc ridicule, souillé à présent de feuilles et de terre après la marche à travers les buissons. Elle avait le même jean noir et le T-shirt gris de la veille, les mêmes bottines à talons hauts, maculées de boue et trempées. « Vous m'avez menti, dit-elle.

– Écoutez, Randie…

– Vous n'êtes même pas flic.

– C'est faux.

– J'ai un contact au *Tribune* qui m'a appris qu'aucun Ranger n'avait été chargé d'enquêter sur ce qui est arrivé à Michael. J'ai appelé moi-même l'officier des Rangers qui m'a dit que Darren Mathews était "actuellement suspendu".

– Ce n'est plus le cas », rectifia-t-il, éprouvant une reconnaissance coupable à l'égard de cette femme dont la perte avait remis sa vie sur les rails. « J'ai parlé à mon lieutenant ce matin, et je suis aujourd'hui chargé de cette affaire. J'enquête sur la mort de votre mari. »

Elle se dirigea vers son véhicule, le repoussant au passage. « Et qu'est-ce que vous avez fait à ma voiture ? Le siège était mouillé ce matin. J'ai trouvé une bouteille sur le plancher, et la puanteur est atroce. » Darren voulut lui attraper la main pour lui éviter de trébucher sur le sol inégal. « Ne me touchez pas, dit-elle.

– Il ne s'est pas noyé, Randie. »

Elle s'arrêta à moins de trente centimètres de lui, et se retourna. Le sol était constellé de pommes de pin. Le vent se leva, mais elle resta parfaitement immobile, sa fragilité de la veille remplacée par une dureté inédite. Il devina qu'elle avait besoin d'un lieu où déverser sa colère, et qu'il pouvait en être la cible. Elle continua de marcher vers sa voiture comme si elle ne l'avait pas entendu. Il la suivit de près. Il voulait gagner sa confiance. Il voulait qu'elle le croie et comprenne qu'il n'était pas seulement cet homme en pantalon taché et fripé qui avait laissé une bouteille vide dans la Ford. « Michael ne s'est pas noyé.

– Vous êtes en train de me dire qu'il a été assassiné. »

Elle le savait, mais le fait de prononcer ces mots parut la déchirer à des endroits qui étaient restés intacts.

Darren acquiesça d'un air sombre. « Il y a eu aussi une femme.

– Qu'est-ce que vous racontez ?

– Un autre meurtre », dit-il.

Elle parut stupéfaite mais aussi terrifiée, frissonnant alors qu'elle resserrait les pans de son manteau. L'air du matin était encore cru, le ciel gris ardoise, le monde noir et blanc sous la lumière rasante.

« On l'a sortie du bayou hier, derrière le Geneva's…

– Où ça ? demanda-t-elle désemparée.

– Une fille blanche. » Il devait préciser cette partie de l'histoire.

« Vous le saviez et vous n'avez rien dit ?

– Je venais juste de le découvrir, je n'étais pas sûr de l'endroit où je mettais les pieds…

– Michael… » L'espace d'une seconde, elle chercha ses mots. « Il la connaissait ?

– Je n'en sais rien, répondit Darren. Mais elle travaillait dans le bar où votre mari a bu des verres mercredi soir, d'après le récit du shérif. J'ignore si les deux choses sont liées, mais je fais ce métier depuis assez longtemps pour deviner que la réponse est oui. »

Randie se tut. Darren entendait le léger clapotis du bayou sous le vent, le bruissement des feuilles mortes effleurant la surface de l'eau.

« Comment puis-je savoir si vous dites la vérité ? demanda-t-elle. À propos des Rangers qui vous autorisent à enquêter ?

– Vous pouvez appeler si vous le souhaitez. Le lieutenant Fred Wilson, Compagnie A à Houston. Il a déjà organisé un rendez-vous entre le shérif et moi. »

Son dos se raidit aussitôt. « Je veux être présente. »

Darren commença à protester, mais Randie tint bon. « Je viens », déclara-t-elle.

Gardez l'épouse sous contrôle.

Mais Darren avait un point de vue différent. *Accorde une protection à l'épouse. Apporte de l'aide à l'épouse. Donne à l'épouse les réponses qu'elle mérite.* S'il avait été Michael Wright, il aurait voulu que quelqu'un fasse la même chose pour sa femme. « Je conduis », dit-il.

10

Le shérif Parker Van Horn avait provisoirement installé un bureau satellite dans le salon de Wally Jefferson où ils étaient attendus, avait-on informé Darren. Mais quand ils arrivèrent devant la villa gigantesque, Darren ne vit aucun véhicule de police parmi les voitures de luxe – deux Lincoln, une Cadillac et une Chrysler – garées dans l'allée circulaire. La propriété où était construite la maison de Wally comptait un grand nombre d'hectares et semblait entretenue avec soin, avec une pelouse verte impeccable et des massifs d'hortensias plantés le long de la façade ; mais derrière la maison s'étendaient des terres incultes.

Darren se rangea juste à côté du pick-up de Wally et entendit Randie pouffer à côté de lui. Presque un éclat de rire. « Vous me faites marcher », dit-elle en indiquant la maison. Darren l'examina de nouveau à travers le pare-brise couvert de moucherons, tendant le cou pour remettre dans leur contexte chaque brique rouge et chaque colonne blanche. La villa, comprit-il alors, était une réplique quasi parfaite du Monticello de Thomas Jefferson. Randie ouvrit sa portière, s'emparant d'instinct de son appareil photo. Imperturbable, Darren descendit de voiture. Il avait vu plus bizarre encore sur les routes du Texas : des phares au milieu des champs de maïs, des maisons en pain d'épice grandeur nature, une grange avec le portrait de Donald Trump, des paysans proposant un spectacle aux voitures qui faisaient de longs trajets sur l'autoroute, n'importe quoi pour rompre la monotonie des kilomètres de régions inexploitées, envahies de pins et de cèdres.

Il était moins intéressé par la maison que par la vue. De l'entrée de la maison de Wally, située à quelques mètres de la clôture, il voyait le café de Geneva, et pouvait presque lire le menu à travers ses fenêtres. Il jugea curieux que malgré l'immense espace entourant les deux propriétés, Geneva et Wally soient devenus la pire sorte de voisins : se haïssant, mais contraints de se regarder jour après jour. Peut-être cela expliquait-il les efforts de Wally pour acheter le café, au moins pour avoir une plus belle vue. Darren se demanda lequel s'était implanté le premier, le café de Geneva ou la maison de Wally.

« Vous voyez ce que je vois, n'est-ce pas ? » dit Randie.

Darren se retourna. Elle fixait un bâtiment plus petit, derrière Monticello. Il s'agissait d'une niche de six mètres de haut, un modèle à échelle réduite de la Maison Blanche. Un labrador noir sommeillait sur le seuil, mais lorsqu'il aperçut Randie et son appareil photo, il se leva d'un bond en grognant. Darren eut juste le temps de se mettre devant elle quand le chien s'élança. Il voulut lui mordre la cheville, et Darren frappa le sol de la pointe de sa botte pour lui faire peur. L'animal recula de quelques pas, mais se rendant compte qu'il n'avait pas reçu de coup, il revint à la charge plus violemment. Il venait d'attraper la jambe droite de son pantalon quand la porte de la maison s'ouvrit. « Butch ! », cria Wally, descendant les marches du perron. Le chien lâcha prise et courut docilement rejoindre son maître pour lui lécher les doigts.

« Vous êtes en retard. »

Si Wally se souvenait de l'avoir vu au Geneva's le jour précédent, il n'en laissa rien paraître, et l'insigne épinglé sur la poitrine de Darren ne suscita chez lui aucune réaction visible. Il portait un polo rentré dans son Wrangler au pli impeccable. La peau de son cou était flasque, mais son teint rougeaud respirait la santé. Darren ne parvint pas à deviner son âge, ni son métier, d'ailleurs. Pas une vache, pas une balle de foin dans la propriété, pas de champs de blé ni de coton, pas le moindre signe d'une industrie. Le flic en lui nota qu'aucune preuve tangible d'un dur labeur n'expliquait la présence de cette extrême richesse.

«Je suis Darren Mathews.

– Oh je sais», répondit Wally, ravi d'avoir un temps d'avance.

Se tournant vers Randie, il ajouta: «Je suis désolé pour votre mari, madame. Mais je peux vous affirmer que personne ici n'est impliqué dans ce drame.

– C'est ce que nous verrons», répondit Darren.

Wally parut vaguement amusé en renvoyant Butch à la Maison Blanche, puis il se tourna pour ouvrir la porte d'entrée. «Le shérif sera là dans un instant.»

À l'intérieur, les murs étaient blanchis à la chaux et l'épaisse moquette avait la couleur du beurre baratté. Wally désigna du menton ce qu'il appela le sofa et invita Randie et Darren à s'asseoir. «Laura», cria-t-il en direction du fond de la maison. Randie prit place sur le canapé rose imprimé, mais Darren resta debout, en sa qualité d'homme et de Ranger. Randie passa en revue le séjour, s'attardant sur les bibelots en cuivre et les figurines d'anges et de quarter horses en porcelaine, ainsi que les photographies de Wally et d'une femme de cinquante ans environ aux cheveux brun-roux qui aimait le bleu turquoise et les twin-sets. Elle se présenta en chair et en os quelques secondes plus tard, portant sur la hanche un bambin turbulent. Il n'y avait aucune photo d'enfants ou de petits-enfants dans le salon. Le bébé, un blondinet qui marchait sans doute depuis un an à peine, avait défait son chemisier à force de remuer et elle se rajusta. « Ranger », dit-elle poliment. Elle lança un regard à Randie mais détourna aussitôt les yeux, comme si un veuvage soudain pouvait être contagieux. Elle repartit tout doucement en direction de la sortie mais Wally la retint : « Laura, apporte à ces braves gens un verre d'eau, un Coca, quelque chose.

– Que puis-je vous offrir, Ranger ? demanda-t-elle. Mademoiselle ?

– Je n'ai besoin de rien », dit Randie.

Darren aurait préféré qu'elle ajoute *Madame*, ou *merci*, regrettant qu'elle n'eût pas compris que dans cette partie du pays il était préférable d'aborder les Blancs en leur accordant le bénéfice du doute. Leur vrai visage apparaîtrait bien assez tôt, et faire assaut de politesses était une bonne façon de ne pas agacer ceux qui étaient disposés à vous aider.

« Non merci, madame », répondit-il à l'épouse de Wally.

Lorsque Laura quitta la pièce, les hurlements du bébé s'atténuèrent.

« C'est le vôtre ? demanda Darren à Wally.

– C'est le petit de Keith, le fils de Missy, répondit-il. Laura le garde pendant que la famille de Missy organise les obsèques. On ne sait pas si elle va être enterrée ici ou à Timpson, mais Keith est incapable de gérer quoi que ce soit pour l'instant, et son enfant encore moins. Il a pété les plombs, à ce qu'on raconte.

– Où est le shérif ? » demanda Randie d'un ton impatient.

Darren lui lança un regard, puis il s'avança.

« Vous êtes le propriétaire du bar près de la voie rapide ? demanda-t-il à Wally.

– Michael y était », dit Randie, une phrase qui ressemblait à une accusation présentée sous la forme d'une question.

« Vous avez vu quelque chose ? insista Darren.

– Je ne me trouvais pas dans le bar mercredi.

– Comment savez-vous que ça s'est passé mercredi ?

– Parker me l'a dit. Je suis bien considéré dans cette communauté, comme propriétaire foncier et homme d'affaires, implanté ici depuis quatre générations. Il n'y a pas de force de police à Lark, alors j'aime bien savoir ce qui se passe dans ma ville, garder les étrangers à l'œil, ce genre de chose. Parker me tient au courant. »

À cet instant, Van Horn franchit la porte, s'interrompant le temps d'essuyer ses bottes sur le paillasson posé à l'entrée, puis il traversa pesamment la moquette sur ses jambes trapues. « Ranger Mathews », dit-il en s'approchant de Darren, mais s'arrêtant net sans lui serrer la main. « J'vais êt' clair dès le début sur cette affaire. Je veux pas de vous ici, et j'ai pas demandé que vous veniez. Mais j'ai été mis au pied du mur par la femme et tout ce vacarme sur ce crime qui ne serait pas ce qu'on croit...

– Parker », intervint Wally.

Van Horn interrompit sa tirade le temps d'apercevoir Randie sur le canapé, et de comprendre sa gaffe, mais il se ressaisit et se remit à parler. Il avait déjà porté cet uniforme la veille, et ses aisselles étaient trempées. Il semblait à la fois exaspéré et perplexe face à cette situation. « On va faire les choses com'y faut. J'vais êt' cordial et j'accepte vot' présence dans mon comté. Mais soyons bien clair : ici, c'est mon affaire. Le lieutenant Wilson a dit pratiquement la même chose. Vous êtes ici, alors quand Chicago, New York ou je sais pas qui s'amène en rampant pour regarder les ploucs en dehors de leurs cages, y verront vos gueules et sauront que tout est légal dans l'enquête sur la mort d'un Africain-Américain dans ce comté », dit-il, trébuchant sur les mots qu'il fallait prononcer pour être politiquement correct. « Tu n'es qu'un accessoire ici, mon p'tit gars, rien de plus.

– Eh bien, dans ce cas, dit Darren, cet accessoire voudrait, et a le droit de consulter, les copies de tous vos rapports concernant la mort de Michael Wright, à commencer par l'autopsie. »

Van Horn soupira et lança un regard à Wally qui haussa les épaules d'un air de reproche, comme pour lui dire : *C'est toi qui gères.* C'était à Van Horn de mettre de l'ordre dans ce gâchis

« Moi aussi, je veux voir ce rapport », dit Randie.

Elle ne s'était pas présentée et Van Horn ne lui avait pas demandé qui elle était, mais cela n'avait pas été nécessaire. Le shérif s'excusa pour sa sortie du début et lui présenta ses condoléances. Puis il répondit à Darren : « Je vais voir ce que je peux faire. Le corps est à Dallas... » ajouta-t-il avant de se reprendre : « ...euh, votre mari, madame. Je ne crois pas que le médecin légiste ait terminé l'autopsie. »

Darren savait que Van Horn essayait de gagner du temps, car l'autopsie était déjà achevée lorsque Greg l'avait appelé la veille, mais il avait gardé en mémoire l'ordre de Wilson. *Respectez les règles.* Il répondit donc, le plus poliment possible : « Je souhaiterais également demander de manière officielle à vos services de me procurer une copie de l'autopsie de Missy Dale quand elle sera terminée.

– Peut-être n'ai-je pas été assez clair. Wilson vous a autorisé à contrôler l'affaire Wright. Mais Missy est une fille d'ici, elle est née dans le comté de Shelby. » Derrière lui, Wally approuva d'un signe de tête. « Et nous savons prendre soin des nôtres.

– Je pense que vous savez que ces deux meurtres sont liés, dit Darren.

– Oh, je le sais. Je sais aussi de quelle manière ils le sont, souffla Wally. Un des clients du Geneva's s'est mis dans la tête qu'une opération genre lynchage est en cours, alors qu'il n'y a pas le début d'une preuve d'une histoire pareille. Et ils ont pris une des nôtres contre un des leurs.

Parker, tu sais que Geneva attire toutes sortes de problèmes ici. Les deux dernières victimes tuées dans cette ville étaient des parents à elle. »

Le shérif fit la moue mais n'approuva ni dans un sens, ni dans l'autre.

« Michael n'était pas un des leurs, dit Darren. Il n'était même pas d'ici.

– Il n'était pas venu au Texas depuis des années », s'exclama Randie, qui n'avait toujours pas compris pourquoi il avait roulé pendant mille six cents kilomètres pour se rendre à Lark. La question était une porte verrouillée dont elle aurait dû avoir la clé. Darren vit sur son visage la même expression coupable, torturée, que la veille, lorsqu'il lui avait demandé *pourquoi*. Pourquoi n'avait-elle aucune idée de ce que son mari était venu faire ici ? Ne le connaissait-elle pas assez pour cela ?

Le regard de Darren se posa sur Van Horn, puis sur le propriétaire du Jeff's Juice House.

« Est-ce que Missy Dale travaillait mercredi soir ? demanda-t-il à Wally.

– Je suis en train d'étudier les plannings du personnel », précisa Van Horn, comme si vérifier qui travaillait dans le bar d'un village de moins de deux cents habitants pouvait prendre des semaines. Darren sentit une bouffée de chaleur monter en lui et enflammer sa nuque au niveau du col.

« Écoutez », dit-il, s'aventurant sur une pente dangereuse, s'efforçant de maîtriser sa colère et de conserver la déférence requise en dépit de son indignation. « La nuit où il a disparu, Michael se trouvait dans le bar où travaillait Missy. Et aujourd'hui ces deux personnes sont mortes. Bien sûr, vous n'y voyez rien de significatif.

– Donc, rétorqua Van Horn, vous pensez que des connards de Blancs ont vu Michael et Missy parler ensemble ce soir-là et les ont suivis en dehors du bar ?

– Je n'ai rien affirmé de tel, mais c'est intéressant que vous le fassiez, observa Darren. Et je ne parle que d'*un seul connard* de Blanc.

– Michael était avec cette autre fille ? » demanda Randie.

Elle regarda Darren d'un air blessé, soit à cause de Michael, soit parce qu'elle pensait que le Ranger lui avait encore caché quelque chose. Elle semblait plus dégoûtée que furieuse lorsqu'elle dit : « Darren ? »

C'était choquant de l'entendre l'appeler par son prénom, ce que personne n'aurait jamais fait au Texas, pas quand il portait son insigne. C'était un manque de respect remarquable. Mais dans sa bouche cela lui donna l'impression d'être lui-même, et rendit la question plus personnelle.

« S'il l'était, ça ne change rien du tout, dit Van Horn. Tout ce qu'on sait c'est que le type a été dévalisé. Si ça s'est passé comme vous croyez, si une fille a sucé ce gars-là dans les bois, alors cette bagnole aurait dû être retrouvée sur la FM 19. Quelqu'un l'aurait vue au lever du soleil. Mais elle est sans doute désossée dans un terrain vague de Dallas à l'heure qu'il est. » Il était rouge comme une tomate.

« Keith Dale, demanda Darren. Il était où mercredi soir ? »

Van Horn croisa les bras. « J'ai l'intention de lui parler de Missy, mais ça ne vous regarde pas. Les deux meurtres ont rien à voir, mon p'tit gars.

– Ranger », rectifia Darren.

La mâchoire du shérif se crispa. « Ranger », dit-il avec un hochement de tête tendu.

« Il fait partie de la FAT ? demanda Darren. Je sais que Keith a fait un séjour à Huntsville. »

Randie se tourna vers lui, puis vers le shérif.

« La FAT ?

– La Fraternité Aryenne du Texas.

– Cette pourriture n'existe pas chez nous », intervint Wally. Van Horn pâlit mais se tut. La mention de la FAT changeait les choses, et lui imposait le silence.

« La Fraternité Aryenne ? » demanda Randie le visage défait, les yeux écarquillés par la peur. Découvrant que certains monstres étaient bien réels, elle parut soudain plus jeune, presque enfantine. « Vous parlez du Ku Klux Klan ?

– Bien pire que ça. C'est le Ku Klux Klan avec de l'argent et des armes semi-automatiques, expliqua Darren.

– Ils sont sous contrôle dans mon comté, déclara le shérif, et j'ai dit à Wilson : pas question d'ouvrir la porte à une bande d'autorités fédérales prêtes à pourchasser les gars de la Fraternité. Pour l'instant nous sommes concentrés sur la fille, ma priorité numéro un. »

Il surprit le regard de la veuve, mais ne revint pas sur ses propos.

« Je vais parler à Geneva, dit Wally à Van Horn. Tu sais qu'elle et ma famille se connaissent depuis longtemps. Je vais t'aider par tous les moyens, et elle a confiance en moi.

– Laisse cette femme tranquille. »

Darren se retourna et vit que Laura était revenue dans la pièce. Sur la moquette, l'enfant en couche-culotte se propulsait en avant, près de ses chevilles.

« Nous parlons de choses sérieuses, Laura, répliqua Wally. Va-t'en. »

Le petit garçon se hissa sur ses jambes et trottina vers le canapé où était assise Randie, mais Laura se baissa pour le prendre dans ses bras. Wally dit au shérif : « Je vais voir si je peux la convaincre de dénoncer les voyous qui sont sortis de chez elle défoncés et qu'ont cherché à en découdre dimanche soir.

– C'est pas normal, que tu sois toujours après elle », insista Laura.

L'enfant tapota sa boucle d'oreille, puis mit la main dans sa bouche pour soulager sa poussée dentaire, sa bave dégoulinant sur la jupe à carreaux de Laura. Elle lança à Wally un regard implorant où se lisait le reproche. Darren le remarqua et vit aussi de quelle façon Wally détournait les yeux, pour regarder le shérif. « Le Geneva's est situé en aval du bar, Wally », dit Darren, informant le shérif que son enquête avait déjà commencé. Il se souvenait des paroles de Wendy la veille : *Tout le monde sait que Missy sortait du bar de Wally.* « Missy Dale pourrait tout aussi bien avoir été tuée là-bas, abandonnée dans le bayou, et son corps serait venu s'échouer plus bas. » Wally fixa Van Horn, attendant peut-être qu'il sorte une théorie alternative. Darren prit une carte de visite dans son portefeuille et la tendit au shérif. « J'attends le rapport d'autopsie », dit-il.

11

Il téléphona à Greg dès qu'ils furent remontés dans son pick-up. « J'ai besoin de cette autopsie. Et de celle de Missy, si tu peux mettre la main dessus. » Randie claqua la portière passager pendant que Darren faisait tourner le moteur du Chevy. « Le lieutenant m'a mis sur ce coup, mais j'aurais besoin d'une aide extérieure parce que le shérif n'est pas pressé.

– Qu'est-ce qui a fait changer Wilson d'avis ? demanda Greg.

– La femme… » commença Darren. Il sentit la présence de Randie à côté de lui et reprit : « Un journaliste a commencé à poser des questions. Ça a suffi.

– Je devrais peut-être te rejoindre ? proposa Greg. Demander à mon lieutenant de m'envoyer sur place pour jeter un coup d'œil rapide ? Si tu es malmené par les autorités locales…

– C'est moi qui représente la police locale à présent », répondit Darren. Il lança un regard à Randie. Il le disait autant pour elle qu'à l'intention de Greg. Il lui faisait une promesse. « C'est mon affaire maintenant, que Van Horn le sache ou non.

– Le Bureau pourrait s'y intéresser », insista Greg.

Darren se rappela comment tout avait commencé. Greg cherchant un moyen de progresser dans sa carrière.

Il voulait quitter ce poste, et Darren le savait. Mais il ne pouvait pas faire passer ce problème avant l'obligation de gérer cette enquête correctement, et cela excluait l'intervention des autorités fédérales.

«Je ne pense pas que ce soit une bonne idée de faire venir dans l'immédiat un autre étranger... un fédéral en plus. Tu sais comment sont les gens du comté. Mais j'ai besoin que tu me trouves d'autres informations sur le séjour de Keith Dale à Huntsville: ses blocs cellulaires, ses associés connus, les rapports à son sujet, et ses liens éventuels avec la Fraternité.»

Greg marmonna quelque chose, un *oui* ou un *non*, que Darren n'entendit pas à cause du bruit du moteur. Il était manifestement déçu, en colère même, d'être écarté d'un dossier qu'il avait ouvert, et pour lequel Darren l'envoyait faire des recherches, l'obligeant à rester derrière le bureau qu'il détestait. Furieux, il parut enchanté par l'information qui sortit alors de sa bouche: «Lisa a appelé.

– Tu lui as dit quoi?

– Que j'ignorais où tu étais.

– Merde.» Il lui avait déjà raconté que Greg l'avait chargé d'un travail.

Maintenant elle devait penser qu'il avait menti.

Il décida de l'appeler à la seconde où il raccrocha.

Mais Randie l'incendia sans lui laisser le temps de composer son numéro. «Vous aviez accès à l'autopsie de Michael pendant tout ce temps? Pourquoi avoir pris la peine de parler à ce shérif paumé alors? Pourquoi y être allé votre chapeau à la main, pour mendier des informations?

– Il y a juste une manière de faire les choses, un certain protocole qu'il est sage de respecter quand on traite avec ces shérifs du Texas de l'Est», expliqua-t-il.

Randie eut un petit rire amer. «Vous et Michael», dit-elle. Elle regarda par la fenêtre le paysage rural, les pins, la terre rouge, les pick-up sur la route, les fusils rangés derrière la vitre arrière, et il perçut la fièvre sauvage qui émanait d'elle. « Il disait toujours le Texas ceci et le Texas cela. Que ce n'était pas si mauvais. Michael trouvait toujours des excuses à ces racistes, il avait une sorte de nostalgie tordue de son enfance à la campagne qui le rendait aveugle au reste de ce merdier.

– Il ne s'agit pas de trouver des excuses, dit Darren. C'est le fait de savoir que *Je suis d'ici, moi aussi.* Je suis moi aussi le Texas. Ce n'est pas à eux de décider ce qu'est cet endroit, dit-il en indiquant de la tête le manoir de Wally derrière eux. C'est aussi chez moi. » Il parlait pour un homme qui ne pouvait plus le faire, mais aussi pour lui. « En ce qui concerne Van Horn, il n'y a aucun mal à lui faire croire que nous respectons les règles. »

Mais Randie restait inébranlable, brûlant d'une fureur muette.

« Il n'aurait jamais dû venir ici », dit-elle, appuyant contre ses cuisses la base de ses poings serrés, comme si elle tenait très fort une bouée invisible, comme si elle croyait que sa colère contre Michael pouvait la protéger de la marée de chagrin qui commençait tout juste à lui lécher les orteils. « Enfin bordel, il croyait qu'il se passerait quoi dans un endroit pareil ?

– Quand on revient au pays on ne se pose pas cette question.

– Ce n'était pas son pays », dit-elle.

Pourtant si, et Darren le comprenait d'une manière qui échappait à Randie. Pas Lark, bien sûr, mais cette mince tranche de l'État qui les avait forgés tous les deux, Darren et Michael. La terre rouge du Texas de l'Est coulait dans leurs veines. Darren connaissait le pouvoir du pays où on était né, il savait ce que cela signifiait de fouler le sol où ses ancêtres avaient construit l'avenir à partir de rien, il connaissait le pouvoir de ce qu'on pouvait aimer grâce au travail de ses mains, il savait qu'une récolte pouvait changer une destinée. Debout sur la véranda derrière sa maison de Camilla, il sentait le souffle de ses ancêtres dans les arbres, la force de la gratitude dans la brise fugace. Il voulait dire tout cela et plus encore à Randie. Mais elle s'était refermée, figée sur son siège, le menton tendu en avant par une colère blessée qui ne résisterait pas au chagrin. Dieu lui vienne en aide quand ce mur tombera, donnant libre cours à la douleur, pensa Darren.

L'espoir qu'il avait d'empêcher une chasse aux sorcières raciste pour attraper l'assassin de Missy Dale le ramenait toujours au Geneva's, et y retourner était sa meilleure chance de rendre justice à Michael Wright, et d'obtenir des réponses sur ses dernières heures sur terre.

Michael était venu au café, avait dit Wendy.

Darren suivit cette piste, se rendant directement au parking situé de l'autre côté de la route après sa visite chez Wally. Il venait juste de se garer à côté de la pompe à essence quand son portable sonna. La photo de Lisa apparut sur l'écran, un cliché pris pendant leur voyage au Mexique à la fin de ses études de droit. Ses yeux soulignés d'un trait de khôl le fixaient sous le bord d'un large chapeau de paille. Randie vit l'image elle aussi. Elle la fixa une seconde de trop, puis acquiesça quand il lui demanda de lui accorder un instant. Il sortit pour répondre à son appel, s'appuyant contre la plate-forme du pick-up, le talon de sa botte droite posé sur l'un des pneus arrière du Chevy.

« Qu'est-ce que tu fabriques, Darren ? » demanda Lisa. Elle paraissait fatiguée d'une manière qui n'augurait rien de bon pour lui, il le savait. Sa patience avait été mise à rude épreuve. En ne rentrant pas à Houston la veille, il avait épuisé le peu de bonne volonté qu'il avait pu rassembler.

« Wilson m'a appelé pour me demander quelque chose.

– Tu as rendu ton insigne, Darren.

– Non, je ne l'ai pas fait. » Il refusa d'ajouter l'équivoque *pas encore.*

« Je croyais que tu avais parlé de reprendre tes études à Clayton, dit-elle.

– Si tu veux me poser une question, Lis, adresse-toi à moi. Tu n'as pas besoin de faire appel à mon oncle pour ça. »

Elle soupira et continua : « Je ne veux plus recommencer.

– Moi non plus, répondit-il, croyant qu'elle faisait allusion à cette querelle. J'ai deux cadavres ici, Lisa. Des gens comptent sur moi pour régler cette affaire comme il se doit. » Il jeta un coup d'œil à Randie, l'observant à travers la vitre arrière de la cabine. Elle regardait la façade du café devant elle, les rideaux sanglés aux fenêtres et la pancarte qui vantait les beignets aux fruits.

« Et tu as une femme vivante ici.

– Tu m'as foutu dehors. Tu t'attendais à ce que je fasse quoi ?

– Eh bien, je te demande aujourd'hui de revenir à la maison.

– Non. »

La réponse fut immédiate, et il pensait ce qu'il disait, mais ça ne l'empêcha pas de sentir qu'il avait franchi une ligne au-delà de laquelle il ne parvenait pas à respirer, où l'air s'était raréfié autour de lui, comme s'il ne suffisait pas à lui emplir la poitrine. « Lisa… » Elle lui raccrocha au nez à l'instant où Randie ouvrit sa portière et sortit du pick-up.

Wendy était assise sur une chaise longue tissée, les fils jaunes et bleus effrangés oscillant dans la brise d'automne. Elle cassait des noix de pécan dans un sachet en papier. À ses pieds s'étalaient quelques objets sur une couverture : une machine à coudre, des bouteilles de Coca poussiéreuses, une vieille guitare accompagnée de l'écriteau CORDES NON COMPRISES, quelques boîtes en fer-blanc, et deux ou trois boîtes à pilules en nacre. Une autre pancarte était posée sur la Mercury garée plus loin : EMPORTEZ UN BOUT DU TEXAS AVEC VOUS. Randie examinait ce bazar de fortune quand Darren contourna le pick-up. Wendy hocha la tête en voyant ce visage familier, puis elle vit l'insigne sur sa poitrine. « C'est un vrai ? demanda-t-elle. Sinon, je vous l'achète pour trente dollars.

– C'est un vrai, confirma-t-il. Ranger Darren Mathews, madame.

– Ça alors, j'en crois pas mes yeux. »

Elle se retourna et vit Randie en train d'examiner une boîte ronde et plate, dont l'étiquette verte était rouillée par endroits. Wendy la désigna, disant : « Ça appartenait à ma maman.

– Et vous la vendez ? demanda Randie.

– Que voulez-vous que je fasse d'une boîte de gomina de 1949 ? » rétorqua Wendy, lançant une noix de pécan décortiquée dans sa bouche. Elle était habillée en rouge des pieds à la tête, et son rouge à lèvres cramoisi avait laissé des traces sur ses dents. « Une dame est venue jeter un coup d'œil la semaine dernière et m'a donné dix dollars pour une boîte toute pareille. Putain, je crois que ma mère l'avait payée dix cents. » Elle s'attaqua à un autre pécan avec un casse-noix en argent. « Si quelque chose vous plaît, dites-le-moi.

– Nous sommes ici au sujet de Michael Wright, dit Darren.

– Qui ?

– L'homme noir qui a été tué.

– Oh non, s'exclama Wendy en fixant Randie. Vous n'êtes pas une parente, si ?

– C'était mon… »

Darren l'interrompit, préférant communiquer des informations seulement quand il le jugeait nécessaire.

« Vous l'avez vu quand il était ici, vous avez eu l'occasion de lui parler ? demanda-t-il à Wendy.

– Noon. C'était Geneva », répondit-elle. Son visage se décomposa, sa peau se relâcha, et Darren vit qu'elle était sans doute plus âgée qu'il ne l'avait cru. Son expression de pure frayeur fit place à l'indignation. Il se retourna pour suivre son regard. « Ça alors, regardez qui voilà », dit-elle. Un Dodge bleu approchait tout doucement sur la 59, roulant à soixante kilomètres à peine, et passait devant le café. Une tentative d'intimidation. Le conducteur était blanc, mais de profil Darren ne distinguait pas son visage. « C'est la troisième fois aujourd'hui, dit-elle.

– Ce pick-up ? »

Wendy acquiesça. « Keith Dale.

– C'est Keith Dale ? » s'exclama Randie, se retournant à temps pour voir l'arrière du pick-up disparaître au bout de la route lorsqu'il prit de la vitesse. « Il était au bar hier », dit-elle en regardant Darren, essayant de comprendre ce que signifiait sa présence ici. En tout cas ce n'était pas bon signe, savait Darren.

« Et il n'y a pas que lui, continua Wendy. Une bande de types qui traînent chez Wally sont venus du bar pour zyeuter le café en s'assurant que Geneva les remarque. Je lui ai proposé de prendre mon pistolet le temps que tout ça se calme, mais elle a son calibre 12 chargé sous sa caisse. »

Darren regarda dans la direction prise par le pick-up, se demandant s'il allait faire demi-tour.

Pourquoi Keith Dale n'est-il pas interrogé en ce moment ? songea-t-il.

Il attrapa Randie par le bras. « Venez à l'intérieur. »

Il lui ouvrit la porte, puis se tourna vers Wendy. Il voulait qu'elle rentre elle aussi. Mais la réponse de la vieille dame à sa proposition était cachée dans un pli de sa jupe qu'elle souleva pour montrer le .22 sur ses genoux. Il n'aurait pas tué un moustique, mais elle n'avait besoin de rien d'autre pour dire : *On ne me chasse pas de mon lieu de travail.* Elle défendrait bec et ongles son coin de parking. Darren espéra qu'il résoudrait cette affaire avant qu'un autre crime soit commis à Lark.

Derrière le comptoir, Geneva était en train d'envelopper une assiette dans du papier d'aluminium. Elle la mit dans une boîte en carton portant l'inscription *Heinz ketchup.* Elle s'essuya les mains sur son tablier, cette fois orné d'un motif en forme d'étoile, jaune et orangé, puis souleva le couvercle de la cloche à pâtisseries. L'arôme du beurre, du sucre, des pêches et des poires en conserve, embauma le café. Huxley était à sa place habituelle avec son journal. À côté de lui était assise une jeune fille noire d'une vingtaine d'années. Le ton laiteux de sa peau tirait sur le jaune intense, et elle était plongée dans un magazine de mariage. Alors que Geneva enveloppait plusieurs beignets aux fruits dans du papier alu, la fille indiqua une robe de haute couture et demanda : « Grand-mère, que penses-tu de celle-ci ? » Geneva y jeta un coup d'œil rapide et haussa les épaules.

« Ça fait penser à un homme-sandwich blanc. »

La petite fit la moue et tourna la page.

Geneva vit Randie et dit : « Que désirez-vous ? »

La fille se retourna et s'intéressa aussitôt à l'inconnue. Elle l'examina de la tête aux pieds, le jean noir, le T-shirt en lin fin aux manches retroussées sur les coudes, les minuscules anneaux à ses oreilles. « J'aime bien votre coiffure », dit-elle.

Randie hocha imperceptiblement le menton, mais Darren n'était pas sûr qu'elle eût entendu. Elle semblait fascinée par l'intérieur du café. Les calendriers de Noël et les plaques d'immatriculation rouillées. Le juke-box éclairé en bleu. Lightnin' Hopkins arrachant des larmes de sa guitare pendant qu'à l'autre bout du café au sol recouvert de lino, le barbier, un homme noir d'âge moyen à la peau claire, passait la tondeuse à la racine des cheveux d'un adolescent. L'odeur de gomina se mélangeait à celle du bacon venant de la cuisine, et Darren en eut l'eau à la bouche, sentant presque la graisse de porc tapisser son palais. Pour des raisons dénuées de sens à ses yeux, Randie portait encore son appareil photo à l'épaule, le tenant serré contre elle. Darren savait que sa main brûlait de le sortir de son étui, il percevait son besoin de placer un filtre entre elle et ce qu'elle voyait, de mettre une distance entre elle et les habitants d'un petit village du Texas de l'Est. Elle ressemblait à une touriste, mais Geneva ne se laissa pas abuser.

« Vous venez de Dallas ? demanda la jeune fille avec curiosité.

– Non, Faith, elle vient pas de Dallas », la reprit Geneva, qui ne regardait pas Randie, mais l'homme entré derrière elle. « N'est-ce pas, Ranger ? »

Darren lui adressa un signe de tête. « Madame, répondit-il.

– Je sais pas à quoi vous jouez, mais j'apprécie pas qu'on me mente de cette façon, jeune homme, dans mon propre café.

– Je fais juste mon métier, madame, comme on me l'a appris.

– Vous auriez pu dire quelque chose hier quand vous êtes venu, mais vous êtes entré sans insigne, sans un mot, pas de Ranger ceci ou cela, sachant que je vous prenais pour un client. Vous les laissez vous envoyer ici pour vous mélanger avec nous, et qu'on vous raconte ce qu'on dirait pas à Van Horn.

– Personne ne m'a envoyé, madame, répliqua Darren. Et si vous êtes disposée à répondre à quelques questions, je pourrai peut-être vous aider à tenir le shérif à distance.

– Missy Dale est pas venue par ici dimanche soir, et Van Horn le sait. C'est ma déclaration, point.

– Vous pouvez lui parler à lui ou me parler à moi.

– Je tenterai ma chance avec le démon que je connais », dit Geneva.

C'était blessant, reconnut Darren, d'être aussi mal considéré par cette femme à laquelle il ne voulait que du bien. Le tablier, le fumet de la nourriture qui entourait Geneva, son regard averti, tout cela formait un tableau de la chaleur maternelle noire qui réveillait en lui une faim dont il avait presque oublié l'existence. Sa propre mère ne lui avait jamais servi autre chose que les canettes de bière Pearl stockées dans sa cuisine. Il avait bu la première à ses pieds, sur les marches de sa caravane. Il avait treize ans, et Clayton enseignait à l'époque le droit à l'université du Texas à Austin, où il passait la plus grande partie de la semaine. Livré à lui-même des jours d'affilée, il prenait son vélo pour aller voir sa mère, ce que son oncle aurait désapprouvé. Bell lui permettait de boire l'une des quatre ou cinq bières qu'elle avait chez elle, et ils bavardaient : à propos de l'école, ce qu'elle prétendait écouter, et des filles, ce qui l'intéressait beaucoup plus. Bell était romantique, et voulait que son fils se comporte en gentleman. *Prends soin de l'inviter à dîner avant*, répétait-elle sans arrêt, à l'affût d'une future chérie que Darren n'imaginait même pas alors. Clayton l'envoya au lycée à Houston autant pour lui donner une éducation quatre étoiles que pour le protéger de l'influence de sa mère. Elle perdura néanmoins. Le soir de sa première fois – avec Lisa, qui était sa petite amie – Darren dépensa jusqu'au dernier cent qu'il eût jamais économisé dans une chaîne de restaurants à West Oaks Mall. *Tout ce que tu voudras.*

Il entendit derrière lui une voix déclarer tout haut : « C'est à moi. »

C'était un cri jailli de la bouche de Randie. Geneva et Darren se retournèrent. Il ne comprenait pas ce qui avait pu se passer, ni pourquoi Randie semblait avoir vu un fantôme, et respirait de cette façon.

« C'est à moi », dit-elle encore. Elle fixait le box le plus éloigné de la porte, qui avait son propre minidécor. La paroi du fond était tapissée d'affiches de concerts de blues datant d'un demi-siècle. Lightnin' Hopkins à l'Eldorado Ballroom, à Houston. Albert Collins en tête d'affiche d'une revue à Third Ward[1]. Bobby « Blue » Bland sur scène avec un nouveau groupe à Dallas. Un spectacle au Club Pow Wow avec Joe « Petey Pie » Sweet en vedette. Et juste au-dessus du box, sur une étagère basse, une guitare Gibson Les Paul de 1955 en bois blond éraflé, décoloré sur un côté. C'était ce qui avait effrayé Randie dont les mains tremblaient à présent, remarqua Darren.

« Pardon ? dit Geneva.

– Ça vient de chez moi. C'est à moi. Je veux dire, c'était à Michael. » Elle s'approcha du box et tendit la main pour attraper l'instrument.

« Je vous interdis d'y toucher ! »

Randie se figea, pétrifiée par le ton de Geneva.

« Elle appartenait à mon mari, dit-elle, et elle bougera pas d'là. »

Elle déposa des paquets de condiments dans le carton de nourriture, puis le souleva et entreprit de traverser le café. Elle demanda à Huxley s'il avait du courrier à poster, et cria à Faith avant d'arriver à la porte : « Tu viens ? »

Faith roula les yeux. « C'est du gâchis, dit-elle doucement.

– C'est toujours ta mama », répliqua Geneva, mais Faith se tut.

La clochette de la porte tinta et sa grand-mère sortit. Darren lui saisit le poignet pour la retenir. Il sentit l'os sous la peau parcheminée.

« Dites-moi seulement, madame. Dites-nous si Michael Wright est venu ici. »

1. Quartier de Houston.

Elle le regarda et dit : « Vous avez vu la guitare, n'est-ce pas ? »

Puis elle le repoussa et franchit la porte, la clochette tintant sur son passage. Il entendit le moteur de la Pontiac démarrer. Il la regarda quelques secondes alors qu'elle pilotait sa voiture bateau en direction de la voie rapide où elle s'engagea, prenant la 59. « Elle va où ? » demanda Darren. Huxley haussa un sourcil mais ne fit pas de commentaire. Faith soupira et ferma son magazine.

« À Gatesville, dit-elle.

– Gatesville ? »

Darren ne connaissait personne qui se rendît à Gatesville à moins de rendre visite à quelqu'un dans un centre pénitentiaire du département de la justice pénale du Texas. Il y avait huit prisons dans la ville, dont cinq n'accueillaient que des femmes.

« Elle va voir un détenu ? »

Faith se leva et répondit : « Ma mama est à Hilltop Unit depuis deux ans. »

Elle se dirigea vers le grand miroir à l'autre bout du café pour étudier son reflet, se glissant derrière la chaise du barbier qui s'occupait d'un client. Elle releva sa chevelure ondulée et l'empila sur le sommet de sa tête puis elle se tourna vers Randie, la femme à la mode venue d'ailleurs. « Vous en pensez quoi ? Avec un peu de laque ? Rodney dit qu'il va m'offrir une séance chez le coiffeur de Timpson avant le mariage. »

En l'absence de Geneva, Randie s'approcha de la guitare. Elle s'avança vers le box le plus éloigné, se faufilant à l'intérieur et s'agenouillant sur la banquette pour atteindre la Les Paul sur l'étagère. « À votre place, j'y toucherais pas », dit Huxley, et Randie se figea de nouveau. Elle regarda Darren, qui secoua doucement la tête. Ils avaient besoin de Geneva. Il observa Huxley qui pliait son journal pour le fourrer sous son bras. « Betty va me passer un savon si je rentre pas déjeuner au moins une fois par semaine, dit le vieil homme.

– Vous étiez là mercredi, monsieur? lui demanda Darren.

– Je suis toujours là.

– Vous avez vu mon mari ?» dit Randie.

Huxley se leva et la regarda. «Je suis désolé pour votre perte, madame. Mais vous ne trouverez pas ici les réponses à vos questions sur votre mari. Tout ce que je sais, c'est qu'il est venu vers cinq ou six heures du soir et qu'il a mangé un morceau. Le mercredi, c'est du poisson-chat. Il a parlé un moment avec Geneva, mais je jouais aux cartes avec Tim, et j'écoutais pas vraiment la conversation. J'ai entendu qu'il voulait louer une chambre dans la caravane là derrière, mais il est reparti, et ensuite il est pas revenu, c'est tout. Maintenant on raconte qu'il est allé dans ce bar. C'est là-bas que vous devriez aller fouiner.

– Mais pourquoi ?» intervint Darren, s'adressant à Randie autant qu'à Huxley. « Pourquoi Michael est-il parti pour se rendre au bar ?» Bien sûr, lui-même avait fait la même chose la veille, cherchant où boire un verre.

«J'en sais rien, dit Huxley. Mais Lil' Joe traînait dans ce bar, et on sait ce qui lui est arrivé.

– Laissez ma mama en dehors de cette histoire, protesta Faith.

– Qui est Lil' Joe ?» dit Darren.

Depuis le miroir, Faith répondit: « Mon papa. »

Darren n'eut pas le temps de demander ce qui était arrivé au papa de Faith ni ce que sa mère avait à voir dans cette histoire, car son téléphone se mit à vibrer dans la poche de son pantalon. C'était un texto de Greg: *t'ai envoyé autopsie.*

12

Il dit à Randie qu'il devait passer un coup de fil, marmonnant quelque chose à propos de son lieutenant, simple prétexte pour disposer de quelques minutes de solitude et lire le rapport du médecin légiste. Il ne pouvait pas en même temps intégrer l'information et l'en protéger. Il lui transmettrait ce qu'il jugerait utile, rien de plus. Il sortit au moment où un disque de John Lee Hooker passait dans le juke-box, et Randie se laissa tomber sur la banquette, fixant la guitare sur l'étagère. *Bluebird, bluebird, take this letter down South for me,* chantait Hooker quand Darren ouvrit la porte d'entrée du café, la clochette tintant sur son passage. Il sentit le picotement de l'air sur son front où perlaient des gouttes de sueur. Il s'assit dans la cabine de son pick-up, chauffée par le soleil de midi. La pièce jointe accompagnait un e-mail indiquant que l'examen du corps de Missy Dale était en cours dans les locaux du médecin légiste du comté de Dallas.

Darren ouvrit le fichier de Michael Wright.

Les photos lui firent un choc. La peau cireuse d'un gris violacé, le corps si gonflé qu'il semblait n'avoir jamais appartenu à un membre de l'espèce humaine. Les deux jours que Michael avait passés dans l'eau – avant d'être découvert par un fermier blanc au fond du bayou, de l'autre côté du bar – avaient détruit le cadavre, ainsi que la plupart des preuves matérielles, notait la médecin légiste à la première page de son rapport. Mais au moment de l'examen médico-légal, un traumatisme était encore visible sur le côté gauche de la tête de Michael, la peau était déchirée et meurtrie près de l'œil, et il y avait une plaie béante au-dessus de l'oreille. L'homme avait été battu sauvagement, assez pour fracturer le crâne en deux endroits avec un objet contondant, sans doute de la largeur d'une batte de baseball, mais aux bords assez tranchants pour entailler la chair, et briser les os d'un coup puissant. La médecin légiste, Aimée Kwon, notait que des fibres de bois étaient incrustées si profondément dans les tissus qu'il avait fallu utiliser des pinces médicales pour les extraire, bien que le corps eût été immergé dans l'eau pendant deux jours. Elles ressemblaient à de la pulpe de pin brut mais il faudrait le vérifier pour en avoir la certitude. À cause de la décomposition de la boîte crânienne, elle ne savait pas si le coup porté à la tête de Michael l'avait immobilisé sur-le-champ ou s'il avait été capable de marcher de lui-même jusqu'au bayou. Le taux d'alcool dans le sang était de 0,2, donc il avait bu un seul verre, peut-être même sans le finir. Darren ne pensait pas que l'alcool eût été un facteur à prendre en compte, et la médecin légiste était du même avis. Elle avait exclu cette hypothèse. Il y avait assez d'eau dans les poumons de Michael pour conclure à la noyade. Était-il tombé tout seul dans le bayou ou l'avait-on traîné inconscient jusqu'à l'eau ? Cela dépassait le cadre du rapport. En l'absence de renseignements supplémentaires fournis par une enquête du comté de Shelby, la cause de la mort restait indéterminée. Officiellement, il ne s'agissait ni d'un accident, ni d'un homicide. Darren, qui s'était retrouvé dans l'eau boueuse peu profonde, pensait que quelqu'un avait dû traîner le corps inerte de Michael avant de le jeter dans le bayou. À présent, plus que jamais, il croyait savoir qui c'était.

Il communiqua oralement le contenu du rapport à Randie avec le plus de ménagement possible. Il lui épargna les photos. Il fut surpris qu'elle eût assez confiance en lui pour ne pas insister plus. Elle n'avait jamais été aussi silencieuse. Elle l'écouta réciter de mémoire les conclusions de l'autopsie, et posa peu de questions. À un moment, elle appuya sa tête contre la vitre côté passager et se mit à pleurer. Elle dit seulement qu'elle allait vomir, mais lorsqu'elle ouvrit la portière et se pencha au-dessus du pavage gris, rien ne vint, aucun soulagement, et elle revint à l'intérieur de la cabine, essuyant un filet de salive sur sa lèvre inférieure. Le choc émotionnel emprisonné en elle continua de la ronger. Elle remonta ses bottines noires sur le siège, repliant les genoux contre sa poitrine pour les serrer contre elle, s'arc-boutant comme une ancre contre une douleur qui la secouait littéralement. Darren prononça son nom tout bas: « Randie. » Il voulut lui toucher l'épaule mais se retint. « Je me charge de tout à partir de maintenant, d'accord ? Vous n'avez pas besoin de supporter une pareille épreuve. Ramenez votre mari à la maison et enterrez-le. Je vous promets de retrouver la personne qui a fait ça à Michael. »

Elle déplia les jambes et se redressa. « Je ne vais nulle part.

– Randie, vous devez me laisser faire mon travail.

– Je ne partirai pas avant qu'il y ait une arrestation, dit-elle. Je ne l'abandonnerai pas », comme si l'âme de Michael devait rester à Lark pour l'éternité si elle ne réglait pas cette question. Elle s'était durcie à nouveau, et la colère l'apaisait et la recentrait ; elle avait cessé de trembler.

« Très bien, mais il y a des choses que je dois faire seul. » Randie lui lança un regard, haussant un sourcil, une question au bord des lèvres. « Je dois revoir ce bar, précisa-t-il. Et vous n'y êtes pas la bienvenue.

– Vous non plus.
– Je n'y entrerai pas. »

Ils avaient laissé la voiture de location au motel – où Darren n'avait plus le droit d'entrer –, donc il l'autorisa à conduire son pick-up avec des instructions précises, à savoir qu'elle devait revenir le chercher dès qu'elle recevrait un texto de lui, ou une heure plus tard, selon le cas. Elle le déposa sur la FM 19, le long de l'étroit bosquet séparant la route de terre du bar. Il sauta du Chevy et franchit le taillis de chênes noirs et étoilés, se déplaçant latéralement entre les branches, les feuilles tombant entre ses doigts. Il marcha jusqu'à une clairière située à l'arrière du bar. Une musique country traversait les murs et emplissait l'espace. Waylon Jennings chantait qu'il recommençait de zéro à Luckenbach, Texas. Darren tendit l'oreille pour entendre le bruit du moteur du Chevy s'estomper au loin mais la chanson d'amour nasillarde l'en empêcha. Il attendit jusqu'au moment où il jugea que Randie était partie depuis longtemps.

Il y avait une cuve de propane et un générateur derrière le bar, plus un fumoir recouvert d'aiguilles de pin, dont la base était rouillée depuis des années. À côté d'une chaise de jardin en plastique il vit un seau de peinture retourné où était posé un cendrier en verre ébréché assez tranchant pour taillader la peau. Si près des bois, l'odeur de pin était douce, mais pas assez puissante pour chasser la puanteur des ordures et de la bière éventée empilées dans une énorme poubelle noire au couvercle constellé de mouches mortes. Darren glissa une cigarette dans sa poche de chemise, et attendit. Il était presque trois heures de l'après-midi, et le soleil était passé de l'autre côté de la voie rapide. Derrière le Jeff's Juice House, la brise soulevait quelques reçus éparpillés que personne n'avait pris la peine de ramasser. Il y avait aussi sur le sol des petits sachets en plastique dont certains, assez anciens et enfouis dans la terre, auraient pu contenir des boutons, de la monnaie ou des cristaux de meth. Là où la Fraternité Aryenne était présente, les drogues suivaient. Darren se pencha et en ramassa un avec son mouchoir, empochant une preuve potentielle. Gardant un œil sur la porte de derrière, il attendit.

Pour passer le temps, il prit son téléphone et chercha Joe Sweet, dont le nom avait été mentionné à trois reprises depuis qu'il était arrivé à Lark. Selon sa page Wikipédia, Joe « Petey Pie » Sweet était né Joseph Sweet dans une ferme aux environs de Fayette, Mississippi, en 1939, et sa famille comptait onze enfants. Nathan, son frère aîné, lui avait appris à jouer de la guitare, et à l'âge de douze ans, Joe se produisait dans des boîtes où il était trop jeune pour boire de l'alcool. À la fin des années cinquante, il avait quitté le Mississippi avec deux de ses frères, s'installant d'abord à Gary, Indiana, puis à Chicago, la Mecque du blues du Delta – les gars du Sud profond venus dans le Nord avec leur musique. Joe se joignit à Muddy Waters et à un jeune Buddy Guy, joua dans un groupe avec Little Walter, et travailla sur quelques enregistrements en studio pour les Chess brothers (qui étaient propriétaires d'un label de disques). Il fit quelques tournées, rejoignant le groupe de Bobby Blue Bland, mais ne tenta jamais sa chance tout seul. Il arrêta de faire des tournées et d'enregistrer à la fin des années soixante, et fut tué en 2010 lors d'un cambriolage à Lark, Texas, à l'âge de soixante et onze ans. Il avait épousé Geneva Sweet en 1968, et était resté marié avec elle jusqu'à sa mort. Ils avaient eu ensemble un fils unique, Joe Sweet, mort en 2013.

Par curiosité, Darren cliqua sur quelques pages encore et examina les photos d'un homme noir à la peau sombre qui portait de minuscules cravates et une coupe afro courte. L'esprit de Darren battait la campagne, revenant toujours au même point. *On n'a rien connu de pareil par ici depuis la mort de Joe.* Et ensuite, la question de Tim qui résonnait comme une provocation: *Lequel des Joe?* Ils étaient morts – le mari de Geneva et son fils, le père de Faith.

Ses deux Joe, disparus l'un et l'autre.

La porte arrière du bar s'ouvrit brusquement, et Darren vit la barmaid de la veille sortir en allumant une cigarette avant de lever les yeux et de le reconnaître. Elle exhala la fumée par le nez et fit quelques pas. «Zêtes pas censé êt' là, dit-elle. Si Brady vous voit par ici, y va vous exploser, et moi avec.

– C'est votre boss?

– Le boss, c'est Wally, répondit-elle. Brady c'est qu'le gérant.

– Il sait qui fréquente son bar?

– J'sais qu'y veut pas d'vous ici.

– Je parle de la Fraternité, madame», dit-il, pensant qu'une femme comme celle-ci – vêtue aujourd'hui d'un T-shirt en maille filet sur un débardeur blanc crasseux, sans parler de la kyrielle de plaies et de boutons couvrant son cou – n'était pas habituée à être appelée *Madame* et qu'un peu de respect n'était pas inutile. «Je parle des mecs avec des tatouages FAT, comme le gros type qui nous a fichus dehors hier soir.

– C'est Brady», répondit-elle.

Elle jeta un regard par-dessus son épaule.

La porte arrière du bar était légèrement entrouverte, calée avec une pierre.

Darren entendait un cliquetis de vaisselle dans la cuisine.

«Et Wally est au courant? demanda-t-il, surpris lui-même par sa propre naïveté.

– Wally obéit pas zactement aux ord' de Washington», répliqua-t-elle, et il se demanda quel âge elle avait. Si la meth était à l'origine de ses rides, impossible de le savoir ; la drogue imposait sa loi. Il la regarda tirer sur sa cigarette en fixant longuement son insigne, qui l'effrayait sans doute plus que Brady.

« Si vous voulez m'poser une question, feriez mieux de l'faire avant la fin d'ma pause. » Elle jeta encore un coup d'œil ou deux à la porte, dansant d'un pied sur l'autre toutes les trois secondes, se tripotant les cheveux ou la bouche tandis qu'elle mordillait l'ongle de son pouce. Elle portait des Leds sans lacets d'un gris-marron terni, révélant une peau sèche et pâle.

« Keith Dale ? demanda Darren. Il fait partie de la Fraternité ?

– Chuis pas la s'crétaire du club. »

Les talons de ses bottes plantés dans le sol pour indiquer qu'il ne bougerait pas de là, Darren lui lança un regard entendu.

« Y traîne ici », reconnut-elle, écrasant son mégot après une profonde bouffée et une quinte de toux. Puis elle haussa les épaules. « Beaucoup d'gens viennent dans c'bar. C'est sympa ici. Keith a rien d'spécial.

– Il était là mercredi soir ?

– J'l'ai pas vu », répondit-elle, levant les yeux en direction de la cime des pins, évitant ostensiblement de croiser son regard. Darren sentit qu'elle était prête à en dire beaucoup plus. Mais elle n'avait rien d'autre à fumer, et fit demi-tour pour retourner à l'intérieur.

Il lui offrit la cigarette qu'il gardait dans sa poche, utilisant la stratégie de la carotte et du bâton pour faire d'une pierre deux coups : « Brady deale du crystal ici ? Van Horn préfère peut-être regarder ailleurs. Mais en tant que Ranger, ça m'est impossible. Surtout avec les autorités fédérales qui nous mettent la pression sans arrêt pour qu'on leur ramène des infos. Vous pourriez en avoir sur vous en ce moment, pour autant que je sache », dit-il en examinant avec une extrême attention les contours de son corps, afin de repérer d'éventuelles bosses sur son jean moulant. Elle blêmit aussitôt, secouant la tête en tendant les mains pour prouver son innocence, la Camel de Darren entre les doigts. Il se pencha pour l'allumer, fixant ses yeux noisette quand s'élevèrent autour d'eux les volutes de fumée. Il l'avait coincée. Il sentit qu'elle pesait le pour et le contre.

De l'autre côté du bayou, quelqu'un fumait du gibier deux semaines avant l'ouverture de la chasse. Darren huma l'odeur douce du bois de pacanier. « Parce que vous risquez une mise en examen si vous couvrez un trafic de dope là-dedans.

– Ch'uis au courant d'rien de tout ça », dit-elle d'un ton neutre. Elle passa la main dans ses cheveux fins et gras, et poussa un soupir résigné. « Écoutez, Keith arrive en général d'la scierie, l'temps d'boire une bière et d'raccompagner Missy à la maison quand elle a fini son service. Mais s'il est r'tenu à Timpson, elle rent' à pied. Y zabitent juste à côté d'la F19, la route de terre qui passe là-haut à côté d'ces arbres, précisa-t-elle en indiquant le bois de chênes que Darren venait de traverser. C'est la vérité, je l'jure sur la tête d'mes bébés, j'ai pas vu Keith Dale hier soir.

– Et qui a servi l'étranger ?

– Qui ? »

Mais elle savait de qui il parlait.

« Quel est votre nom, madame ? » Il était direct, mais pas grossier. Cependant il ne la laisserait pas oublier qu'il était policier. La fille n'y mettrait certainement pas du sien. Lorsqu'elle hésita, il insista encore. « Je vous ai demandé votre nom.

– Lynn.

– Lynn, dites-moi qui a servi l'homme noir. »

Elle soupira, mais finit par lâcher : « Missy. »

Elle examina sa cigarette, comme si le degré de nicotine consommée pouvait lui indiquer l'heure. Une cigarette et demie signifiait que sa pause était vraiment terminée. « Écoutez, j' peux pas rester ici. J' veux pas vous zoffenser, mais j'vais prend' cher pour avoir parlé à un flic.

– Vous n'avez pas déjà raconté tout cela au shérif ?

– Il a posé des questions sur c'mec noir qu'*après* la mort de Missy, dit-elle, écrasant sa seconde cigarette. Il est venu ici juste ce matin. »

C'était donc pour cette raison qu'il était arrivé en retard chez Wally, songea Darren : il avait essayé de se rattraper en prétendant qu'il s'était concentré tout ce temps sur l'homicide de Michael Wright. « Et vous lui avez dit quoi ? lui demanda-t-il.

– La même chose qu'à vous... Qu'elle l'avait servi.

– L'homme noir ? Michael ? » dit-il pour clarifier les choses.

Elle acquiesça. « Y a beaucoup d'gens à qui ça a pas plu d'voir ces deux-là parler.

– Parler ? » C'était le mot qu'avait aussi employé Van Horn.

« Pendant au moins une heure. En fait, Missy s'est assise un moment à sa table. J'ai dû lui dire d' s'en aller. Elle avait dépassé son service d'vingt minutes et pas encore pointé.

– Elle est partie seule ? » dit Darren.

Michael avait loué la chambre d'amis dans la caravane de Geneva mais n'était jamais revenu.

« Ça m'regardait pas, dit Lynn, cherchant un faux-fuyant.

– J'ai besoin que vous me répondiez, Lynn. »

Elle gratta une plaie sous son menton. « Ouais, j'l'ai vue sortir avec lui.

– Vous êtes sûre ? »

Elle acquiesça.

Darren secoua la tête à part lui. Il ne voulait pas que ce soit vrai, il ne parvenait pas à imaginer qu'un homme qui avait épousé Randie s'était amusé avec une étudiante en deuxième année de fac qui avait décroché et vivait dans un trou perdu au Texas. Et ça ne lui plaisait pas d'avoir à raconter cette partie de l'histoire à Randie.

« Et Keith ? dit-il. Vous avez affirmé qu'il n'était jamais venu dans le bar.

– Non, j'ai dit que j' l'avais pas vu. Mais il a peut-être passé la tête à l'intérieur, quelquefois il la rattrape quand elle rentre et la récupère sur la route de terre. P't-êt' qu'il la cherchait », dit-elle avant d'être gagnée par une vilaine amertume. Elle cracha ses derniers mots. « Y a des gens qui apprennent jamais. »

Darren ne comprit pas tout de suite de quoi elle parlait. Mais il se représentait la scène à présent, il avait une théorie. Keith avait peut-être surpris sa femme avec un homme inconnu, un Noir, sur la route de terre. C'était aux yeux de Darren la rencontre la plus plausible entre Keith et Michael Wright. Mais il devrait quitter ce lieu avec du concret – un document écrit si possible – s'il voulait persuader Wilson de maintenir la pression, et de considérer Keith Dale comme le suspect numéro un.

« Brady a-t-il un emploi du temps du personnel imprimé quelque part ? demanda-t-il. Je n'ai pas besoin de savoir ce qu'il y a d'autre dans son bureau », poursuivit-il, agitant négligemment le spectre d'une affaire de trafic de drogue, histoire de mettre de l'huile dans les rouages. « Mais j'ai besoin de cet emploi du temps, Lynn. En particulier pour mercredi soir. C'est très important. » Il n'ajouta pas qu'elle devrait faire une déclaration sous serment attestant que tout ce qu'elle avait dit avait valeur de preuve. Mais elle hochait la tête en retournant dans le bar, et il n'insista pas.

La porte arrière du bar s'ouvrit de nouveau.

Trop vite, pensa-t-il. *Beaucoup trop vite.*

Il sut qu'il était dans de sales draps avant même de lever les yeux pour voir, à la place des doigts tachés de nicotine de Lynn lui offrant des preuves pour satisfaire sa requête, le poing de Brady lancé à la vitesse d'un fastball. *J'aurais dû m'attendre à ce que ça ne soit pas si facile.* La pensée explosa dans sa tête comme un pétard quand le premier coup l'atteignit sous le menton.

Projeté en arrière, il heurta la poubelle avant d'atterrir sur le sol. Il fit sauter la languette de son étui de revolver et empoigna son Colt avant de se remettre debout. Mais lorsqu'il visa, Brady pointait déjà un .357 sur lui. Et il n'était pas venu seul. Darren mit un moment à reconnaître le type blanc sous sa casquette tachée de sueur, debout à côté de Brady. C'était Keith Dale. Brady lui offrit l'opportunité d'un tir fatal avec une froideur qui fit circuler dans les veines de Darren l'acide brûlant d'une poussée d'adrénaline. « C'est ton macab si tu le veux, Keith », dit Brady avec un sourire oblique, étrangement confiant, sur le visage. « Après ça, je pourrai t'accepter. »

La panique fit suffoquer Darren quand il reconnut la manière de parler des membres de la Fraternité. Brady lança un regard appuyé à Keith, voulant que son protégé saisisse la grandeur de ce moment, la beauté du cadeau qu'il lui offrait. Keith eut un petit rire dur. Brady redevint sérieux et ajouta : « Fais-le pour Ronnie Malvo. »

Le nom ricocha dans le crâne de Darren.

Ronnie « Redrum » Malvo, l'homme qui était entré par effraction dans la propriété de Mack, et qu'on avait retrouvé mort deux jours après. Sur les pages des réseaux sociaux dont disposait sans doute la Fraternité, sur les fils de discussion Facebook ou Reddit, des informations sur le lien indirect de Darren avec la mort de Malvo avaient dû circuler dans le comté de Shelby. Darren était officiellement un homme à abattre et sur le point de perdre la vie s'il ne réagissait pas sur-le-champ.

D'un coup de pied, il envoya valser le .357 de Brady qui atterrit soixante centimètres plus loin, sur sa gauche.

Brady voulut s'en emparer, mais en l'espace de quelques secondes, Darren pointa son Colt sur sa tête. L'insigne lui donnait le droit de tirer. Mais si l'aide apportée à Mack lui avait valu une suspension, tirer sur un homme qui venait d'être désarmé mettrait fin à sa carrière. Il se trouvait dans une impasse, et son hésitation l'exaspérait.

Brady engueula Keith. « T'aurais dû tirer sur ce gars-là quand l'occasion s'en présentait. » Mais Darren avait repris la situation en main, braquant son Colt sur les deux hommes pour les tenir en respect. Il toisa Keith de la tête aux pieds. De la casquette aux bottes de travail. Les articulations de ses doigts étaient égratignées, il avait une ecchymose sur sa main droite et une autre sur la joue, sous l'œil gauche, qui avait viré au jaune d'or avec de légères traces violettes au centre. *Datant de quelques jours.* « D'où viennent ces ecchymoses, Keith ? »

L'homme le dévisagea avec mépris et cracha à ses pieds. « Va te faire foutre.

– Ferme-la, dit Brady. Van Horn rapplique. »

Darren entendit alors les sirènes.

À quelques centaines de mètres, peut-être. Elles se rapprochaient.

Face contre terre, le téléphone de Darren vibrait sans arrêt. Il se souvint que Randie l'attendait. Du moins, il l'espérait.

Mais non : elle arrivait, au volant de son pick-up.

Au lieu de retourner au Geneva's, elle s'était attardée à la limite du parking du bar pour le guetter. À présent elle contournait le bâtiment trapu, pilotant tant bien que mal le large véhicule sur le chemin de terre cahoteux. Elle freina si violemment que des nuages de poussière rouge tourbillonnèrent dans l'air. Darren distinguait à peine son visage au-dessus du volant.

En voyant les armes, elle hurla.

Sa panique rendit Brady nerveux. Il fixait le revolver à ses pieds. Le coup pouvait partir vers la gauche en un clin d'œil, savait Darren, et il ne voulait pas que Randie soit prise entre deux feux. Il devait sortir de là tout de suite. Il garda son .45 braqué sur Brady et Keith en ramassant son téléphone et fonça vers le pick-up. Les sirènes se rapprochaient quand il se rua sur le siège passager. Brady reprit son arme et Darren cria à Randie : « Démarrez ! » Elle était si affolée qu'elle accéléra à fond, les projetant en avant. Quelques mètres de plus, et ils tombaient directement dans le bayou. Pour faire demi-tour, elle dut repartir en marche arrière en direction du bar. L'espace d'une seconde terrifiante, ils se trouvèrent face à face avec Brady, debout devant le Chevy, en train de braquer sur eux le canon de son revolver. Randie le vit à travers le pare-brise et se figea, bloquée au milieu d'une manœuvre délicate, agrippant le volant. « Enlevez votre pied de la pédale de frein », dit Darren, prenant les choses en main pour qu'elle ne cède pas à la peur, et tournant le volant de façon à orienter les roues vers la grand-route. « Allez-y maintenant. *Roulez.* » Le pied au plancher, elle les précipita en avant et Darren se cramponna pour ne pas heurter le pare-brise. Elle se courba au-dessus du volant tout en se frayant un passage sur l'étroit chemin entre le bois de chênes et le bar.

Derrière eux, Darren entendit deux *tac-tac* caractéristiques.

Une balle atteignit le rétroviseur latéral côté passager.

Une autre creva l'un des pneus arrière.

Alors qu'ils traversaient le parking, ils croisèrent Van Horn qui arrivait de la grand-route. Lorsque la voiture de police ralentit sur le gravier, le shérif échangea un regard avec Darren. Randie hésita à la vue d'un flic, mais Darren lui dit de continuer à rouler avant que Brady ne tire un coup de feu décisif, les tuant tous les deux.

13

Ils ne s'arrêtèrent pas avant d'avoir franchi la limite du comté. Là, Darren ordonna à Randie de se garer dans le parking d'un bowling à Garrison. Il était un flic en cavale, et bien qu'il eût conscience du ridicule de la situation, il ne comptait pas prendre le temps de s'en expliquer auprès d'un shérif en réalité moins gradé que lui. Un dialogue de sourds avec la police locale énerverait Wilson et vaudrait à Darren un signalement dont il n'avait pas besoin juste après avoir récupéré son insigne. Il laissait Van Horn se débrouiller avec l'imprudente fusillade qui venait d'avoir lieu derrière le bar de Wally. Darren refusait d'être interrogé sur sa manière de mener une enquête que le shérif lui avait abandonnée.

Il aida Randie à sortir de la voiture. Elle était terrorisée, les membres parcourus d'un tremblement irrépressible, tels des fils sous tension. Il dut lui dire à deux reprises de s'éloigner du Chevy pendant qu'il démontait le pneu arrière que la balle avait traversé et mettait en place la roue de secours, il s'égratigna l'épaule droite sur le sol en béton et fit un accroc à sa chemise. Randie frissonnait à l'approche de la tombée de la nuit. Elle avait laissé son manteau blanc au motel et portait seulement son T-shirt et son jean. En moins d'un quart d'heure Darren en avait terminé et il téléphona à son lieutenant tout de suite après. Il voulait un mandat pour trafic de drogue sans doute lié à la Fraternité. En fouillant le bar de Wally il pourrait mettre la main sur l'emploi du temps de Missy. Une tactique de diversion que les flics utilisaient tout le temps. Mais Wilson était furieux.

« Ranger, il vous reste moins de douze heures avant qu'un pigiste de Chicago débarque sur le sol du Texas et fourre son nez partout, et vous vous occupez d'une vente de meth à la con ? Vous m'avez pratiquement supplié de vous donner cette enquête, je me trompe ? Vous êtes là-bas pour réunir des preuves sur l'homicide de Michael Wright, et c'est tout.

– Je vous dis qu'il est lié au meurtre de Missy Dale.

– Vous n'en savez rien. »

Darren expliqua sa stratégie : utiliser le problème de drogue pour entrer dans le bar et glisser dans le mandat une requête pour obtenir les emplois du temps du personnel. C'était la preuve potentielle qui pouvait rapprocher les deux personnes décédées ce soir-là, celui où Michael Wright avait disparu. Mais Wilson ne voulait rien entendre.

« Il ne s'agit pas d'une affaire de drogue.

– Attendez, dit Darren. Quand je travaillais dans la force opérationnelle, je n'avais pas le droit d'évoquer les crimes racistes, et maintenant que je suis chargé d'enquêter sur un crime raciste, vous ne voulez pas entendre parler de drogue ? » Randie se tenait de l'autre côté de la cabine du pick-up, appuyée contre la portière. Elle avait entendu chaque mot de la conversation.

« Vous ne savez pas si c'est un crime raciste, dit Wilson.

– Putain, vous vous moquez de moi ?

– Surveillez votre langage, Darren.

– Pourquoi vous est-il si difficile d'accepter ce qui se trouve juste sous vos yeux ? Je suis dans cette ville qui fourmille de membres de la Fraternité Aryenne, et deux d'entre eux ont cherché ce soir à transformer mon cul en trophée.

– Pardon ? »

Darren s'interrompit. Il n'avait pas parlé de la fusillade à son lieutenant; au fond, il ne comptait pas sur lui pour le soutenir dans cette situation. S'il prononçait le nom de Ronnie Malvo, avec une inculpation du grand jury planant encore dans l'air, Wilson le rappellerait immédiatement au bureau, et Randie serait livrée à elle-même. Le silence régnait à l'autre bout de la ligne, mis à part le léger trille des sonneries de téléphone en arrière-plan. Darren se souvenait du calme feutré du quartier général, alors que debout sur l'asphalte craquelé d'un patelin nul à chier à la lisière du comté de Shelby, il venait de se faire tirer dessus par un membre de la Fraternité Aryenne. Il était loin des enquêtes sur la corruption publique et les interventions civilisées à l'extrême, dans le monde du crime en col blanc. Il répondit au lieutenant Wilson qu'il suivait plusieurs pistes, puis se hâta de raccrocher en jurant tout bas.

Randie croisa les bras sur sa poitrine.

« On fait quoi maintenant ? »

Darren dit la seule chose vraie qui lui venait à l'esprit : « J'ai besoin d'un verre. »

Il jeta ses outils sur l'étroite banquette arrière, puis se dirigea vers le bowling. Randie parut désorientée un instant, mais elle lui emboîta le pas. Le bar ne servait que de la bière et du vin – *putain* – et ils firent aussitôt demi-tour, pour finir dans une boîte au toit de tôle au bord de la voie rapide. De ce côté de la frontière du comté, il respirait un peu mieux. Ils entendirent du blues quand Darren ouvrit la porte, laissant passer Randie : une chanson de Koko Taylor emplissait l'unique pièce tenant lieu de bar et de salle de bal. En cette fin d'après-midi, la clientèle était surtout noire, et terminait une journée passée à boire. Deux ou trois hommes en T-shirt préparaient une sorte de spectacle pour la soirée, apportant des batteries et des haut-parleurs portables.

Darren essaya de se rappeler quel jour on était, et combien de temps s'était écoulé depuis que Greg lui avait téléphoné au sujet des deux meurtres de Lark. Il savait au fond de lui qu'il commettait une erreur en s'asseyant dans ce bar, car le choc de la bagarre avec Brady et Keith Dale brouillait son jugement. Il n'était pas encore dix-huit heures, le soleil se couchait à peine quand il avait quitté le parking. Si Randie ne buvait rien, il se contenterait d'un seul verre. Mais quand on lui servit son bourbon elle commanda une vodka martini, qui se composait de deux doses de vodka mélangées à du Sprite, et garni d'une cerise au maraschin. Randie but une gorgée, fit la grimace, puis en avala la moitié. Ils restèrent un moment silencieux. Les musiciens se mirent à jouer tandis que deux hommes vêtus de chemises à carreaux presque identiques jouaient aux dominos à la table voisine, les plaques cliquetant joliment sur le bois, en cadence avec les *blue notes* se déversant des haut-parleurs. Darren essayait d'imaginer une autre manière de pénétrer dans le bar de Wally, une autre façon de connaître les allées et venues de Missy mercredi soir, afin de vérifier l'histoire de Lynn, quand Randie repoussa son verre. Elle parlait si doucement que Darren dut se pencher en avant, posant les coudes sur la table poisseuse qui s'inclina, le prenant par surprise. Il faillit renverser le verre de la jeune femme, qui resta impavide.

« J'étais en train de le quitter, commença-t-elle. Je ne le lui ai jamais dit. Mais il le savait. Je lui rendais sa liberté. » Elle leva son verre et but une longue gorgée. Cet aveu lui pesait. Ses épaules se voûtèrent, une honte brûlante lui creusant la poitrine. « Je n'aurais jamais dû l'épouser. Je ne voulais pas ça. L'amour, oui. La vie commune… non.

– Ce n'est pas votre faute, Randie, répondit-il. Vous n'êtes pas responsable. »

Il avait reçu une formation pour ces situations délicates, et savait que les personnes affrontant la mort brutale d'un proche se sentaient en partie coupables, même si c'était absurde. Il avait éprouvé ce même sentiment de culpabilité après la disparition de son oncle William – bien qu'il n'eût pas été témoin du contrôle routier qui lui avait coûté la vie et se fût trouvé à des milliers de kilomètres ce jour-là – et il avait passé plusieurs semaines plongé dans une terrible dépression, accablé par la perte de son oncle préféré, de l'homme qui était son étoile polaire, la lumière qui le guidait dans la vie. Il ne dormait ni ne mangeait plus à des heures régulières, et ses notes avaient chuté, rendant la décision de quitter la fac de droit beaucoup plus facile. William avait été tué par un suspect qu'il avait obligé à s'arrêter à cause de ses plaques périmées. L'homme l'avait abattu de deux balles en plein visage quand il s'était approché de la fenêtre du véhicule. Ce n'était pas juste, et Darren n'y était pour rien. Il avait rejoint les Rangers, mais ça ne ramènerait pas William à la vie. Pourtant, des années plus tard, il portait encore son insigne.

« C'est à cause de moi qu'il est venu ici, dit enfin Randie.

– De quoi parlez-vous ? » Il se souvint brusquement de la scène au Geneva's, de l'échange tendu entre elle et Geneva au moment où il avait reçu le rapport du légiste. « La guitare », dit-il, essayant de retrouver le fil de l'histoire. « Michael l'a apportée à Lark ?

– Il courait après une histoire d'amour.

– Je ne comprends pas.

– Il a dû me la raconter une douzaine de fois… dit-elle un sourire aigre-doux se dessinant sur ses lèvres… l'histoire cachée derrière cette guitare. Il a grandi avec. C'est ce qu'il voulait croire à propos de nous. Un amour qui transforme votre vie en un jour, un amour qui change tout. » Elle tendit la main pour attraper son verre et le termina. « Son oncle, Booker, la racontait tout le temps.

– Booker Wright ? » Il avait vu le nom sur la page Wikipédia de Joe Sweet.

Elle acquiesça et glissa le doigt sur le bord de son verre, répétant le nom : « Booker. »

Il jouait de la basse dans un groupe avec Joe Sweet. C'est ainsi que l'histoire commençait toujours, lui dit-elle. Vers 1967, Booker et Joe donnaient une série de concerts avec Bobby Bland. D'abord Detroit, Gary et Columbus, au nord, puis plus au sud, le Missouri, Kansas City et Joplin, et ensuite Little Rock. Cet été-là, ils devaient aller à Houston, ils avaient quelques dates fixées à l'Eldorado Room et au Pin-Up Club. Joe et Booker s'étaient rencontrés à Chicago à la fin des années cinquante, et avaient joué ensemble pendant la plus grande partie de leurs carrières : en studio pour des labels locaux qui produisaient du rhythm and blues ; ou crachant leurs tripes dans des boîtes d'Afro-Américains, accompagnant Etta James et Wilson Pickett, Johnnie Taylor et O.V. Wright, et même une fois, se lançant dans une série de spectacles avec Otis Redding à Atlanta et en Caroline du Nord et du Sud. Ils se déplaçaient sans arrêt, toujours sur les routes, jusqu'à la ville d'après, où les attendait le concert suivant, dormant dans des motels qui louaient des chambres aux gens de couleur, ou dans leur voiture – une Impala 59 dont ils partageaient les frais. Aucun d'eux n'était marié, mais Booker avait des fiancées dans plusieurs villes et ils ne cherchaient ni l'un ni l'autre à se fixer. C'était la musique avant tout, et ensuite, comment gagner quelques dollars. À la sortie de Texarkana ils s'engagèrent sur la 59 en direction de Houston, au sud, accélérant dans les forêts du Texas de l'Est, où Booker avait grandi. Joe et lui étaient dans la première voiture ; des gars du groupe de Bobby suivaient derrière, courant après le même rêve. De multiples télégrammes étaient parvenus à Don Robey, et il était question de les intégrer dans un spectacle qu'il était en train de mettre au point, quelque chose de régulier aux environs de Houston. Ils pensaient que Robey pourrait peut-être même leur permettre de graver un disque vinyle sous le nom de leur propre groupe, le Joe Sweet Midnight Revelers.

Ils croyaient tenir enfin leur chance, et se voyaient déjà signer avec Peacock Records. Ils avaient fait l'acquisition d'un ou deux costumes neufs en galuchat, et Booker, assis sur le siège avant de l'Impala, avait ciré des paires de Stacy Adams, une brosse et une boîte de cirage à la main, un kit de polissage à ses pieds, tandis que Joe conduisait sur la Route 59.

C'est à ce moment précis que le récit prenait un tournant, dans la version présentée par Booker. *Joe n'est jamais arrivé à Houston,* disait-il à Michael, qui l'avait raconté à Randie, qui à son tour le répétait à Darren, dans un bar assez proche de celui où Joe et Booker avaient débarqué un soir de juillet, quarante ans plus tôt.

Le bar s'appelait Geneva's, et ressemblait à une cabane, avec des lattes en bois poncé et des bardeaux festonnés sur un toit orné d'une guirlande de minuscules ampoules colorées. Elle avait été bâtie à la main. C'était un endroit chaleureux qui accueillait apparemment les Noirs traversant le Texas du nord au sud. Il n'y avait pas de pompe à essence à cette époque; une cuisine quasi inexistante, composée d'un trou à l'arrière et de quatre brûleurs sur un poêle en céramique vert amande. Pas de personnel, bien entendu. Seulement une femme du nom de Geneva qui leur ouvrit la porte à vingt-trois heures quinze bien qu'elle eût déjà fermé. Ils étaient six, affamés, et ne souhaitaient pas poursuivre leur route dans le pays du Ku Klux Klan, où la loi était appliquée par ses cousins hideux et racistes: les flics des petites villes et les shérifs ruraux. En tout cas, pas avec l'estomac vide. Geneva fit revenir des côtelettes de porc avec des oignons et des pommes de terre sautées, et leur permit de se servir dans sa glacière. Pour trois pièces de vingt-cinq cents, ils eurent droit chacun à deux bières et à une ou deux gorgées de gin pour lequel elle n'avait pas de licence.

Geneva dit qu'un peu de musique ne la dérangeait pas, et ils se mirent bientôt à jouer. Elle avait à peine vingt et un ans, et elle donna son accord pour une petite fête. Elle possédait quelques disques de blues mais n'était jamais allée plus loin que Timpson, n'avait jamais assisté à un concert en direct, et c'était un événement pour elle. Joe fut le premier à sortir sa guitare, la Gibson Les Paul dont devait dépendre le destin de tant de gens par la suite : celui de Joe, puis de Michael, et aujourd'hui, de Randie et de Darren. Geneva se figea sur place lorsqu'elle l'entendit jouer.

Joe avait près de trente ans. C'était un homme à la peau sombre vêtu d'une chemise en coton bleu pâle aux manches retroussées, et les muscles saillants de ses bras vibraient à chaque note. Il avait choisi un morceau d'une chanson de Lightnin' Hopkins – *Better make it up in your mind, baby... little girl, do you know you're traveling a little too slow* –, et il fixa Geneva quand elle déposa devant lui une assiette fumante, ses yeux presque noirs scrutant les siens, de grands ovales reflétant la clarté dorée des lampes qui oscillaient au-dessus de sa tête. Tandis que Joe chantait pour elle, Booker observa ce qui se passait, il perçut un frémissement dans l'air, et sentit la chaleur emplir l'unique salle du café, où flottait l'haleine humide des sept personnes entassées à l'intérieur d'une minuscule cabane un soir d'été – dont cinq étaient de trop, à en juger par l'expression du visage des deux jeunes gens. De toute sa vie, il n'avait jamais vu deux êtres aussi attirés l'un par l'autre. Dès l'instant où Joe était entré, Geneva ne l'avait pas quitté des yeux une seule seconde, et il avait suivi chacun de ses mouvements pendant qu'elle faisait la cuisine, hochant la tête au rythme de la musique alors qu'elle retournait la viande et faisait frire les oignons dans la graisse de porc. Il continua de jouer, regardant ses hanches osciller sous sa robe en cambrai. Tommy et Bones, des transfuges du groupe de Bobby, interprétèrent ensuite un morceau pendant que Booker se soûlait, vidant les deux bières que Joe n'avait pas touchées et la flasque qu'ils laissaient dans la boîte à gants de l'Impala tandis que leur projet à Houston s'évanouissait peu à peu.

Il ne se rappelait pas avoir vu Joe s'éclipser, mais à un moment donné, la nourriture avait disparu des assiettes qui se trouvaient encore sur la table. Bones, Tommy et Amon Richmond, un autre des gars de Bobby, parlaient de reprendre la route, envisageant d'arriver à Houston au lever du soleil, à moins que la fille eût un endroit où les accueillir. À cause de l'alcool, Booker ne se souvenait pas si on l'avait envoyé dehors demander à Geneva s'ils pouvaient dormir sur le plancher ou informer Joe que c'était l'heure de partir. Il ne savait plus très bien comment il avait compris qu'ils étaient dehors – mais sinon, où auraient-ils pu aller ? – et de toute manière, son besoin de se soulager devenait épique. Il ouvrait tout juste sa braguette quand il les aperçut tous les deux appuyés contre un chêne, la chemise de Joe plaquée sur son dos et la sueur coulant dans le cou de Geneva tandis que le jeune homme glissait la main sous sa robe en coton léger. Booker se sentit tout drôle son zob à la main pendant que cette scène se déroulait sous ses yeux, et il se hâta de retourner à l'intérieur. Joe revint dans le café quelques minutes plus tard et annonça qu'il n'irait pas à Houston. Ils étaient les bienvenus s'ils voulaient passer la nuit là – Geneva approuva d'un signe de tête, se comportant déjà comme si c'était leur décision à tous les deux – mais Joe resterait à Lark.

Booker en eut le cœur brisé d'une façon qu'il mettrait de longues années à comprendre. C'était avant tout une trahison : le Joe Sweet Midnight Revelers n'y survivrait pas. Mais cela mettait en lumière un manque qu'il ressentait dans sa propre vie ; pas une seule fois il n'avait eu envie de croiser au lever du soleil les yeux de l'une des innombrables femmes qu'il avait baisées pendant la nuit. Il espéra que Joe ne se réveillerait pas avec des regrets, en tout cas, Booker ne serait plus là pour le voir, il ne voulait même pas le regarder en face en plein jour. Joe lui laissa la voiture, et dans la frénésie du chargement de l'Impala – les hommes évitant les silences qui auraient pu être comblés par des mots amers –, la guitare Les Paul de Joe se retrouva dans la voiture. Booker était déjà à une quinzaine de kilomètres de Space City quand il l'aperçut sur la banquette arrière.

Les bonnes intentions ne manquèrent pas au cours des années, ni les projets de la rendre, mais pendant le reste de sa carrière, qu'il fût conscient ou non de sa réticence, il n'emprunta plus jamais la 59, du moins pas dans le Texas de l'Est. En fait, aucun des Wright ne retourna jamais au Texas. Il existait d'autres itinéraires pour rentrer à Chicago, la ville d'adoption de Booker; le cœur trouve toujours des alternatives. Joe Sweet était comme un frère pour lui, et sa perte le rongea pendant des années, un sentiment qui s'aggrava quand il apprit sa mort, car l'occasion de faire la paix avec lui ne s'était jamais présentée. Lorsque Booker sut qu'il était atteint d'un cancer du poumon au stade 4, il donna la guitare à son neveu avec un mot sur une jolie dame brune dans le Texas de l'Est à qui elle revenait de droit.

« C'est beau », dit Darren.

Randie haussa les épaules. Elle en était à son deuxième verre, et lui sirotait son troisième, se laissant glisser vers l'erreur. « Trop beau pour être vrai », répondit-elle d'un ton neutre. Mais Darren ne crut pas à son cynisme. Joe et Geneva avaient été mariés plus de quarante ans; c'était réel, et ils le savaient tous les deux, même s'ils n'avaient eux-mêmes jamais fait l'expérience d'un attachement aussi profond.

« Vous n'êtes pas une romantique, hein ? » dit-il, cherchant à savoir ce que dissimulaient ses doutes, et se demandant ce qui pouvait bien pousser une femme à écouter une histoire de ce genre pour la rejeter ensuite.

« Elle me déplaît, c'est tout.

– Pourquoi ?

– En me racontant cette histoire, Michael me suggérait que je ne l'aimais pas au point de renoncer à mon métier *pour lui*. C'était de la manipulation. C'était injuste. »

Darren se surprit à prendre le parti de Michael, se rendant compte, lorsque les mots franchirent sa bouche, qu'ils auraient pu être prononcés par Lisa. « Peut-être que c'était simplement de l'amour. Peut-être qu'il voulait que vous restiez à la maison pour vous garder auprès de lui. »

Lisa acceptait l'idée qu'il soit un Ranger assis derrière un bureau, mais quand il avait rejoint la force opérationnelle, et demandé à travailler sur le terrain, cela avait changé quelque chose entre eux. Les bottes et le pick-up, l'étoile brillante à cinq pointes, la panoplie du cow-boy texan agressif accentuait le contraste saisissant entre le jeune étudiant en droit qu'elle avait épousé et l'homme que la vie l'avait obligé à devenir. Darren était terrifié à l'idée que leur mariage s'était peut-être construit sur la base de conditions imprimées en petits caractères qu'il n'avait pas pris la peine d'étudier, d'exigences que sa femme avait enfouies sous un million de baisers, le million de fois où elle avait juré qu'elle l'aimait. « Peut-être qu'il ne vous forçait pas à faire un choix », dit-il, son visage plein d'un espoir mélancolique révélant le malaise que lui inspirait la constance conjugale. Il regarda Randie avec un sourire crispé, essayant en vain de rendre ses propos plus légers. L'orchestre jouait une chanson de Sam Cooke dont les paroles s'étiraient avec lenteur afin de figer l'instant. *To say it's time to go, and she says, yes, I know, but just stay one minute more.*

Darren sentit alors une douleur se lover dans ses entrailles, voyant clairement ce qu'il avait été incapable d'affronter auparavant, comme si la vérité avait tiré une chaise jusqu'à sa table et proposait de payer la prochaine tournée. Ses yeux s'embuèrent de larmes, et les enseignes murales au néon se changèrent en un kaléidoscope de couleurs liquides. Il se sentait perdu face à une marée montante, et il agrippa de toutes ses forces son verre de bourbon à moitié plein.

Randie indiqua du menton l'alliance sur sa main gauche. « Et vous ? »

Elle ouvrait une porte. C'était une invitation à parler, s'il le souhaitait. Sa main s'avança imperceptiblement sur la table, et il fut pris de panique à l'idée qu'elle pourrait la tendre vers lui et le toucher, que la gentillesse la plus élémentaire risquait de le faire basculer et de le pousser à dire tout haut des choses qu'il ne voulait pas encore croire. Lui et Lisa – il n'était pas certain qu'ils réussiraient. Il se cala sur son siège, élevant un barrage pour retenir le flot d'émotions que lui inspiraient les pierres disjointes du mariage de Michael, et il revint à l'affaire.

« Je dois vous faire une confidence. »

Il y eut un temps de silence envahi par le blues, puis elle dit, haussant les épaules comme si elle savait de quoi il allait parler :

« La fille blanche.

– J'ignore s'il s'est passé quelque chose, précisa-t-il d'un ton prudent.

– Ce ne serait pas la première fois », observa-t-elle.

Il se souvint brusquement de la phrase de Lynn : *Y a des gens qui apprennent jamais.*

« Des femmes blanches ?

– C'est important ?

– Dans cette région, oui. »

Randie soupira et détourna les yeux. De profil, elle paraissait plus jeune. À la lumière du jour, il lui avait donné trente-six ou trente-sept ans, mais à la faible clarté de ce bar, nuancée de rose et d'ambre par les néons, la peau lisse de son visage, et ses traits fins lui donnaient un air juvénile qui s'accentua quand elle leva son verre en direction de la barmaid, une fille potelée qui parlait au téléphone tout en rédigeant un texto sur son portable. Darren posa une main sur le bras de Randie pour l'en empêcher. Il ne se remettrait pas d'un quatrième verre, mais serait incapable de résister s'il en voyait un devant lui. Il touchait encore son bras quand elle reprit: «Il y a eu des femmes – noires, blanches, qui sait? J'ignore combien. Il ne l'a jamais dit, et je ne l'ai jamais demandé.» Elle se tut un long moment, regardant le guitariste sur scène, un homme de soixante-dix ans environ vêtu d'un costume gris à large revers. «J'étais souvent absente.

– Rien de tout cela n'est de votre faute, Randie.

– Je n'ai jamais dit que ça l'était.

– Je ne cherche pas à vous blesser.» Il essayait cependant de détourner sa propre souffrance. «Je voulais juste vous informer qu'il y a peut-être un lien entre votre mari et une autre femme, dit-il doucement.

– Je savais que c'était une possibilité quand j'ai pris l'avion, répondit-elle. Et je suis encore là.»

Elle commanda tout de même un autre verre, et lui aussi. Il se pouvait, lui dit-il alors, que Michael eût quitté le bar avec Missy. Keith les aurait surpris sur la route de terre, où aurait eu lieu la confrontation initiale.

Quelque chose ne collait pas dans cette histoire.

Il le sentait comme un membre fantôme, une partie de son corps amputée, une démangeaison hors d'atteinte. Le bourbon et la musique, la chaleur s'élevant des gens qui dansaient sur une chanson de Jackie Wilson jouée par les musiciens. Tout tourbillonnait autour de lui, et il ne parvenait pas à se concentrer.

À un moment donné, Randie prononça une phrase qui fut noyée par le volume de la basse, et il dut se pencher si près pour l'entendre que des mèches de ses cheveux lui frôlèrent la joue. Elle se tourna, et approcha de son oreille ses lèvres poisseuses à cause de l'alcool sucré.

«J'ai été une épouse merdique.»

Darren posa une main sur son dos. Elle se pencha pour qu'il lui murmure à son tour: «Les éléments de preuve sont suffisants pour établir que j'ai été un mari merdique.»

14

Ils arrêtèrent de boire peu après la première partie du concert car l'endroit était devenu si bruyant qu'ils ne parvenaient plus à attirer l'attention de la serveuse. Ils marchaient donc encore droit lorsqu'ils quittèrent le bar. Darren lança les clés de la voiture à Randie : elle avait bu un verre de moins que lui. Un raisonnement qui semblait tenir la route jusqu'à ce qu'ils atteignent le Chevy, à l'autre bout du parking en gravier. Elle paraissait si petite à côté de la portière du conducteur qu'il n'en revenait pas de lui avoir déjà confié le volant.

Le Chevy était garé au nord du bâtiment peint en bleu foncé qui se confondait presque avec le ciel nocturne. Le bar n'avait qu'une lampe extérieure, une lanterne de grange en fer-blanc fixée au-dessus de la porte d'entrée. La lumière était trop faible pour éclairer les angles, c'est pourquoi il ne vit pas le sang tout de suite. En réalité, il le sentit avant de le voir. Moins à cause de sa formation de policier que grâce à son enfance à Camilla, où ses oncles – si l'un d'eux avait la chance de tirer un cerf – vidaient la carcasse de son sang à l'arrière de la maison. Le flot épais imbibait l'herbe et Darren était chargé d'évacuer au tuyau d'arrosage les déchets qui pénétraient dans la terre, laissant dans l'atmosphère un relent de cuivre jusqu'à la prochaine grosse pluie.

Ce soir, le sang ruisselait sous la portière du chauffeur. Darren pria Randie de s'écarter. Il avait perdu sa torche dans le bayou. Il en avait une autre dans le pick-up, bien sûr, mais il ne toucherait à rien avant de savoir ce que c'était. Il utilisa son téléphone pour éclairer la scène. Il y avait de grosses gouttes de sang séché presque noir sur les cailloux et les graviers près du côté gauche du véhicule, mais rien sur la portière elle-même.

« Qu'est-ce que c'est ? » s'exclama Randie.

Darren ne répondit pas. Au lieu de cela il sortit un pan de sa chemise pour envelopper sa main en ouvrant la portière. Aussitôt la tête d'un renard roux glissa le long de la paroi du pick-up. Sa gorge avait été tranchée, et le sang commençait à se coaguler autour de la plaie, des caillots noirs s'accrochant à la fourrure de l'animal. Quelqu'un avait égorgé l'animal avant de le placer dans la cabine du pick-up. Randie hurla en le voyant. « Ne touchez à rien », lui ordonna-t-il. Les questions se bousculaient dans son esprit quand il se retourna pour examiner la 59 des deux côtés. Il scruta ensuite le parking du bar dans ses moindres recoins. Il ne vit personne, et n'entendit que la musique à l'intérieur, la basse et la batterie tambourinant contre sa cage thoracique. Le symbolisme de l'animal sacrifié – le malin renard châtié pour sa ruse et son intrusion dans des bois qui ne lui appartiennent pas – le choquait moins que le fait d'avoir été suivi et de se rendre compte que Randie et lui étaient peut-être traqués. Il défit la languette de son porte-revolver, prêt à dégainer, puis il tira la carcasse hors du pick-up avec ses mains nues, ruinant sa meilleure chemise. Il l'arracha et, vêtu de son maillot de corps, respirant bruyamment, il coucha la bête dans les hautes herbes, à l'extrémité du parking. À l'aide des chiffons qu'il gardait au fond d'un coffre dans la benne du pick-up, il nettoya le siège de son mieux et put confirmer ses soupçons : le renard avait été tué ailleurs, et déposé ensuite avec soin dans son véhicule, où aucune trace d'effraction n'était visible. Mais de l'autre côté de la limite du comté quelqu'un avait du sang sur les mains ce soir.

À cette heure de la nuit, il y avait un seul endroit où il pouvait se rendre pour remettre en état l'intérieur du véhicule, l'unique lieu où on lui poserait sans doute peu de questions, et où la couleur de sa peau lui servirait de couverture – ce qui, même avec l'insigne, pouvait lui rendre service une nuit comme celle-ci. Il n'avait pas envie d'expliquer d'où venait ce sang à l'employé d'une station-service bien éclairée de Garrison ou de Timpson. Il mit Randie au volant, bien qu'elle fût toute tremblante et craignît de ne pas être à la hauteur, ce qui lui permit de s'installer sur la plate-forme. En plein air, le vent lui piquant les yeux à cent dix kilomètres à l'heure, il surveilla la route qui filait derrière eux dans la nuit. Le Colt chargé sur ses genoux, il s'assura que personne ne les suivait, et pria pour que Randie les conduise à bon port.

Le café était ouvert mais désert, mis à part la petite-fille de Geneva, Faith, assise dans l'un des boxes en train de tapoter le clavier d'un portable Dell, et Isaac, qui balayait des mèches de cheveux près du fauteuil de barbier vert quand Darren entra, son maillot de corps et le devant de son pantalon tachés de sang.

Faith leva les yeux et sursauta.

« Votre grand-mère est là ? » demanda Darren.

Faith regarda Randie arrivée derrière lui, ses boucles emmêlées comme une peluche en coton noir à cause du vent pendant le trajet. Elle avait dû rouler avec les deux vitres baissées pour ne pas vomir le Sprite, la vodka et les cerises au maraschin. Darren et elle respiraient fort, comme s'ils avaient parcouru en courant les huit kilomètres entre Garrison et la limite du comté. « Verrouillez la porte », dit Darren. Faith se leva et s'exécuta, faisant tinter la clochette en tournant la clé dans la serrure. Darren répéta : « Où est Geneva ? » Il passait déjà derrière le comptoir lorsque Faith répondit que sa grand-mère était dans la cuisine.

Il poussa la porte battante donnant sur l'autre pièce où Dennis, le cuisinier, était en train de fermer un sac-poubelle noir d'où s'échappait un filet de liquide. Geneva enveloppait des côtes de porc dans du papier d'aluminium et les mettait dans des boîtes Tupperware. Elle avait un frigo industriel qui occupait la plus grande partie de la petite cuisine, et jouxtait la cuisinière à huit brûleurs. Lorsqu'elle referma le réfrigérateur, elle vit Darren.

« Mais bon sang… ? » dit-elle, reculant d'un pas et lançant un coup d'œil inquiet à Dennis pendant que Darren examinait la cuisine, en quête de produits de nettoyage.

Une seconde plus tard, un coup de fusil ébranla les murs.

Ils entendirent une explosion de verre brisé dans l'autre pièce et Faith pousser un hurlement qui terrifia Darren. Il sortit le .45 de son étui et poussa la porte de la cuisine. Faith se tenait debout près de la porte du café trouée d'un cratère de la taille d'une balle de baseball, juste au-dessus de la poignée sur laquelle la clochette en cuivre tremblait encore. « Éloignez-vous », dit Darren en la poussant sur le côté.

Randie était accroupie sur le sol derrière le comptoir. Il résista à l'envie de la réconforter. Au lieu de cela il leva son pistolet et sortit à l'instant où deux feux arrière rouges quittaient le parking du Geneva's avant de s'éloigner et de s'engager sur la voie rapide. *Vers le nord*, nota Darren. Son arme au poing, il passa en revue le parking et le terrain vague autour du café. Il vérifia que personne ne rôdait derrière le bâtiment, se sentant exposé quand il traversa le terrain inégal rempli de mottes de terre et de mauvaises herbes, incapable de distinguer quoi que ce fût dans l'obscurité, ne sachant même pas dans quelle direction regarder. Son cœur battait la chamade, sa respiration était courte et précipitée. Les lumières étaient allumées dans la caravane derrière la maison, mais les pièces étaient vides. Il les traversa l'une après l'autre. Trois chambres et une étroite cuisine, le frigo et la cuisinière vert olive, l'intérieur entièrement garni d'une moquette rouge-orangé à longs poils. C'était l'appartement de Geneva, cinquante-cinq mètres carrés en tout, et il était imprégné de son parfum, un mélange de bois de santal et de sucre.

Il se rappela que Wendy avait dit quelque chose sur Geneva et un fusil.

À son retour dans le café, il lui dit de mettre une poignée de balles dans la poche de son tablier, de garder son calibre 12 prêt; ce serait ce genre de nuit. Ensuite il alla voir les autres. Isaac marmonnait sans arrêt: «J'les ai pas vus v'nir, M'sieu» tout en se tordant les mains. Il fredonnait après chaque mot et se balançait, sur la pointe des pieds, puis sur les talons, et ainsi de suite. Il portait un pantalon mal ajusté et des mocassins dont le faux cuir s'écaillait aux coutures. Darren se demanda si l'homme était un handicapé mental; s'il était, dans le langage du Texas de l'Est, *touché.* Dès qu'elle vit Geneva, Faith courut vers sa grand-mère, qui la serra dans ses bras. Elle sortait juste de la cuisine, suivie par Dennis. Ses yeux lançaient des éclairs, il écumait de rage. «Je savais que ça allait arriver», dit-il. Darren se tourna enfin vers Randie. Il rangea son arme et sans réfléchir, posa les mains sur ses épaules. Il voulait s'assurer qu'elle n'était pas blessée par une balle perdue ou des éclats de verre, qui auraient pu l'éborgner, entailler une artère ou une veine. Mais elle semblait indemne.

Elle l'entoura de ses bras, s'accrochant à lui comme s'il avait été un morceau de bois flottant dans les eaux déchaînées, une bouée de sauvetage glissant entre ses doigts. Elle se cramponnait si fort qu'il sentait battre son cœur à travers le coton de son maillot de corps, et ses larmes ruisseler sur sa poitrine. Cette soirée avait ouvert une soupape au-delà du simple chagrin, libérant la frayeur à fleur de peau de toute personne de couleur à l'ombre de la ligne Mason-Dixon[1]. Elle était terrifiée et tremblait dans ses bras. Darren lui chuchota : « Je suis là. » *Je suis là aussi.* Comme sa famille, les Mathews remontaient à des générations, on ne le chasserait pas d'ici. Alors qu'il tenait l'épouse du mort, Darren se jura de coincer l'assassin de son mari.

Il était à peine minuit passé d'une minute et les lampes étaient encore allumées dans le salon de la maison de Wally, de l'autre côté de la voie rapide. Darren mit Geneva, Faith et Randie dans la caravane, et installa Dennis devant l'entrée avec le fusil, sur une chaise de jardin. Le cuisinier fut très heureux d'endosser le rôle de protecteur. Isaac, en dépit de ses protestations, voulut rentrer chez lui à pied. Geneva dit à Darren de ne pas intervenir, on ne pouvait pas raisonner Isaac quand il avait peur. Darren le laissa partir à contrecœur, puis grimpa dans son pick-up ensanglanté pour traverser la route en quelques minutes. Le portail de Monticello était encore ouvert, et la voiture de police de Van Horn garée dans l'allée circulaire.

Darren sauta du véhicule et tapa à la porte.

Wally ouvrit deux secondes plus tard, et Darren le bouscula pour entrer. Wally se tourna vers son salon et dit : « Parker, on en a un vivant. J'ai senti l'odeur du bourbon avant qu'il monte les marches. »

1. Ligne de démarcation entre les États abolitionnistes du Nord et les États esclavagistes du Sud après la guerre d'indépendance des États-Unis. Elle représente aujourd'hui la démarcation formelle entre le Nord et le Sud.

Van Horn se leva derrière la table de la salle à manger, où des papiers, des dossiers et une tasse de café étaient posés près d'un ordinateur de bureau qu'on avait visiblement apporté à l'intention du shérif. Des fils branchés de tous les côtés formaient un tas emmêlé aux pieds de Van Horn. Le shérif vit le sang sur les vêtements de Darren, et constata qu'il ne portait ni sa chemise ni son insigne. Wally émit un sifflement. « Vous n'avez pas entendu ce coup de feu ? demanda Darren. Ça s'est passé juste de l'autre côté de la route, et vous êtes restés assis là à boire du café, sans bouger le petit doigt.

– Surveille ton langage, mon p'tit gars.

– *Ranger*, rectifia Darren.

– Quel coup de feu ? » s'enquit Wally, mais il tourna la tête vers sa fenêtre de devant, par laquelle il pouvait voir le café, un geste révélateur.

« Il y a dix minutes à peine, quelqu'un a tiré sur la façade du Geneva's.

– C'est dommage », dit Wally.

Mais Van Horn fut moins dédaigneux. Il remonta son pantalon, alla prendre ses clés de voiture dans l'angle de la salle à manger. « Je vais jeter un coup d'œil. »

Darren expliqua que le criminel était parti depuis longtemps et fit la description de l'arrière d'un pick-up, indiquant la dimension et la forme des feux. Il faisait trop sombre pour lire la plaque d'immatriculation, mais il pensait avoir vu le chiffre 2, ou peut-être 5.

« Vous avez bu combien de verres, *Ranger* ? dit le shérif.

– Je sais ce que j'ai vu.

– J'ai dit que j'allais jeter un coup d'œil.

– Je peux chercher la douille, mais si vous partez à leur recherche maintenant, vous trouverez peut-être un fusil encore chaud. Je vous suggère de faire d'abord le tour du bar de Wally.

– C'est vous qui nous avez amené tous ces ennuis, intervint le maître de maison.

– Il y en a deux qui ont essayé de me coincer aujourd'hui, et ils m'ont tiré dessus.

– C'est pas la version que j'ai entendue.

– Wally, reste en dehors de tout ça », dit Van Horn, qui s'adressa ensuite à Darren : « Un témoin oculaire a affirmé que c'était vous qui l'aviez menacé avec un pistolet.

– Après une agression sur un officier de police. »

Le shérif indiqua du menton le maillot de corps de Darren, souillé par des taches de sang brunes. « Et vous vous êtes identifié comme tel ? Votre insigne était visible ? Parce que tout ça aurait pu être un simple malentendu. Dans l'état où vous êtes, on aurait pu vous confondre...

– Ceci, répliqua Darren en désignant le sang sur ses vêtements, est arrivé après qu'un trou du cul m'a suivi jusqu'à Garrison pour déposer une bête morte dans mon pick-up.

– Eh bien, je ne peux rien faire pour vous, puisque vous aviez franchi la limite du comté.

– Et vous étiez en train de vous soûler, semble-t-il », commenta Wally.

Darren se sentait parfaitement sobre. Il ferma le poing gauche et l'abattit sur la table en merisier de la salle à manger. « Quelqu'un s'est lancé dans une campagne de terreur pour m'empêcher d'enquêter sur le meurtre de Michael Wright.

– Le coup de feu tiré sur le Geneva's n'a rien à voir avec vous, rétorqua Wally. Une fille d'ici a été tuée derrière le café, et ça réveille une hostilité de longue date contre la sorte de gens qui fréquentent son établissement. Des types vont sûrement utiliser cet argument pour la mettre dehors. Si elle me vendait le café, je pourrais la soulager pour le reste de sa vie, et elle aurait plus besoin de s'épuiser à rester debout douze heures par jour. Mais Geneva ne sait pas se faire une raison.

– Vous êtes préoccupé par les gens qui fréquentent son café alors que des membres du gang le plus violent de l'État sont des piliers de votre bar ? Deux d'entre eux ont braqué une arme sur moi hier en faisant allusion à un règlement de comptes de la Fraternité avec les Rangers. »

Ils avaient dit Ronnie Malvo.

« Nous avons un témoin oculaire qui affirme que rien de tout cela n'est arrivé », déclara Wally.

Nous, nota Darren. Il semblait en savoir déjà très long sur un incident auquel il n'avait pas assisté. Il se demanda ce que Wally savait d'autre sur Brady et Keith.

« Vous savez qu'ils font partie de la FAT ? dit-il.

– Qui ?

– Brady, votre gérant, et Keith Dale. »

Van Horn sentit où cette discussion pouvait mener et dit : « Brady m'a expliqué que l'échange avait été un peu musclé, mais c'est une accusation très grave.

– À cause de quoi ? voulut savoir Wally. De quelques tatouages ?

– J'ai enquêté avec la force opérationnelle fédérale sur la Fraternité. J'en sais plus que vous ne l'imaginez sur leurs agissements. Les armes et la drogue », précisa-t-il en regardant Wally pour s'assurer qu'il était bien conscient du fait que son bar abritait peut-être l'un de ces trafics.

« Je sais par ailleurs qu'on ne vous a pas gardé dans cette force opérationnelle, dit Wally. Que vous avez été suspendu jusqu'à votre arrivée miraculeuse à Lark. »

D'où il sort ça ? songea Darren.

Wally avait manifestement assez d'influence pour fouiller dans le département de Darren et obtenir son dossier personnel. Il s'interrogea à nouveau sur les relations d'affaires de Wally qui l'avaient conduit dans cette maison de cinq cents mètres carrés, comment et par l'intermédiaire de quel service il était lié aux forces de police, sur ce qui était légal ou illégal. Laissait-il simplement la Fraternité boire dans son bar, ou bien y avait-il d'autres éléments dans l'histoire ? Wally avait un air satisfait lorsqu'il lui lança : « Et vous osez arriver soûl et aussi crasseux qu'un chat de gouttière. Pas étonnant qu'on vous ait retiré votre badge. »

Un enfant pleura à l'autre bout de la maison.

Le fils de Keith, se souvint Darren. Il ne parvenait pas à comprendre ce que ce petit garçon faisait encore ici, ni pour quelle raison son père et ses grands-parents l'y avaient laissé.

« Je ne suis pas ivre », dit Darren.

Mais il sentait l'alcool à plein nez, et il avait une mine de déterré.

Il se tourna vers le shérif Van Horn et déclara : « Je veux Keith Dale.

– Je vais certainement pas arrêter un homme parce que vous le demandez.

– Je veux le rencontrer, c'est tout, répondit Darren. Je veux une entrevue avec lui. »

Van Horn feignit de réfléchir au bien-fondé de cette requête, mais il savait qu'il pouvait difficilement refuser cela à un Ranger du Texas enquêtant sur l'affaire. Darren n'avait même pas besoin de le lui demander, mais il lui fallait un cadre que seul le shérif pouvait lui procurer.

« Il n'y a pas de force de police à Lark, expliqua Van Horn, mais je serai heureux de vous accueillir ici pour que vous parliez à cet homme, en ma présence, bien entendu. »

Il regarda Wally pour qu'il confirme son accord.

Darren secoua la tête. « Je veux que l'entrevue ait lieu dans le bureau du shérif à Center.

– Si j'y suis, dans ce cas, précisa Van Horn. Je ne veux pas que ça tourne à la foire d'empoigne. Je ne l'autoriserai que si vos questions respectent un cadre très strict. »

Van Horn pouvait autoriser tout ce qu'il voulait, Darren s'en moquait.

Il placerait Keith dans une salle d'interrogatoire.

15

Il prit un seau en plastique rempli d'eau et de javel et un paquet de chiffons dans la cuisine de Geneva, fourrant le reste sous son bras. Puis il sortit. Éclairé par le reflet de ses phares dans les fenêtres de la façade, il brossa le siège avant du pick-up, trempant les chiffons dans le seau, les utilisant pour éponger, puis les jetant sur les pavés quand ils étaient trop mouillés et ne servaient qu'à étaler le sang. Il veillait à ne pas souiller les lieux avec des flaques sanguinolantes, ignorant où Geneva rangeait son tuyau d'arrosage, si elle en possédait un. Il travaillait en silence, le Colt .45 sur la hanche, écoutant les voitures qui passaient sur la voie rapide. Il avait bloqué la porte d'entrée cassée pour la garder ouverte, c'est pourquoi il n'entendit pas Faith sortir. Il perçut un éclair dans sa vision périphérique et posa la main sur la crosse de son arme avant d'entendre sa voix. « Vous devriez essayer l'ammoniaque sur la moquette », dit-elle. Se rapprochant du véhicule, elle sentit l'odeur de l'eau de Javel et expliqua : « Mais ne le mélangez pas avec la Javel parce que vous risquez de glisser. Mais pour le sang, l'ammoniaque est plus efficace sur la moquette.

– Vous ne devriez pas être là, dit-il. Comment va Randie ?

– Elle dort, et grand-mère aussi », répondit-elle avant de se pencher et de ramasser deux chiffons. Nullement dégoûtée, elle alla essorer l'eau rose puante dans les herbes au bord du parking. Quand elle revint, les chiffons prêts à être réutilisés, elle le regarda et lui demanda: « Elle vous plaît?

– Randie? répondit-il, devinant à qui elle faisait allusion.

– Je n'ai jamais rencontré une veuve aussi jeune.

– Elle a vécu quelque chose de terrible », observa-t-il, sans s'aventurer plus loin. Il ne comprenait pas vraiment ce que signifiait sa question et ne savait pas comment y répondre.

« Je n'ai jamais rencontré non plus un Ranger du Texas. »

Darren se détourna de la portière ouverte côté conducteur, et regarda Faith. Menue, avec des traits fins. Sa bouche pulpeuse et ses cheveux volumineux lui donnaient l'apparence d'une poupée. Pourtant elle devait avoir au moins dix-huit ans puisqu'elle allait se marier. Son rouge à lèvres s'était estompé depuis des heures, laissant une trace rose qu'elle mordillait, impatiente de parler encore. Il la remercia d'avoir essoré les chiffons, et elle dit: « Il faut du sel et du bicarbonate de soude pour enlever le sang sur les vêtements. Je peux laver les vôtres si vous voulez.

– Vous en savez long sur le nettoyage des taches de sang, jeune fille », répondit-il.

Il essayait de mettre un peu de légèreté dans cette nuit si sombre, de rendre l'instant plus enjoué, mais l'expression du visage de Faith lui fit regretter ses paroles.

« J'ai eu ma part de sang à lessiver. »

Il n'était pas certain qu'elle eût plus de choses à révéler, et n'avait pas forcément envie de les entendre.

Il choisit plutôt de lui poser une question d'ordre général.

« Vous habitez dans la caravane avec votre grand-mère?

– À présent, oui. Avant, j'étudiais à l'université de Wiley. À Marshall. »

Il connaissait Wiley. Comme la plupart des Noirs du Texas du Sud. Wiley, Prairie View A&M, et l'université du Texas du Sud étaient depuis des générations les marques de fabrique de l'enseignement supérieur des Noirs. Ses oncles avaient obtenu tous les deux leur diplôme de premier cycle à Prairie View ; Duke, le père de Darren, avait été accepté à UST à Houston, mais avait remis ses études à plus tard pour suivre les traces de son grand frère William en acceptant une affectation au Vietnam.

« Vous avez étudié quoi ?

– Les relations publiques. Je n'avais pas l'intention de passer ma vie ici. J'ai toujours pensé que je finirais quelque part à Dallas ou à Houston.

– C'est encore possible, non ? » Il avait enlevé à grand-peine la plus grande partie du sang séché sur le siège. Il restait le tapis de sol, mais il envisagea de le déposer simplement dans la benne du pick-up en attendant de le faire nettoyer un jour ou l'autre. « Un diplôme en relations publiques… Vous pouvez l'utiliser presque partout.

– Je ne l'ai jamais obtenu. »

Un bref instant, il choisit de ne pas s'appesantir sur le sujet.

C'était une gentille fille, mais il ne voulait pas écouter son histoire pendant qu'il nettoyait le sang de son pick-up au milieu de la nuit. Elle avait des problèmes mineurs de provinciale qui ne l'intéressaient pas. Il lui demanda quelque chose à manger. Depuis huit heures du matin, il n'avait rien avalé, à part du bourbon. Faith alla dans la cuisine et il la suivit pour ranger le seau et les chiffons, demandant où il pouvait trouver du contreplaqué afin de réparer la porte d'entrée. Faith lui conseilla de chercher dans l'arrière-cuisine, où il passa en revue les cageots de légumes et une collection de vieilles bouteilles de soda – du jus de raisin Nehi et du Coca-Cola – et des piles de journaux dans un carton humide. Il y avait d'autres cartons défoncés, appuyés contre la benne à ordures. Darren en prit une poignée, ainsi qu'un rouleau de ruban adhésif rangé sur une étagère au-dessus de l'évier. Pendant que Faith réchauffait deux côtelettes de porc sur la cuisinière, Darren boucha le trou de la porte d'entrée sans déplacer la clochette qui continuerait de danser et de tinter pour les clients du Geneva's. Il sentait l'odeur de la graisse de porc grésillant sur l'os et faillit dévorer la viande avec ses doigts quand Faith posa une assiette devant lui sur le comptoir. Elle lui servit un Dr Pepper. Il aurait préféré une bière, mais considérant qu'il était en service, il choisit de rester sobre. Faith s'appuya au comptoir en face de lui, près de la caisse enregistreuse, et le regarda manger. Il termina son repas, encore affamé, mais ne souhaita pas déranger la fille plus que nécessaire. « Cette femme, ma mama, elle a détruit ma vie », dit-elle soudain, avec une bonne dose de drame et d'amertume. Elle parut satisfaite d'avoir un auditoire captif en la personne de Darren. «C'est pourquoi j'ai refusé d'aller à Gatesville avec ma grand-mère, si vous voulez le savoir. »

Certainement pas.

Il sirota sa boisson et rota.

« Lorsque le bruit a couru à Wiley que ma mère avait tué mon père, vous savez, les filles m'ont jetée comme si j'avais la peste sans me laisser une chance de fournir une explication. Après ça je me suis sentie exclue, mes notes ont dégringolé, je n'arrivais plus à travailler. C'est pour cette raison que je n'ai pas fini mes études. Je n'ai pas été virée ni rien de ce genre. J'avais trop honte, c'est tout. C'est déjà assez dur d'avoir été obligée d'avouer à Rodney qu'il y aurait juste grand-mère au mariage. Son père a proposé de me conduire à l'autel, mais c'est pas convenable. »

Darren déposa sa serviette sur les os de son assiette, regardant la graisse imbiber le papier, puis il dit : « Excusez-moi, vous disiez ?

– Il y a eu un article là-dessus dans le journal de Houston. » Elle était sincèrement désorientée quand elle ajouta : « Je croyais que vous étiez au courant », comme si un entrefilet de quelques lignes en dernière page d'un journal de Houston avait pu retenir l'attention de Darren.

Quelques années auparavant, expliqua Faith, sa mère, Mary Sweet, s'était glissée près de Joe, son mari, qui prenait son bain. Il n'y avait qu'une salle d'eau dans les deux pièces de la cabane en bois où Faith avait grandi, à huit cents mètres environ du Geneva's. La salle de bains se trouvait au fond de la maison, et Mary avait pu surprendre Lil' Joe qui ne l'avait pas entendue entrer à cause du bruit de la radio posée sur la chaise à côté de la baignoire. Elle lui en voulait à mort et brandissait un pistolet, prête à tirer. Lil' Joe était nu, et Mary portait l'un de ses T-shirts Houston Rockets en guise de robe. À supposer que le témoignage d'une meurtrière reconnue coupable fût crédible, voici comment se déroula la scène.

Mary braqua son pistolet sur le front de son mari et attrapa la poignée du poste de radio qu'elle brandit au-dessus de l'eau, s'assurant que le fil était bien branché sur la prise. Tenant l'arme d'une main et la radio de l'autre, elle dit : « Tu préfères quoi ? Pasque de toute façon, j'en ai ma claque. »

Lil' Joe avait la peau claire, comme Faith, un minuscule espace entre les dents de devant et des boucles brun foncé humides plaquées dans le cou au niveau de l'eau ; il sourit à sa femme épousée vingt ans plus tôt, interprétant la scène comme un chantage affectif. Il couchait avec une autre fille depuis plus d'une année, et Mary s'était contentée de bouder dans son dos. Un cigarillo était calé entre les molaires de Lil' Joe et il ne prit pas la peine de l'en extraire lorsqu'il dit carrément à Mary : « Eh bien, vas-y et tire-moi une balle, alors. » Il jouait au dur, mais dès la seconde où Mary laissa tomber la radio sur le tapis de bain rose et arma le .22, Lil' Joe bondit hors de la baignoire et assomma sa femme en se ruant vers la sortie. Il avait presque atteint la porte quand elle l'abattit de trois coups de feu dans le dos.

Après l'arrestation de sa mère, Faith nettoya elle-même la scène de crime à genoux en pleurant, parce qu'il n'y avait personne d'autre pour s'en charger. Geneva était si bouleversée par la mort de son fils, quelques années à peine après l'assassinat de son mari lors du cambriolage de son café, qu'elle ferma le restaurant pendant une semaine, ce qu'elle n'avait pas fait après le meurtre de Joe. Il avait fallu vendre la maison de toute manière, maintenant que Lil' Joe et Mary n'étaient plus là. Et depuis qu'elle avait quitté l'université, Faith vivait dans la caravane avec sa grand-mère. « Rodney dit qu'après le mariage nous allons nous trouver un petit appart.

– Elle l'a tué pourquoi ?

– Papa fréquentait une fille blanche, répondit Faith. Il traînait dans le bar de Wally, un peu plus loin sur la route, avant ce déferlement de haine. Ils sont sortis ensemble quelque temps, ils se garaient sur la FM 19. »

Darren se souvint des sages paroles de Huxley. *Lil' Joe traînait dans ce bar, et on sait ce qui lui est arrivé.* Et tout de suite après, lui revint la phrase de Lynn condamnant Missy de sa voix enrouée parce qu'elle avait parlé avec Michael. *Y a des gens qui apprennent jamais.*

Leurs voix se firent écho dans sa tête.

« Et la fille blanche ? » demanda-t-il, bien qu'il eût déjà deviné son nom.

« Missy Dale. »

Faith prit l'assiette de Darren et l'emporta dans la cuisine. Darren se leva du tabouret recouvert de vinyle et contourna le comptoir pour la suivre. L'eau coulait dans l'évier, et Faith utilisait une éponge en loques pour faire la vaisselle à la main. Un instant, les mots lui manquèrent.

« Papa se croyait malin, dit la jeune fille. Quelquefois, les hommes font comme s'ils ne savaient pas qui lave leur linge. » Elle posa l'assiette et la fourchette dans un égouttoir et ajouta : « À propos de lessive, enlevez ce pantalon et cette chemise et je vais les nettoyer.

– Vous la connaissiez ? demanda-t-il. Missy ?

– Non. On avait le même âge, on allait dans le même lycée à Timpson, mais je ne lui ai jamais adressé un mot. Et elle non plus ; nos mondes ne se sont jamais croisés », dit-elle, ignorant l'ironie sous-jacente de ses paroles. Elle s'essuya les mains avec un torchon et le remercia d'avoir réparé la porte de sa grand-mère.

Darren se rendit compte qu'il n'avait pas vu une seule photo de Missy Dale, et ne connaissait d'elle qu'une mèche de cheveux blonds dépassant du drap blanc qui recouvrait le corps le matin de son arrivée. « Elle était jolie ? » demanda-t-il.

Faith haussa les épaules et répondit : « Elles n'ont pas toujours besoin de l'être. »

Darren ne dormit guère plus de deux heures, échangeant les tours de garde avec Dennis jusqu'au lever du soleil. Lorsqu'il se réveilla pour de bon, il trouva ses vêtements repassés de frais sur l'accoudoir du canapé recouvert de velours côtelé dans le séjour de Geneva. Le silence régnait dans la caravane, aucun signe de Geneva ni de Randie, et dehors, la chaise de jardin en nylon tressé était vide. Il avait ouvert les yeux en pensant au petit garçon, Keith Jr, qui vivait, semblait-il, sous le toit de Wally Jefferson. Maintenant qu'il était au courant de la relation entre Lil' Joe et Missy Dale, il avait des questions à poser à Geneva. Mais d'épais nuages bordés de noir arrivaient de l'est, se pressant au-dessus de sa tête, et la pluie menaçait. S'il voulait relever des empreintes sur le Chevy, c'était le moment ou jamais. Il aurait dû s'en occuper la veille : il y avait beaucoup de choses qu'il aurait dû faire différemment hier soir. Grâce aux côtelettes de porc bien grasses dévorées après minuit, il n'avait pas la gueule de bois, mais une brume s'attardait à la lisière de sa mémoire, sans altérer le déroulé des événements – le sang, les coups de feu et la confrontation chez Wally – l'empêchant d'accéder à des routes qu'il n'avait pas prises, à des moyens dont il aurait pu tirer parti plus intelligemment.

Il travailla avec un kit qu'il gardait dans son véhicule, tournant autour du Chevy en silence tout en déposant la poudre, se concentrant surtout sur la serrure de la portière côté conducteur qui avait été forcée d'une main experte. Il s'approchait de l'autre portière, relevant quelques empreintes latentes qui appartenaient soit à Randie soit à des personnes encore inconnues, quand les premières gouttes commencèrent à tomber. Il enferma le kit et les cartes de preuves qu'il avait recueillies à l'intérieur du pick-up et traversa en courant le parking jusqu'à la porte du Geneva's. Le morceau de carton était humide mais résistait sous le léger auvent du toit. Le café était plein à craquer – Darren n'y avait jamais vu autant de clients, y compris Huxley, et Tim qui rentrait d'un voyage à Chicago, et d'autres personnes inconnues de lui. Les boxes étaient tous occupés, et le seul siège que Randie avait pu trouver était le fauteuil du barbier à l'autre bout de la salle. Isaac avait abandonné son poste, et Darren ne vit Faith nulle part. Il demanda de ses nouvelles à Geneva qui se tenait derrière le comptoir, espérant aborder avec elle le sujet de leur conversation de la veille et de ce qu'il avait appris sur son fils défunt et sa relation amoureuse avec Missy.

« Dodo », dit Geneva en guise de réponse. Elle était très occupée, prenant les assiettes du passe-plat pour les tendre aux clients, et à part un signe de tête vers la porte réparée et un « J'apprécie, mon petit », elle l'ignora complètement.

Il n'avait aucun moyen de lui parler en privé d'un sujet aussi sensible, sauf s'il utilisait son insigne pour la forcer à lui répondre. Il préférait l'approcher comme un ami auquel elle *voudrait bien* avouer la liaison de son fils. Mais lorsque Randie le vit entrer, elle descendit du fauteuil du barbier et se précipita sur lui, disant qu'elle voulait s'en aller. Elle avait besoin qu'il la conduise au motel où elle pourrait se doucher et se changer. La conversation avec Geneva sur Lil' Joe et Missy devrait attendre.

Une fois qu'ils furent dehors, et dans la cabine du pick-up, qui sentait encore la Javel, Randie boucla sa ceinture et dit : « C'était bien réel ? » Elle avait d'immenses cernes sous les yeux. « Tout cela est vraiment arrivé hier soir ?

– Oui, dit-il, absolument. »

Elle se doucha la première. S'il le fallait, Darren se contenterait d'un peu d'eau froide passée sur le visage, et il se frotta les dents avec le doigt. Une brosse à dents scellée dans du plastique était fournie avec la chambre, mais il la laissa intacte pour Randie. Il se lava les mains et se nettoya le visage avec un pain de savon rose, sachant que la porte entre le lavabo et la salle de bains était restée entrebâillée. Il entendait l'eau couler derrière le rideau. Enveloppé par le flot de vapeur émanant de la cabine de douche, à un mètre de lui, il éprouvait des choses dont il n'était pas fier – le frémissement d'une partie de son corps qui était moins sordide au repos, une sensation de chaleur sous le plexus. À tort ou à raison, il était embarrassé par son affection pour elle. Sa volonté profonde de la protéger du danger était aussi forte que l'engagement qu'il avait pris de venger la mort de son mari. Il désirait lui prouver qu'elle se trompait sur le Texas, et que c'était un endroit où les assassins d'hommes noirs ne s'en tiraient pas indemnes. Il se sécha le visage avec une serviette rêche, et la replia avec soin pour qu'elle puisse s'en servir aussi.

Son téléphone sonnait au bord du grand lit.

C'était Wilson.

Il avait fixé une heure et un lieu pour l'interview de Keith Dale – quatorze heures au bureau du shérif à Center, conformément à la requête de Darren – et lui donna des instructions explicites. Le Ranger Mathews avait l'obligation d'exécuter son travail consciencieusement, et de traiter la police locale avec déférence, ce qui lui imposait de réfréner les questions que désapprouvait le shérif Van Horn. Pour l'instant, en l'absence de preuves crédibles le reliant à la mort de Michael Wright, le meurtre de Missy Dale relevait seulement de la compétence du shérif. « Ça va pas le faire si je peux pas parler à ce type, répondit Darren.

– Personne ne dit que vous ne pourrez pas lui parler. Je respecte Van Horn pour n'avoir pas rejeté votre demande, et vous lui devez quelques égards. Simplement, rappelez-vous que nous devrons travailler avec ces départements locaux longtemps après que cette affaire sera réglée. Les Rangers ne peuvent pas se permettre d'avoir la réputation de ne pas respecter leur autorité. Et si je suis censé intervenir en votre faveur auprès des grosses légumes du quartier général à Austin, je dois pouvoir leur dire que vous avez obéi aux ordres, que vous n'êtes pas un électron libre.

– Vous me connaissez mieux que ça.

– C'est vrai, je vous connais. Et je vous demande de respecter vos limites. L'affaire de la fille locale est délicate. Des résultats préliminaires révélés tôt ce matin par le bureau du médecin légiste ont changé certaines choses.

– Comme quoi ?

– Je ne suis pas en mesure de vous le dire.

– Mais vous êtes au courant ?

– Van Horn a promis de partager ses conclusions au moment opportun.

– Vous l'avez vue ? demanda Darren. L'autopsie ? »

Wilson se tut à l'autre bout de la ligne. Darren entendit l'eau s'arrêter dans la salle de bains, et le grincement d'une poignée de robinet trop dure quand la douche de Randie se termina.

« Votre lien avec la femme qui tient le café noir suscite de l'inquiétude. Ginny's ou Genevieve's, c'est ça ? Une femme noire âgée ?

– Geneva. Quel rapport y a-t-il entre elle et l'autopsie de Missy ?

– Vous l'apprendrez au moment opportun, dit Wilson. Van Horn l'a promis. »

Darren raccrocha à l'instant où Randie sortait de la douche, tendant la main pour s'emparer le plus vite possible de la serviette posée au bord du lavabo et s'en envelopper avant de sortir de la pièce. Darren détourna la tête en marmonnant : « Désolé. » Elle proposa de s'habiller dans la salle de bains mais il répondit que ce ne serait pas nécessaire. Il sortit et regarda tomber les gouttes de pluie grisâtres et les rigoles dégringolant du toit qui se tordaient telles des cordes en éclaboussant l'asphalte devant son pick-up, giclant sur le bout de ses chaussures. Il composa le numéro de Greg au bureau et écouta les sonneries.

Il vit alors l'autre voiture dans le parking. Une berline Buick grise, et assis au volant, un homme blanc d'une trentaine d'années aux cheveux bruns coupés court. Il s'était arrêté près de l'entrée du motel, l'avant de son véhicule orienté vers la porte de la chambre de Randie. Il avait vu Darren en sortir et sa portière s'ouvrit. Darren posa la main sur la crosse de son Colt et le somma de s'arrêter. Chaussé de Rockports, le jeune homme portait une chemise à carreaux boutonnée sous une veste de sport marron. Il avait des lunettes, mais avait peut-être besoin de faire contrôler sa vue, car il ne découvrit le pistolet braqué sur lui et l'insigne de Ranger qu'une fois arrivé à un mètre de Darren. Il se figea sur place, lâchant un sac en cuir éraflé sur le dallage mouillé. Il était plus jeune que Darren ne l'avait cru sur le moment. Ce gamin était encore loin de la trentaine.

Il chercha quelque chose dans son dos, et Darren sentit tout le sang de son corps affluer dans le doigt posé sur la détente. Gagné par l'exaltation du tireur, par un sentiment de pouvoir qui lui donnait l'impression de planer, aiguisant son ouïe et sa vue, et noyant la raison dans la grisaille des nuages. Il examina rapidement le sac de voyage, le pantalon kaki mal ajusté. Darren baissa son arme à l'instant précis où le jeune sortait un portefeuille de sa poche arrière. Il ne s'était pas aperçu qu'il retenait son souffle, et il expira d'un coup, envahi par un immense soulagement. L'homme lui tendit ses papiers avant qu'il les lui eût demandés. Lorsque Randie sortit de la chambre quelques minutes plus tard, Darren la présenta à Chris Wozniak du *Chicago Tribune*. Le monde du dehors était arrivé à Lark, et avait des questions à poser.

16

Si Chris Wozniak était curieux de savoir pourquoi le Ranger du Texas enquêtant sur la mort du mari de Randie venait de sortir de sa chambre de motel à neuf heures du matin, il n'en souffla pas mot. À deux reprises, il regarda Randie et lui demanda : « Et vous êtes la veuve ? », comme s'il avait besoin de s'en assurer. Il lui présenta ses condoléances et dit qu'il souhaitait également l'interviewer. « Vous connaissez Teresa Martin, m'a appris mon rédacteur en chef. » Randie acquiesça mais ne croisa pas son regard.

« Nous étions ensemble à l'Institut d'art de Chicago », précisa-t-elle à l'intention de Darren. Elle avait mis un pantalon noir et un T-shirt carmin, aussi fin que du papier crépon. Elle frissonnait et Darren faillit aller chercher son manteau blanc dans la chambre, mais c'était le mois d'octobre au Texas : il ferait vingt-sept degrés avant midi.

« Je connais l'Institut, dit-il. J'ai vécu quelques années à Chicago. »

Elle le regarda bizarrement, comme si cette information ne cadrait pas avec les bottes et l'insigne qu'il portait. « Vraiment ? » demanda-t-elle.

Darren hocha la tête. « J'ai fait mes études de droit à l'Université de Chicago. »

Les études de droit ne cadraient pas non plus. Mais la mention de UC la fit sourire.

« Michael est allé dans la même université, dit-elle.

– Ouais, ouais, reprit Wozniak. Je veux tout savoir. Le passé de la victime... et c'est intéressant que vous ayez ça en commun », dit-il à Darren tout en fouillant son sac pour en sortir un bloc et un stylo. Il prit une note rapide, puis se tourna vers Darren, qui fut choqué par ce manque de tact devant la veuve de la victime. « Écoutez, reprit le journaliste, j'ai une équipe de tournage qui va arriver. Plus tard dans la journée, j'espère. Et j'aimerais beaucoup me faire une idée des faits essentiels à ce stade, sans parler d'un topo d'ensemble, si je puis dire. On m'a parlé d'un bar de *rednecks* en ville. » Il lança un coup d'œil à Randie. Il voulait fouiner plus loin, mais pas en sa présence. « Je vous emmène. »

Il avait une caméra numérique dans sa voiture de location et souhaitait filmer le lieu du crime dès que possible, persuadé que Darren pourrait le mettre au courant pendant le trajet. Mais Darren voulait retourner faire son enquête sur le lien qu'il venait de découvrir entre Missy Dale et le monde du Geneva's. Ce rapprochement lui semblait très révélateur, comme le fait que Michael avait sans doute passé ses dernières heures dans le bar de Wally. Ces deux établissements, situés à deux extrémités opposées du village, et séparés par cinq cents mètres de voie rapide, étaient des piliers jumeaux de l'histoire de ces deux meurtres : il était impossible de comprendre l'un sans se référer à l'autre. Et à présent Van Horn détenait une nouvelle information qui impliquait Geneva. Darren ignorait de quoi il s'agissait.

Il n'aimait pas l'idée de laisser Randie seule avec ce type. Mais il était plus que jamais convaincu que le coup de feu tiré sur la porte du Geneva's la veille lui était destiné. La Fraternité Aryenne du Texas avait un ennemi dans le comté de Shelby, et il risquait en réalité de mettre Randie en danger s'ils passaient plus de temps ensemble. Tandis qu'il regardait de l'autre côté du parking, vide à l'exception de son pick-up et des deux voitures de location, il scruta la route luisante qui passait devant le motel, la pluie débordant des fossés envahis de mauvaises herbes, et il élabora un plan. Il ne communiquerait aucun élément du puzzle à un journaliste avant de comprendre comment il s'intégrait dans le tableau. Et pour l'instant il ne disposait pas de toutes les pièces. Il voulait en savoir plus sur Missy et Lil' Joe, le fils de Geneva. Depuis la veille, une idée avait germé dans son esprit. Si Keith Dale était au courant pour sa femme et Lil' Joe, il avait peut-être reporté sur Michael Wright la vengeance qu'il n'avait jamais eu l'occasion de perpétrer contre Lil' Joe. C'était selon Darren une explication plausible de l'enchaînement des assassinats. Keith croise Michael et sa femme sur la route de terre, alors qu'ils viennent de quitter le bar, et il tue le Noir qu'il soupçonne de fricoter avec elle. Deux jours plus tard, il tue Missy. Les deux cadavres sont retrouvés dans la même eau boueuse. Pourquoi Keith aurait-il attendu deux jours avant de s'en prendre à Missy ? Darren n'en savait rien. Mais il reconstituerait l'ordre des événements, quand Keith serait dans la salle d'interrogatoire des bureaux du shérif.

Il voulait d'abord parler à Geneva.

Il lança à Randie un regard suppliant tout en disant à Wozniak que d'après le protocole des Rangers, la famille de la victime avait le droit de parler à la presse avant que le département fasse une déclaration officielle. Ce mensonge était absurde. Mais il mesurait plus d'un mètre quatre-vingts, portait un insigne et une arme, ce qui constituait un argument convaincant que Wozniak ne remit pas en question. Randie resterait avec le journaliste et lui parlerait de Michael et de ce qu'elle savait – ou, franchement, ne savait pas – au sujet de son voyage au Texas. Darren ne lui imposa aucune restriction. C'était son histoire à elle. Et ça lui ferait gagner du temps. Elle lui demanda quand il serait de retour et parut un instant désorientée à l'idée de se retrouver sans lui. Il ne mentionna pas l'entrevue avec Keith Dale devant Wozniak, mais il la regarda et lui fit une promesse. Il serait de retour très vite.

Wendy était devant le café lorsqu'il gara le Chevy dans le parking, qui était encore plein. Le Geneva's était toujours en ébullition, et même plus encore que le matin, lorsqu'il était parti avec Randie, et il ne serait pas facile de parler à Geneva en tête à tête. Le sujet était délicat et privé. *À moins qu'il ne le soit pas,* songea-t-il. Lark était un minuscule petit bourg. Au Geneva's, tout le monde semblait savoir que Lil' Joe avait traîné dans le bar de Wally, et Lynn, la barmaid, avait fait allusion à la prédilection de Missy pour les Noirs. Peut-être que la liaison de Missy et de Lil' Joe était connue de tous, même si on n'en parlait que rarement.

« Vous êtes encore en train de fouiner par ici ? » dit Wendy.

Elle avait une canette de bière sur les genoux, à côté du .22 rouillé, surveillant la marchandise du jour : bocaux de gelée et marmites en fonte, un porte-perruque en bois, et une caisse rouge et jaune de Coca-Cola d'une trentaine d'années environ. C'était sûrement du matériel qu'elle avait ramassé autour de sa maison, des articles qui, disposés sur un édredon par une vieille dame en robe colorée, prenaient une signification historique et rapporteraient quelque menue monnaie. Darren admira l'arnaque. « Vous savez qu'y vous laisseront arrêter personne pour aucun d'ces deux crimes », dit-elle. La pluie avait cessé pour l'instant, et deux nuages se séparèrent, laissant filtrer un rayon de soleil.

Wendy se protégea les yeux.

Darren sourit: «Raison de plus pour vous sentir tout à fait libre de me dire la vérité.» Puis, sans préambule, il ajouta: «Cet enfant est celui de Lil' Joe, n'est-ce pas?

– Eh ben, voyez qui s'est réveillé plus malin c'matin.

– Et Geneva le sait?»

Wendy le regarda comme si son esprit marchait au ralenti.

«Keith aussi? demanda-t-il.

– Il a donné son nom à ce garçon, mais ça trompe personne.

– Pourquoi diable Van Horn réclame-t-il des listes des clients de Geneva, et des gens qui passent dans la ville, quand le mari de la femme qui est morte élève l'enfant d'un autre?» voulut savoir Darren. Un enfant dont Keith et sa famille semblaient s'être débarrassés sur le dos de Wally et Laura Jefferson, un renoncement rétroactif à un fils qui n'était pas de leur sang? Wendy lui fit signe de venir à sa droite pour ne pas avoir le soleil dans les yeux en le regardant. Il se plaça sous l'auvent du toit, dans le peu d'ombre qu'il procurait, et vit que l'iris de Wendy, plus clair qu'il ne l'avait cru, avait la couleur du miel. «Vous êtes un garçon du Texas, répondit-elle, vous savez où mène cette histoire.»

C'était Wally qui avait commencé à raconter des salades, lui dit-elle.

«Il est salement rancunier.»

Wendy était certaine qu'il avait orienté le shérif dans une direction qui l'arrangeait.

«C'est la famille de Wallace Jefferson qui a construit cette ville, vous voyez», dit-elle.

Cent soixante-dix ans plus tôt, Lark était une plantation. Là où on voit la vieille maison, continua Wendy, indiquant du menton la villa de Wally et le dôme de Monticello. Les Jefferson s'imaginaient être des parents lointains du troisième président du pays, les héritiers directs de l'histoire américaine. Et comme le brave Thomas, ils étaient devenus de riches propriétaires d'esclaves, la conscience tranquille et les caisses bien remplies. L'émancipation changea leurs habitudes, mais pas tant que ça ; il y avait toujours une autre façon de se faire quelques dollars. La plupart des Noirs vivant à Lark étaient issus de familles de métayers, échangeant l'asservissement physique contre la dette écrasante qui accompagnait le fermage, sautant de la poêle à frire dans les flammes, de la certitude de l'enfer à la lente et brûlante torture de l'espoir.

La famille Jefferson avait gagné pas mal d'argent lorsque l'État avait pavé une grand-route flambant neuve en plein milieu de la ville. Wendy supposait qu'un bon sens des affaires avait permis à Wally de s'offrir des véhicules de luxe et des diamants une génération plus tard. Cela s'ajoutait au fait que Wally possédait encore près de quatre-vingt-dix pour cent des terres dans ce petit recoin du comté – le Geneva's excepté. Darren se demanda comment une jeune femme noire célibataire avait pu acheter une propriété au bord de la route dans les années soixante. « Ça, reprit Wendy, c'est l'histoire que je vais vous raconter. »

Geneva Marie Meeks n'avait jamais dépassé la classe de première, l'année de la maladie de son père, qui avait dû renoncer à prendre soin de ses cinq hectares de coton. Sa mère et ses frères avaient participé, mais ils ne parvenaient pas à s'en sortir, et décidèrent que même la plus jeune, Geneva, serait obligée de travailler. Elle pouvait toujours faire la cuisine, car elle nourrissait sa famille de six personnes depuis qu'elle était assez grande pour atteindre l'étage supérieur du placard. Elle accepta donc un emploi dans les cuisines des Jefferson – préparant le petit déjeuner, le déjeuner et le dîner six jours par semaine, ainsi que les sacs-repas du jeune Wallace Jefferson III, qui allait au lycée de Timpson et conduisait une petite Ford Fairlane que son papa lui avait offerte pour qu'il roule en grand style sur la voie rapide, faisant deux allers-retours par jour.

Wally avait toujours été un peu trop choyé, se croyant plus spécial qu'il n'était. Mais il idolâtrait son père en tout, de la manière dont il ajustait son pantalon à la taille, réglant sa ceinture avec une boucle en argent massif, au comportement de gentleman qu'il avait en ville, tenant la porte aux dames et se gardant de prononcer le mot *nègre* en présence de personnes de couleur. Wallace Jefferson II, qu'on appelait Jeff, en était alors à sa deuxième épouse. Après la disparition soudaine de sa première femme, la mère de Wally, il s'était mis à fréquenter des fêtes paroissiales, allant jusqu'à Marshall et Dallas pour chercher une fiancée convenable, et rendre sa maison accueillante à nouveau.

La seconde Mme Wallace Jefferson II, Phyllis Slatterly of Longview, ne fit pas long feu, ayant largement surestimé les joies de la vie sur une plantation au XXe siècle. Elle ne tarda pas à s'ennuyer dans une bourgade de deux cents habitants à peine, dont la plupart étaient trop noirs et trop pauvres pour lui vouer l'admiration qui lui revenait de droit en sa qualité d'épouse de M. Wallace Jefferson II. Par ailleurs, elle devait faire trois cent vingt kilomètres de route jusqu'à Dallas pour dépenser l'argent de Jeff d'une manière satisfaisante. Elle ne tint pas dix-huit mois avant de s'enfuir et de demander l'annulation du mariage au tribunal de sa ville natale. Jeff la laissa partir et éleva seul ses garçons : Wally et son jeune frère, Trent, qui mourut dans un accident de voiture pendant sa première année à l'université du Texas A&M. Il fit la paix avec sa vie de célibataire, et renonça à l'amour. C'est pourquoi il n'était pas du tout préparé à la présence de Geneva sous son toit.

Elle était trop jeune pour lui, il le savait.

Il ne manqua pas de remarquer comment Wally regardait la jeune fille quand elle traversait une pièce – lui rapportant un Coca glacé de Timpson ou lui proposant de faire une pause et de s'asseoir avec lui sur les marches derrière la maison. Wally et Geneva avaient presque le même âge, mais un caractère très différent. Même à dix-huit ans, Wally était un beau parleur qui avait besoin de s'affirmer, et aimait se vanter à propos de l'argent qu'il n'avait pas gagné. Geneva était une fille discrète, drôle et intelligente, si elle était bien lunée, et elle travaillait dur. Deux ou trois fois par semaine, elle restait le soir pour préparer les menus, afin d'arriver un peu plus tard le lendemain matin, ce qui lui laissait le temps de s'occuper des repas de sa propre famille.

Le vieux Jefferson et Geneva se mirent ainsi à bavarder ensemble. Tard le soir, Jeff, buvant un whisky à la table de la cuisine, regardait Geneva en train de pétrir la pâte des boulettes ou de laver des feuilles de chou une par une, pour s'assurer qu'elle avait enlevé tous les vers. Plusieurs fois, il lui proposa de l'aider, mais elle lui dit de rester assis, et il n'insista pas.

Ils parlèrent des études. Elle regrettait de les avoir interrompues ? *Oui.*

Ils parlèrent de son papa. Allait-il mieux ? *Non.*

Ils parlèrent de la première femme de Jeff, dont il pleurait encore la mort quelquefois.

Certains soirs, ils échangeaient récits et légendes familiaux, chacun évoquant ses ancêtres.

Il aurait pu laisser tomber, mais bon sang, qu'elle était jolie.

« Et elle raconte, dit Wendy, elle raconte qu'elle est tombée amoureuse elle aussi. »

Jeff prit l'habitude de ramener Geneva chez elle les soirs où elle restait tard. Elle habitait à moins de deux kilomètres, mais il commença à se sentir bizarre quand il la laissait rentrer chez elle à pied après minuit. Et lorsqu'elle le regardait, une bouffée de chaleur montait dans son cou, il ressentait une terrible douleur sous la taille si elle se tenait trop près de lui. Et le désir de la toucher partout, de savoir ce qu'on éprouvait en glissant les doigts dans ces boucles.

Un soir elle dit à sa maman que les Jefferson lui avaient demandé de travailler toute la nuit, et quand Jeff monta dans son pick-up pour la reconduire chez elle selon son habitude, elle le pria de se garer ailleurs. Son sang ne fit qu'un tour, et il se tourna vers elle dans la cabine. Comprenant ce qui allait se passer, il se rongea les ongles en roulant jusqu'à l'extrémité du terrain où son manoir était construit. Il n'avait jamais couché avec une fille de couleur, et lorsqu'il goûta ses lèvres pour la première fois – un baiser qui dura près d'une heure –, il était trop ignorant pour savoir si leur saveur était particulière à Geneva, ou à la peau noire.

C'était la première fois de Geneva, et il choisit de prendre son temps.

Mais il ne put maîtriser son désir. Le pick-up ne tarda pas à danser au milieu du champ, Jeff s'appuyant d'une main contre la vitre humide côté passager, et lui tenant la hanche gauche dans le creux de son autre paume. Ils se balancèrent ensemble, Geneva cria, lui mordit le lobe de l'oreille et pria, pleine de reconnaissance. Ce fut terminé en moins de dix minutes, et ils restèrent couchés à l'avant du pick-up jusqu'au lever du soleil.

Wally ignorait sans doute ce qui s'était passé quand il descendit prendre son petit déjeuner le lendemain et vit Geneva « arriver » au travail avec les mêmes vêtements que la veille. Mais il *nota* que peu après cette nuit fatale, son père, sans un mot d'explication, commença à construire une petite cabane de l'autre côté de la voie rapide, juste en face de leur villa. Jeff la bâtit à la main, payant Isaac, qui faisait des travaux de jardinage pour la famille Jefferson, cinq dollars supplémentaires pour scier du bois. Isaac n'avait que douze ans environ à l'époque, et était aussi borné qu'aujourd'hui, d'après Wendy. Wally crut d'abord que c'était une maison pour Geneva, ce qui ne lui plaisait guère, mais un café sur les terres familiales l'exaspéra encore plus. Son père avait construit un commerce pour la fille qu'il aimait. Jeff peignit à la main l'enseigne avec son nom dessus, et Geneva eut l'idée d'accrocher des ampoules colorées sur le bâtiment, pour rendre son café accueillant. C'était à l'époque le seul établissement pour gens de couleur à des lieues à la ronde. Jeff et elle firent de bons bénéfices, assez pour que les parents de Geneva renoncent enfin au métayage. Lorsque son père mourut de son cancer, elle l'enterra dans un cercueil doublé de satin, et eut l'argent nécessaire pour une stèle en marbre et une mer de fleurs – des lis, les préférées de sa mère. C'était une famille atypique, Jeff prenant ses repas dans le restaurant, à la même table que les Noirs qui travaillaient auparavant pour lui, sans Wally qui refusait de se joindre à lui.

N'importe qui aurait dit en les voyant que Jeff et Geneva étaient heureux.

Et Joe arriva.

Le soir où elle parla du musicien à Jeff, Joe avait déjà passé deux jours dans l'arrière-salle du café. Ces deux-là avaient eu un coup de foudre et s'étaient juré fidélité dès les premiers instants de leur rencontre. Et Joe ne se cachait plus.

Elle plaça Jeff à la plus jolie table et lui apporta une part de tarte au citron meringuée et un verre de whisky, auxquels il ne toucha pas. Il la vit avec cet homme beaucoup plus jeune et plus noir de peau et posa une question. « C'est ce que tu veux, Neva ? » Elle répondit oui, et il repoussa sa chaise.

« Très bien. »

Ce furent les derniers mots qu'il lui adressa.

Joe acheta l'endroit avec l'argent des concerts, et Jeff, Dieu ait son âme, mourut dans l'année. Pourtant Geneva gagnait toujours de l'argent sur les terres de Wally, du moins il voyait les choses sous cet angle. Elle lui avait volé ce terrain, et pendant des années il l'avait harcelée pour qu'elle le lui vende ; bien sûr il n'en aurait rien fait, à part le détruire. « C'est juste une question de principe pour lui, vous voyez.

– Et Lil' Joe est né combien de temps après l'arrivée de Joe ? »

Darren posa la question avec le plus de doigté possible.

« Mon petit, j'connais rien aux dates, répliqua Wendy. Mais si la question est de savoir si Lil' Joe était le fils de Joe, la réponse est non. Ça n'avait pas beaucoup d'importance. Joe aimait le garçon comme s'il avait été le sien. Des comme Joe, on n'en fait plus.

– Donc Wally et Lil' Joe étaient frères ?

– Tu piges vite, dit-elle avec un clin d'œil.

– Ce bébé… mon Dieu, le gosse de Missy est le neveu de Wally. Il le sait ? » Le petit Keith était chez lui depuis le meurtre de sa mère.

« Ch'ais pas c'que cet homme sait. »

Une femme noire massive sortit du Geneva's en se curant les dents. Elle jeta un coup d'œil à l'étalage de Wendy près de la porte, se pencha pour regarder de plus près, puis se ravisa et regagna sa Honda Civic bordeaux en se dandinant. La voiture pencha vers la gauche quand elle s'installa sur le siège conducteur, et Wendy observa : « J'ai une gaine dans ma voiture. Je parie qu'elle l'aurait achetée. »

Lorsque la Honda recula et quitta le parking, Darren vit un curieux spectacle. Une voiture de patrouille du comté de Shelby quittant la route avec son gyrophare bleu et blanc allumé. La sirène était coupée, et Darren perçut un décalage entre le bruit et la vitesse qui lui donna l'impression que le monde autour de lui se déplaçait au ralenti. Une seconde voiture de patrouille suivit, et elles allèrent toutes les deux se garer à l'extrémité du parking de Geneva. Lorsque Van Horn descendit de la première, Wendy siffla une note basse. Darren ressentit un profond malaise, comme si une pierre d'espoir s'était perdue au fond d'un puits, la pesanteur jouant la carte de la fatalité. Cela conduisait toujours à ce dénouement, n'est-ce pas ? Quelqu'un allait être arrêté au Geneva's pour le meurtre de Missy ? Il tendit la main avant que Van Horn parvienne à la porte, et lui demanda ce qui se passait, voyant deux adjoints sortir de la seconde voiture. Quelle raison avait-il d'arriver en force ? Le shérif le pria de s'écarter car cette affaire ne le concernait pas, puis il entra dans le café suivi de ses deux adjoints, qui s'appuyèrent contre le mur derrière le jukebox. Ils se tenaient là, armés et prêts à tirer, lorsque Darren entra. Derrière le comptoir, Geneva leva les yeux et vit en même temps Darren et les policiers du comté, et parut troublée, comme s'ils étaient entrés ensemble, dans le cadre d'une action coordonnée.

« Geneva, dit Van Horn. Faisons en sorte que tout se passe bien, d'accord ? »

Il la pria de quitter le comptoir les mains tendues devant elle. Ensuite il adressa un signe de tête à l'un de ses hommes, un type plus jeune et plus gras que lui, qui décrocha les menottes de sa ceinture et attendit patiemment qu'elle s'approche. Elle observait la scène comme si elle s'était matérialisée pour la divertir, et que les hommes étaient de mauvais acteurs interprétant un scénario médiocre.

« Parker, c'est quoi ces conneries ?

– Geneva, ne dites rien, intervint Darren. Ne dites rien.

– Nous vous arrêtons pour le meurtre de Missy », déclara le shérif.

Huxley tourna sur son tabouret, et Tim se leva. « Zêtes tous cinglés ? s'écria Tim. Zavez quelle raison d'croire que Geneva a tué Missy ?

– Nous avons des preuves indiquant que Mme Sweet a sans doute été la dernière personne à la voir vivante.

– Quoi… j'l'ai violée aussi ? dit Geneva.

– Nous ne croyons plus qu'elle ait été violée, dit l'adjoint qui tenait les menottes.

– Ça suffit », lança Van Horn à son adjoint pour avoir parlé mal à propos, et il lui ordonna de passer immédiatement les menottes à cette femme. Huxley et Tim essayèrent tous les deux de bloquer le passage à l'adjoint. « Je peux vous embarquer tous les trois », dit le shérif. Tim et Huxley battirent en retraite. L'adjoint alla derrière le comptoir et – assez doucement, pensa Darren – glissa les minces poignets de Geneva dans les menottes en métal. La porte de la cuisine s'ouvrit, Faith sortit et se mit à hurler.

« Qu'est-ce que vous faites à ma grand-mère ? »

Darren posa le regard sur elle, puis sur Huxley et Tim, et enfin sur Geneva quand elle passa devant lui, les poignets menottés dans le dos. L'adjoint lui tenait l'épaule d'une main ferme. Darren les suivit dehors, observant le flic qui obligeait Geneva à baisser la tête afin de ne pas heurter le cadre de la portière. Elle s'arrêta et lança un regard vers son café, le lieu autour duquel sa vie entière gravitait.

« Huxley », dit-elle. Il était sorti avec Tim et quelques-uns de ses autres clients pour voir ce qui se passait. « Ferme le café et appelle cet avocat à Timpson, celui qui est venu quand Joe a été tué. » Puis elle regarda Darren. Sa lèvre inférieure tremblait : c'était la première fois qu'il voyait se fissurer son masque impavide, et il lut la terreur dans ses yeux. « Quoi qu'il arrive, ne dites rien », répéta-t-il, faisant appel à ses connaissances de juriste. Puis il lui fit une promesse qu'il n'était pas certain de pouvoir tenir : « Je vais vous sortir de là. » Elle inclina la tête en se glissant sur la banquette arrière grillagée.

Quatrième partie

17

L'autopsie de Missy Dale était une source de gloire pour le shérif Van Horn, maintenant qu'il avait procédé à une arrestation. Ah, il était trop heureux d'en communiquer les conclusions à Darren, et les aurait emballées dans du papier cadeau s'il l'avait pu, tant il était enchanté du tour pris par les événements, et fier d'avoir résolu au moins une affaire de meurtre, même si cela impliquait l'interpellation d'une femme de près de soixante-dix ans pour des raisons que le Ranger jugeait absurdes.

Le poste de police était lambrissé et glacial ; du moins, c'était le cas de la pièce où Van Horn l'installa. La moquette, aplatie, grise et déchirée ici et là par des talons de bottes. Il y avait sur les murs des photos de ligues de football junior – une équipe parrainée par le département du shérif du comté de Shelby, les bambins devenant des adolescents d'un cliché à l'autre – et un calendrier mural qui représentait les fleurs sauvages de l'État. Sur la page d'octobre, un taillis d'hélianthes rouge et jaune. Darren s'assit au-dessous du calendrier, à une table où une secrétaire avait disposé sur un napperon, près de la machine à café, des tasses en Styrofoam et des morceaux de sucre. Il poussa le tout sur le côté et ouvrit le dossier devant lui.

Les photos étaient moins horribles que celles de Michael Wright – moins sanglantes, du moins. Au contraire de Michael, Missy n'avait pas été défigurée : elle avait un visage rond, avec une peau marquée par des cicatrices d'acné, mais dans l'ensemble c'était une jolie fille, ou ce qui passait pour une beauté dans une petite ville du Texas. La blondeur en soi vous menait très loin dans ces régions, et Missy avait une épaisse chevelure dorée, sans racines visibles. Pas une ecchymose au-dessus du cou. Les yeux étaient fermés comme si elle dormait, à la lisière d'un rêve qui venait de mal tourner. Mais ce qu'il découvrit sous la mâchoire révélait ce qui s'était vraiment passé. Des griffures d'ongles sillonnaient les deux côtés du cou, car elle avait tenté de résister à son agresseur. Darren voyait l'empreinte des doigts qui l'avaient étranglée. Les ecchymoses étaient violacées et bleu nuit, et la peau tout autour, saupoudrée d'une constellation de capillaires éclatés. Selon le médecin légiste, Missy avait passé moins de temps dans l'eau acide du bayou que Michael Wright. Aucune trace de l'Attoyac dans ses poumons – ni eau du bayou, ni vase – elle était donc déjà morte avant d'y tomber. La cause de la mort indiquée était l'asphyxie due à la strangulation. Son os hyoïde était fracturé en deux endroits. D'après le rapport, il s'agissait d'un homicide.

Le bayou avait été un décor, comprit Darren, une mise en scène destinée à suggérer l'existence d'un lien entre l'assassinat de Missy et celui de Michael Wright, pour établir une causalité sans doute inexistante. C'était une ruse habile. Van Horn était lui-même parti de cette hypothèse, le second meurtre commis pour venger le premier. Mais Darren ne voyait pas en quoi cela pouvait avoir le moindre rapport avec Geneva. Il ne le découvrit qu'en lisant l'avant-dernière page. Enfoui tout en bas, au-dessous de la mention du taux d'alcool dans son sang, zéro pour cent, le contenu de l'estomac de Missy détenait le secret de la manière dont elle avait passé les dernières heures de sa vie.

«Van Horn ne manque pas de culot», dit Geneva lorsque Darren obtint enfin l'autorisation de la voir. Ils l'avaient déjà transférée dans la prison du tribunal du comté, lui enlevant son tablier et son alliance. Elle gardait un fin bracelet-montre plaqué or dans sa poche pour empêcher la farine et la graisse de se coller au métal, et on le lui avait pris aussi. Son avocat était un homme blanc corpulent avec une crinière blanche qui se dressait en l'air malgré un début de calvitie. Il ressemblait à tous les avocats de la défense, avec une tendance rebelle en matière vestimentaire. À Austin, l'oncle Clayton de Darren était connu pour sa collection de chaussettes atypiques – à carreaux, à pois et à rayures qu'il mélangeait et assortissait fièrement. Frederick Hodge, conseil de Mme Sweet, portait une chemise à boutons de nacre style western sous la veste de son costume et une paire de bottes à bout carré qui n'avait pas sa place dans la profession. Il avait fait de son mieux pour empêcher sa cliente de parler avec d'autres policiers, mais Van Horn aimait l'idée de donner carte blanche à Darren pour interroger Geneva, surtout parce que le parloir réservé aux personnes sans carte du barreau faisait l'objet d'une étroite surveillance.

«Vous pouvez parler», avait-il dit.

La salle était petite, l'air étouffant, avec une odeur douceâtre de moisi. Il y avait des traces d'infiltration sur le plafond, des traînées marron qui ressemblaient à des nuages malades. «Il a du culot, répéta Geneva en se tordant les mains.

– Du culot? Ou une raison valable?»

Geneva plissa les yeux en regardant derrière Darren. Deux adjoints les surveillaient, contrôlant l'échange derrière la vitre sale d'une fenêtre découpée dans le mur de plâtre. Darren surveillait ses paroles, mais sentait qu'il avait atteint la limite de sa loyauté envers une personne qu'il ne connaissait pas, en tout cas pas vraiment. Elle lui avait paru familière, comme les femmes parmi lesquelles il avait grandi à Camilla, qui étaient l'incarnation de la mère absente dans sa vie, et il craignait que son jugement n'en eût été faussé ; peut-être avait-il confondu une figure maternelle avec un cœur paisible.

« C'est grave, Geneva.

– Cet avocat dit qu'ils peuvent pas me garder beaucoup plus longtemps. C'est juste des détails anecdotiques. Ils ont paniqué parce que ça fait trois jours, et qu'ils savent toujours pas qui a fait ça ni ce qui s'est passé. Il dit qu'ils peuvent...

– Votre avocat n'a pas encore vu le rapport d'autopsie. » Il prit l'autre siège, se plaçant directement en face d'elle pour observer son visage tout en énumérant les aliments en partie digérés qu'on avait extraits de l'estomac et de l'intestin grêle de Missy : du bœuf et de la graisse de bœuf en quantité suffisante pour indiquer qu'elle avait mangé ce qu'on appelle familièrement des queues de bœuf ; des pois à coque violette ; une tomate verte crue au vinaigre ; de la pâte à beignets et du sucre en poudre ; des pêches au sirop de canne. La pâtisserie mise à part, c'était le repas qu'il avait pris lui-même au Geneva's, le jour où on avait retrouvé le cadavre de Missy à cent mètres à peine du café.

« Des détails anecdotiques, je vous dis », s'échauffa-t-elle.

Deux de ses proches avaient été assassinés et elle croyait savoir deux ou trois choses sur la responsabilité pénale. Il vit qu'elle était redevenue plus calme et beaucoup plus sûre d'elle depuis qu'elle avait été embarquée à l'arrière d'une voiture de police. Une expression de pure indignation s'était inscrite dans les pattes-d'oie de ses yeux et ses lèvres pincées, desséchées par le vent. Darren constata à quel point elle se méprenait sur sa situation actuelle. « Vous m'avez menti, s'exclama-t-il très en colère.

– Non. J'ai simplement pas dit des choses qui vous regardaient pas.

– Mais vous avez vu Missy le soir de sa mort.

– Et alors ?

– Vous n'avez pas pensé à en parler à quelqu'un ?

– Vous aussi, vous avez gardé des secrets pour vous, putain. » Elle croisa les bras, appuyant ses coudes pointus sur la table. « Vous avez pas dit que vous étiez un Ranger quand vous êtes venu fouiner, et pas dit que vous étiez suspendu. »

Wally et Geneva avaient donc parlé. Darren ne comprenait vraiment pas leur relation. Ils s'affrontaient ouvertement, mais avaient une manière étrange de se tolérer et même de s'accepter. Que cela leur plût ou non, ils faisaient partie de la même famille. On ne pouvait pas dire le contraire.

« J'essaie de vous aider, dit Darren.

– Sûrement pas si vous portez pas votre insigne.

– Je ne suis pas Van Horn, Geneva. »

Elle médita sa réponse mais n'était pas le moins du monde impressionnée.

« Je suis au courant pour votre petit-fils, dit-il enfin.

– Alors vous devriez savoir qui l'a tuée.

– Keith ?

– Qui d'autre ?

– Ils vont dire que vous êtes la dernière personne à l'avoir vue.

– J'en avais parfaitement le droit », dit-elle, tapant du poing sur la table. Darren se trompait. Ce qui émanait de ce corps frêle n'était pas de l'indignation, mais de la rage. Elle s'écarta de la table dont le bois était nu par endroits, là où le vernis s'écaillait. Elle faillit renverser sa chaise. « J'avais le droit de voir mon petit-fils. Je respecterai toujours ça chez Missy. Elle a fait tout ce qu'elle a pu pour me permettre de le voir, d'une façon qui blesserait pas Keith.

Elle venait de temps en temps me rendre visite dans ma caravane, quand elle pensait que Keith rentrerait tard de la scierie à Timpson. Il faisait des heures supplémentaires plusieurs fois par semaine.

– Vous parliez de quoi avec Missy ? » demanda-t-il.

Dans sa tête, il entendait la voix de l'oncle Clayton. *Trouve une faille dans la chronologie, fils.* Darren avait travaillé dans une clinique légale gratuite après sa première année de droit, et restait tard au téléphone avec Clayton pour disséquer avec lui certaines des affaires les plus délicates qu'il avait découvertes. C'était à cette époque – quand il faisait ses études – qu'ils avaient été le plus proches, et à cet instant précis il avait plus besoin de l'influence de Clayton que de celle de William. Le rapport d'autopsie indiquait que la digestion du contenu de l'estomac de Missy était « avancée » ; une partie de la nourriture était déjà dans l'intestin grêle. D'après le rapport, son repas avait eu lieu quatre heures avant sa mort. Donc, à moins qu'elle eût bavardé avec la vieille dame dans la caravane pendant tout ce temps, avant que Geneva se jette sur elle pour l'étrangler, il était possible et *probable* que Missy fût allée quelque part après l'avoir quittée.

Geneva soupira et dit : « Elle savait que le temps allait lui manquer. »

Encore debout, elle parut se tasser un peu sur ses genoux tandis qu'elle parlait du bébé et de Missy. « Le garçon est blond comme les blés, mais sa vraie couleur va pas tarder à percer. Ça paniquait Missy depuis quelque temps. Cet été, avec la chaleur qui faisait, elle lui a mis des manches longues si longtemps qu'il a eu un coup de chaud, il a fallu l'emmener plusieurs fois chez le pédiatre de Timpson. Je lui ai dit de laisser tomber. Elle allait l'étouffer ce gamin. Je lui ai même acheté tout un tas de petits vêtements coquins qui laissaient les bras et les jambes nus. Elle pouvait dire que c'était le soleil, c'est ce que font les gens depuis un siècle.

Personne en ferait tout un plat, à part Keith. Et il avait déjà donné son nom au garçon, donc elle avait pas de raison de s'inquiéter. Je le lui disais chaque fois qu'elle me l'amenait. On se disputait parfois, je dis pas. Mais le plus souvent elle nous laissait tranquilles. Elle regardait la télé pendant qu'on rattrapait le temps, le petit et moi. » Le visage de Geneva s'éclaira. « Je le fais sauter sur mes genoux, comme j'en avais l'habitude avec Lil' Joe. Ça lui plaît. Et il aime bien mes gâteaux au sucre. » Elle soupira et se laissa retomber sur sa chaise. « Maintenant que Missy est plus là, je sais pas si on va me laisser le revoir.

– Il est chez Wally à présent.

– Je sais. »

Cela semblait la préoccuper presque autant que l'idée de ne plus voir du tout son petit-fils. Elle était blessée que Wally eût un accès illimité à l'enfant. « Il est sans doute ravi de me voir moisir ici.

– Donnez-moi un argument que je puisse leur opposer. » Darren tourna la tête en direction des adjoints de Van Horn qui les observaient depuis la pièce contiguë à la salle d'interrogatoire. « À quelle heure a-t-elle quitté votre caravane ? A-t-elle dit quelque chose qui ait pu vous donner une idée de l'endroit où elle allait ?

– Je sais où elle est allée », répondit Geneva, si simplement que Darren se demanda s'il avait bien entendu, ou si elle savait ce qu'elle disait. « Je l'ai reconduite chez elle.

– Chez elle ?

– Chez elle.

– Et Keith était là ? » demanda-t-il, se rendant compte à quel point ses soupçons du début s'accordaient avec la théorie de Geneva sur la cause du meurtre de Missy.

« Son pick-up l'était.

– Il a donc été la dernière personne à la voir ?

– J'en ai aucune preuve. Je l'ai pas exactement accompagnée jusqu'à la porte, j'ai pas sonné, et on m'a pas invitée à boire un verre de thé. Je suis jamais entrée. Je voulais juste être sûre qu'elle et le petit rentraient sains et saufs. Je garde un siège auto dans mon coffre maintenant, pour pouvoir les transporter.

– Mais pourquoi vous n'avez rien dit ?

– Keith m'a pas vue. Ce serait ma parole contre la sienne.

– Mais si Van Horn l'avait su, il aurait tout de suite interrogé Keith.

– Vous êtes dans le coin depuis assez longtemps pour savoir que c'est pas nécessairement vrai. »

Elle regarda ses mains, qui étaient posées sur ses genoux, et détacha une peluche de laine du bas de son pull-over trop grand. « Missy croyait dur comme fer que personne savait pour l'enfant. C'était un secret qui comptait pour elle. Et juste après sa mort, je voulais pas exposer sa vie privée au grand jour. »

Il existait certaines règles de bienséance qu'elle s'était refusée à enfreindre à la suite du meurtre de la jeune femme ; Geneva pensait que ce n'était pas à elle de *dénoncer* Missy maintenant qu'elle ne pouvait plus s'exprimer. Elle avait promis de garder le secret de son vivant et s'était efforcée, par son silence, d'honorer la gentillesse dont Missy avait fait preuve en l'autorisant à voir son petit-fils. Cela avait protégé Keith en fin de compte, et Geneva en payait le prix à présent. Mais Darren n'était pas né à Lark, il ne connaissait pas ces gens. *Rien à foutre de la bienséance*, songea-t-il. Van Horn avait arrêté la mauvaise personne, et Darren ne laisserait pas passer ça.

18

La scierie où travaillait Keith était située au nord de la ville de Timpson, sur la route de Carthage et de Marshall. Elle s'étendait sur cinq hectares, le long de la 59. Selon le contremaître en service quand Darren téléphona, Keith Dale se trouvait sur le chantier ce jour-là. Il était en plein travail dans l'atelier finition, près de l'arrière de la scierie, où son équipe supervisait les palettes de bois empilé quand elles arrivaient sur le convoyeur à bandes après avoir été traitées, pour être ensuite enveloppées dans un manchon blanc en plastique portant l'inscription *Timpson Timber Holdings.*

Le contremaître proposa de conduire le Ranger Mathews à l'endroit précis où il travaillait – « Est-ce qu'on a découvert qui a tué sa femme ? » – mais Darren répondit que ce ne serait pas nécessaire. *Ah, je l'ai trouvé,* songea-t-il en garant son Chevy gris argent dans le parking, derrière le portail de six mètres de large, les lettres TTH projetant une ombre sur son pare-brise. Une rangée de semi-remorques tournaient au ralenti près de l'entrepôt vers lequel se dirigeait Darren, des camions gigantesques attendant que des chariots à fourche déposent des palettes de bois équarri sur leur plateau. De tous côtés, à perte de vue, pas un mètre carré de la propriété qui ne fût rempli de tas de pin brut stockés sous le soleil, l'air, encore humide à cause de la pluie, imprégné de la douceur laiteuse du bois fraîchement coupé. Il avait quitté le bureau du shérif sans même prendre la peine de dire à Van Horn où il allait. Il se contenterait de parler avec Keith, et essaierait d'obtenir l'entrevue qui, craignait-il, ne se concrétiserait pas à la suite de l'arrestation de Geneva.

L'entrepôt couvrait environ le tiers d'un terrain de football, et était ouvert des deux côtés. Darren dépassa un chariot élévateur à l'arrêt, le conducteur guettant le signal d'un autre ouvrier. Il regarda fixement Darren – la chemise et le pantalon repassés, sans parler de l'étoile sur sa poitrine – marchant au milieu d'une douzaine d'hommes portant des casques et des vestes de sécurité jaune fluo, leurs bottes de travail maculées de poussière et de boue.

Darren trouva Keith de l'autre côté de l'entrepôt, déposant une feuille d'emballage en plastique de Timpson Timber Holdings sur une palette d'un mètre vingt de large chargée de madriers de pin brut. *Traumatisme dû à un choc puissant. Fractures du crâne. Fibres de bois incrustées dans les tissus.* Le duvet des bras de Darren se hérissa sur sa peau quand il s'arrêta en face de l'homme qui, il en était sûr à présent, avait tué Michael Wright, l'homme qu'il avait laissé pour mort et jeté ensuite dans une tombe d'eau boueuse peu profonde. Il n'en avait jamais été aussi sûr, et il savait que cet instant lui imposait de se libérer des règles de Wilson.

« Keith Dale », appela-t-il.

Plusieurs hommes se retournèrent avant lui. En fait, Keith fut l'un des derniers à remarquer le Ranger noir parmi eux. Lorsqu'il le fit, un sourire se dessina lentement sur ses traits. Sous le casque jaune, la peau cireuse, encore plus sinistre, le sourire empreint de menace. Au contraire des autres ouvriers, qui accueillaient médusés l'arrivée de Darren dans l'entrepôt, à cause de tous les détails qui ne concordaient pas au premier coup d'œil – *Un Ranger noir ? Ici ?* –, Keith Dale paraissait presque excité par ce qu'il jugeait absurde.

«J'sais déjà qu'ils ont arrêté la vieille femme pour le meurtre de Missy.»

Deux des hommes près de lui échangèrent un regard, l'un d'eux lui tapotant tristement le dos, un geste de sollicitude masculine que Keith repoussa d'un coup d'épaule.

«J'sais aussi que vous avez essayé de me mettre ça sur le dos.

– Je voudrais vous parler en privé», dit Darren. Plus le public serait blanc et nombreux, plus Keith deviendrait ingérable. Il y avait un type noir dans un coin, qui avait choisi de poursuivre son travail en dépit du drame qui se déroulait devant lui.

«Sûrement pas», répliqua Keith. Il s'écarta de la palette qu'il était en train d'emballer et retira son gant droit, puis le gauche. Il les fourra dans la poche arrière de son jean délavé, souillé de graisse. Un geste agressif, comme s'il se préparait à une action exigeant une dextérité particulière. Darren fit un pas en avant, indiquant qu'il restait sur sa position.

«Je veux vous poser quelques questions, Keith.

– J'ai pas à répondre à rien du tout.

– Désolé, mais c'est faux.»

Keith regarda quelques-uns de ses copains, et son sourire s'élargit. Darren vit ses dents blanches et pointues, les taches de tabac sur ses gencives. Keith s'amusait, et prononça la phrase suivante d'une voix forte pour que l'ouvrier noir dans le coin l'entende lui aussi.

«Bouge ton cul de nègre et fous le camp de mon lieu de travail.»

Darren encaissa, car un *nègre* n'en valait pas la peine.

Il pouvait supporter un *nègre* si ça lui permettait de garder le contrôle.

Il répondit d'un ton ferme: «Il n'en est pas question. J'ai besoin que vous veniez avec moi dans les bureaux du shérif à Center. Il est temps que nous ayons une entrevue en bonne et due forme.

– J'vais nulle part avec toi.

– Je préférerais que vous n'opposiez pas de résistance, et que vous ne vous donniez pas en spectacle devant vos collègues, reprit Darren. Sinon je devrais employer la manière forte.

– Même pas en rêve ! »

La manière forte impliquait les menottes, dont il avait pris soin d'accrocher une paire à sa ceinture. Mais il en existait une autre : si Keith voulait se donner en spectacle devant ses potes, Darren en avait un à leur offrir. « Je sais pour votre fils », dit-il.

Keith se figea des pieds à la tête. Il jeta un regard à droite, puis à gauche, essayant de discerner si l'un de ces hommes savait à quoi Darren faisait allusion, scrutant leurs visages pour y voir le signe qu'ils avaient entendu des commérages, si la nouvelle était parvenue jusqu'ici.

« Le petit Keith n'est pas de vous, n'est-ce pas ?

– Ferme-la.

– Venez, Keith. Nous en parlerons une fois arrivés au poste de police. »

Il lui offrait une porte de sortie, mais Keith refusait de bouger. Il s'approcha encore plus près de Darren, et quand l'un de ses potes murmura son nom et l'attrapa par le bras pour l'empêcher de commettre un acte stupide, Keith lui dit d'aller se faire foutre. Le gars, un homme d'une trentaine d'années à la barbe rousse, avec sur l'avant-bras un tatouage plutôt féminin représentant une rose épineuse, le traita de connard et s'éloigna.

« Que s'est-il passé ? demanda Darren. Vous aviez peur que Missy vous dénonce, qu'elle raconte à tout le monde ce que vous aviez fait à Michael Wright ?

– J'ai jamais vu ce type de ma vie.

– Bien sûr que si, Keith. Vous l'avez vu avec votre femme sur la route de terre. Vous avez surpris Missy avec un homme noir, et peu vous importait lequel, mais quelqu'un devait payer pour vous avoir fait cocu.

– Eh, attendez une minute, j'ai rien à voir avec cette histoire. »

La mention de l'assassinat de Wright, pour lequel personne, dans le comté de Shelby, n'avait été encore arrêté – associée à la réaction de plusieurs ouvriers qui s'étaient écartés – libéra la fureur de Keith. Le silence régnait dans l'entrepôt. On n'entendait que le roulement du convoyeur qui expédiait des palettes de bois toutes les quarante-cinq secondes. Elles commençaient à s'empiler au pied de la bande parce que toute activité avait cessé dans la pièce ; personne ne travaillait plus. Même le type noir avait cédé à la tentation et regardait le spectacle. Darren attrapait les menottes quand il vit Keith s'emparer du madrier le plus proche. Il le lança de toutes ses forces et quelqu'un cria : « Keith ! »

Darren se baissa, et l'objet lui heurta l'épaule.

La douleur le fit tomber à genoux. Keith brandit de nouveau le madrier, mais avant qu'il eût pris son élan, Darren leva son arme et tira par-dessus son épaule, brisant un plafonnier. Les éclats de verre se répandirent sur le sol de l'entrepôt. Keith tressaillit et lâcha enfin la poutre. Il lança un coup d'œil dans la pièce, essayant encore d'évaluer l'estime des hommes qui l'entouraient. La plupart évitèrent de croiser son regard, et Keith, plus humilié par la révélation de ses secrets en public que par son manque de sang-froid, baissa la tête.

Darren prit les menottes et les fixa à ses poignets.

« Agression d'un officier de police, dit-il. Je vous embarque. »

« Asseyez-vous. »

Il indiqua à Keith, toujours menotté, une chaise posée face à la porte de la minuscule salle d'interrogatoire, quatre murs de plâtre et une table ronde, à peine assez grande pour une partie de cartes correcte. Le plafond était bas et Keith, qui mesurait peut-être deux ou trois centimètres de plus que Darren, aurait pu lever le bras pour le toucher s'il avait eu les poignets libres. Van Horn entra derrière eux, cherchant déjà les clés des menottes sur sa ceinture.

« Bon sang, qu'est-ce qui vous a pris ? » aboya-t-il.

Keith tendit les bras vers lui, confiant dans la capacité de Van Horn à mettre fin à cette comédie, tablant sur la rage du shérif contre Darren qui avait osé procéder à une arrestation dans ce comté sans sa permission. Le shérif n'avait pas lâché Darren d'une semelle depuis qu'il était entré dans le poste de police et avait conduit Keith dans les couloirs du bâtiment sans un mot d'explication. Van Horn avait failli exploser. Il tendit les mains pour attraper les poignets de Keith essayant d'introduire sa clé dans les menottes fabrication Ranger.

« Cet homme est en état d'arrestation, précisa Darren.

– Sur l'ordre de qui ?

– Le mien.

– Ce nègre se pointe sur mon lieu de travail », intervint Keith, les cheveux plaqués sur son crâne humide, gardant la forme du casque que Darren lui avait arraché en le poussant à l'intérieur de son véhicule. « L'a raconté des tas de trucs qui l'regardent pas sur ma vie privée – l'a bien cherché, si vous voulez mon avis. »

Le visage de Van Horn s'enflamma. « Qu'est-ce que tu as fait, Keith ?

– Il m'a jeté un morceau de bois à la tête, un madrier qui ressemble drôlement à l'arme qui a laissé Michael Wright pour mort. Retirez ces menottes, shérif, et je vous arrête pour entrave à une enquête de l'État. »

Van Horn émit un soupir désabusé, une vague protestation, et finit par céder.

Exaspéré, ou complètement épuisé par la montée d'adrénaline qui l'avait submergé, il attrapa une autre chaise et la posa d'un geste théâtral à un mètre de la table, indiquant ostensiblement qu'il laissait Darren gérer la situation.

«J'ai pas tué l'homme noir, déclara Keith, regardant Van Horn, et zavez rien pour me mett' ça sur le dos.

– Eh bien, agresser un Ranger du Texas ne va pas arranger ta défense.»

Darren pria Van Horn de laisser tomber. «Je m'en occupe.»

Il fit de nouveau signe à Keith. «Asseyez-vous.

– Nous voilà dans un gâchis encore pire que celui que nous avions au début», marmonna le shérif à l'intention de Keith ou de Darren. Il était difficile de savoir dans quel camp il se plaçait. «Réponds aux questions qu'on te pose pour qu'on en finisse.

– C'est très simple, Keith, commença Darren. Personne n'est en mesure de dire où est allée Missy entre le moment où elle a quitté Geneva et celui où on l'a retrouvée le lendemain matin. Comment se fait-il que vous n'ayez appelé personne? Votre femme est restée absente pendant près de douze heures, vous étiez seul avec le petit à la maison, et le lendemain vous vous êtes levé et vous êtes parti tranquillement au travail, alors que votre épouse n'était pas rentrée la veille.»

Van Horn se redressa sur sa chaise comme si quelqu'un avait tiré sur une ficelle pour maintenir son dos en position verticale. «Attendez une minute, dit-il. J'ai donné mon accord pour que vous interrogiez le garçon sur le type de Chicago. Mais nous avons procédé à une arrestation pour l'autre affaire. Geneva Sweet a été accusée et tout le reste. C'est de l'histoire ancienne.»

Mais Darren ne céda pas.

«À moins qu'elle *soit* rentrée chez elle», dit-il.

Il fixa le visage impassible de Keith. Il avait le feu aux joues, mais cela mis à part, son expression ne laissait rien transparaître. Il regarda Van Horn, son allié supposé. « Ça suffit, Ranger, intervint le shérif. C'est toujours mon département.

– Geneva Sweet jure qu'elle a déposé Missy chez vous le soir où elle est morte, dit Darren. Elle dit que votre véhicule était garé juste là, dans l'allée. Ce qui signifie que vous êtes la dernière personne à avoir vu votre femme en vie.

– Le pick-up ne prouve rien.

– Arrête de parler, Keith », ordonna Van Horn. C'était la première fois que Darren entendait un flic prononcer ces mots pendant un interrogatoire. Il était franchement sidéré par le besoin compulsif du shérif de protéger ce jeune homme.

« Elle vous a vu, Keith, reprit Darren.

– Vous mentez. »

C'était vrai.

« Et elle affirme que vous l'avez vue.

– Je croyais que vous étiez là pour essayer de trouver l'assassin de Michael Wright », dit Van Horn. Il posa sur la table une main en direction de Keith, un signal que Darren ne put déchiffrer. Mais il perçut une manœuvre secrète dans ce geste, Van Horn confirmant l'autorité absolue qu'il exerçait dans ce département du shérif.

« Je cherche l'assassin de Michael Wright, dit Darren. Mais je m'efforce aussi de faire en sorte que Geneva ne plonge pas pour un crime qu'elle n'a pas commis.

– Je savais qu'on pataugeait dans un merdier noir, s'exclama Keith. Vous voyez bien comme ils se tiennent les coudes ?

– Elle aimait beaucoup Missy, Keith, insista Darren. Et elle aimait votre fils. Je pense qu'elle n'aurait jamais voulu priver l'enfant de sa mère. » Il laissa planer cette dernière information dans l'air que la sueur de Keith rendait moite, laissant des auréoles sous les aisselles de sa chemise de travail en denim. Sa mâchoire se contracta à la mention de son fils. Darren pouvait compter les veines qui traversaient son front comme des rivières en crue. Keith sourit pour montrer que les propos du Ranger ne l'atteignaient pas.

« Écoutez, nous sommes au courant de la relation entre Missy et le fils de Joe, dit Van Horn. En ce qui concerne mes services, la liaison de Missy avec le fils de Geneva et le bébé qu'ils ont eu ensemble constituent un motif potentiel du meurtre qu'aurait commis Mme Sweet. Elle en voulait à Missy à cause de la mort de Joe. »

Il livra cette hypothèse avec le talent d'un procureur pour sculpter une fable dans un bloc de bois vermoulu.

« Missy n'a pas abattu Lil' Joe, lui rappela aussitôt Darren.

– Non, mais si elle avait pas ouvert les cuisses, il serait encore en vie », répliqua Keith.

Le sourire avait disparu, remplacé par un air de mépris absolu mêlé à la colère d'être enfermé dans une cage aussi misérable que l'enclos rouillé d'un taureau. La température de la pièce augmenta de plusieurs degrés. Van Horn était tout rouge.

« Est-ce qu'on peut dire la même chose pour Michael Wright ? demanda Darren. Si Missy n'était pas sortie avec lui, serait-il encore en…

– J'ai pas tué cet homme.

– Mais vous l'avez tabassé. »

C'était un tir à travers un champ ouvert. Darren attendit de voir s'il atteindrait sa cible.

Keith se tut un long moment, et on n'entendit plus dans la pièce que le grésillement du néon et la respiration laborieuse de Van Horn, ralentie par la pression d'un ventre qui avait pris le dessus à la cinquantaine. Il haletait presque. Darren demanda directement à Keith : « Est-ce que vous avez vu votre femme et Michael sur la route de terre mercredi soir ? »

Keith ne tressaillit pas, et répondit aussi tranquillement que si Darren lui avait demandé de lui indiquer le meilleur itinéraire pour se rendre à Dallas. « Qu'est-ce que ça change ?

– Keith. » Van Horn prononça son nom tout bas – un avertissement, ou une prière.

« Vous avez vu un autre homme noir avec votre femme, et vous l'avez tabassé.

– Je l'ai pas tué.

– Donc vous l'avez battu, c'est bien ça ?

– C'est pas ce que j'ai dit.

– Je ne t'ai pas encore entendu nier quoi que ce soit », intervint Van Horn. C'était une allusion, une planche de salut invisible pour un jeune homme que son caractère exécrable menaçait de détruire à tout moment. Keith s'écarta de la table si brusquement que les pieds avant de sa chaise se soulevèrent un bref instant du lino. Ils retombèrent au sol avec assez de force pour faire cliqueter les dents de Keith, comme s'il mastiquait des cailloux. Il ignora Darren et regarda l'autre homme blanc dans la pièce. « Vous auriez fait quoi à ma place, shérif ? » Il croisa les bras, les muscles aussi tendus que des cordes. Darren chercha les tatouages, le *SS* ou la carte de l'État du Texas avec les initiales de la Fraternité Aryenne, et il fut surpris de voir une peau lisse à l'exception de taches solaires et de quelques grains de beauté.

Van Horn, vexé par le refus de Keith de suivre ses conseils, le laissa se débrouiller.

« Je n'en sais rien, Keith, dit-il. Ma femme dort à la maison. »

L'équilibre des forces avait changé dans la pièce.

Keith le sentit avant Darren.

« Shérif, vous savez que j'ai rien à voir avec tout ça.

– Le procureur t'appelle à la barre quand cette affaire passe au tribunal, et la partie adverse demande où tu étais la nuit où ta femme a disparu, et pour quelle raison tu m'as pas appelé moi, pourquoi tu n'as même pas prévenu les parents de Missy, et tu vas répondre quoi, Keith ? lui demanda Van Horn.

– Vous zallez laisser ce putain de cafard vous retourner le cerveau à mon sujet ?

– En fait, reprit Van Horn, j'ai deux meurtres sur les bras, et ton nom revient beaucoup trop souvent dans les deux affaires.

– Ça a dû vous humilier, dit Darren, de revendiquer la paternité d'un fils qui n'est pas le vôtre, d'un garçon qui en grandissant me ressemblera beaucoup plus que vous ne pourrez le supporter.

– Vous vous trompez sur toute la ligne, Keith est mon fils. Je l'aime, point.

– Je parie que l'équipe du bar ne voit pas les choses du même œil. Pouvez-vous seulement vous réclamer de la FAT si vous élevez un métis ? Ou bien Missy vous a-t-elle aussi privé de cela ? »

C'était la première fois que la Fraternité était citée, et Van Horn donna l'impression d'avoir découvert une colonie de fourmis rouges sous sa chaise. Il se leva d'un bond et s'écria : « Attendez une minute. Nous avions conclu un marché. Il s'agit d'un crime local. Dans le comté de Shelby. Nous n'ouvrons pas nos portes à une enquête d'État, et nous autorisons encore moins une force opérationnelle fédérale à entrer par la porte de derrière. » Il regarda Keith, avec sévérité, pensa Darren, comme un entraîneur rappelant à l'ordre un demi offensif qu'il ne parvient pas à faire marcher droit. « Tu n'as pas besoin de répondre à ça, Keith. »

Mais le jeune homme n'écoutait pas. Il avait incliné la nuque et hochait la tête. « Ça avait rien à voir avec mon fils, dit-il brutalement.

– Comment ? intervint Darren. De quoi parlez-vous ? »

Keith l'ignora. Il réclama un Coca et une cigarette à Van Horn, comme s'il venait enfin de comprendre qu'il allait passer un certain temps ici. Van Horn n'avait pas l'intention de les laisser en tête à tête, et lui opposa une fin de non-recevoir. Darren sortit son paquet de sa poche et le présenta à Keith. Puis il jeta une pochette d'allumettes du bar sur la table. Keith cala une cigarette entre ses lèvres desséchées et l'alluma.

« Je sais que vous avez déposé l'enfant chez Wallace Jefferson.

– Qu'est-ce que je pouvais en faire ? répondit Keith. Les parents de Missy en veulent pas, et les miens sont à Montgomery. Laura, Mme Jefferson, a proposé de le garder un moment, et à présent que Missy est plus là, j'ai personne pour m'aider. Alors je…

– Et la grand-mère de l'enfant ? Geneva ?

– C'était l'idée de Missy. Je voulais pas que le petit fréquente cette sorte de gens.

– Sa famille, vous voulez dire ?

– Les nègres », répliqua-t-il. Puis se rendant compte qu'il devait sa dose de nicotine à la générosité de l'un de ces soi-disant nègres, il marmonna : « Le prenez pas mal.

– Que s'est-il passé, Keith ? demanda Van Horn. Tu étais à la maison quand elle est rentrée de chez Geneva ? Si c'était une dispute qui a dégénéré, nous pouvons en tirer parti, faire comprendre à tout le monde que tu n'avais pas l'intention de la tuer. » Il lança un regard à Darren, de flic à flic, pour le prier de ne pas intervenir. *Il ne vous le dira jamais à vous*, disaient ses yeux.

« De ma vie, j'ai jamais porté la main sur cette fille, et on s'est connus au lycée. Mais elle arrêtait pas, elle revenait tout le temps là-dessus.

– Sur quoi, Keith ? questionna le shérif.

– Je voulais pas y retourner. Pas question que j'y retourne, bordel !

– Retourner où ?

– À Walls. » Il parlait de l'établissement pénitentiaire de Huntsville.

« Alors dis-nous quelque chose qui nous permette d'avancer, Keith, quelque chose qui réduise ta peine, qui t'évite l'injection, proposa Van Horn. Si c'était un accident, les deux fois… le gars noir, et ensuite Missy, nous pouvons peut-être…

– Je l'ai pas tué ! » Il écrasa son mégot directement sur la table en bois. Les volutes de fumée se dissipèrent autour de sa tête. Il passa les doigts dans ses cheveux gras. « C'est pourquoi il fallait que Missy ferme sa putain de gueule. » Les deux officiers de police l'avaient poussé dans ses derniers retranchements, et ils se turent. Craignant de rompre le charme, Darren s'abstint de tout mouvement brusque.

Keith plaqua les mains sur la table. Sans les gants de travail, elles étaient sèches, calleuses. Le dos de ces mains était égratigné – de fines griffures rouges qu'elle avait réussi à lui infliger, pensa Darren. Les traces du combat de Missy pour garder la vie sauve. Keith les frotta distraitement. « Je l'aimais, dit-il. Elle voulait pas s'arrêter, elle voulait pas s'arrêter, elle répétait qu'on irait tous les deux en prison parce que je m'étais trompé de nègre en cassant la gueule à ce type. Et vous avez raison, poursuivit-il en regardant Van Horn. Je me suis laissé un peu déborder, c'est tout. J'voulais tuer personne, y fallait juste qu'elle ferme sa gueule. »

Puis il se tourna vers le Ranger noir et dit : « Mais je jure que ce type était en vie quand je l'ai laissé sur la route. Je l'ai sorti de la voiture, c'est tout, je lui ai flanqué une raclée, et j'reconnais qu'j'ai eu quelques mauvaises idées. J'ai attrapé un madrier dans le pick-up, ça c'est vrai. Mais

Missy s'est mise à hurler comme une folle, et j'ai entendu quelque chose, une voix qui m'disait *Stop* dans ma tête. Et j'l'ai fait, j'ai arrêté tout de suite. J'ai lâché le madrier, on est remontés dans l'camion, et on est partis. »

Van Horn laissa échapper un soupir qui résonna comme le sifflement de freins défectueux ; il s'était embarqué dans une histoire qui avait pris une tournure inattendue. Il fusilla Keith du regard comme s'il avait été trahi.

« Je ne comprends pas, reprit Darren. Si vous n'avez pas tué Michael Wright, pourquoi aviez-vous si peur de vous faire prendre ?

– À cause de cette voiture. »

Darren se sentit défaillir.

« La voiture », dit-il. C'était ce qui le préoccupait depuis le début, la pièce manquante du puzzle. S'il ne s'agissait pas d'un vol, où était donc la voiture ?

« Missy a insisté ce soir-là pour qu'on y retourne, elle voulait être sûre que tout allait bien. Une fois rentrés à la maison, elle m'a pas lâché. Et finalement, juste pour qu'elle la ferme, on est remontés dans le pick-up avec le petit entre nous, et on est retournés sur la FM19, dit Keith. Et aussi vrai que je me tiens devant vous, il avait disparu. Je veux dire, moins d'une demi-heure après qu'on l'a laissé là, le type et sa voiture avaient disparu. »

19

Keith les rattrapa sur la route de terre, le nègre et sa femme, à un ou deux hectares de la maison dont il payait le loyer chaque mois. Plus tard Missy répéterait encore et encore qu'il la raccompagnait simplement chez elle, que Keith avait tout compris de travers ; ils n'avaient fait que bavarder. Mais à ce moment-là, Keith s'en moquait. Il fit demi-tour dans la terre rouge et fonça vers la voiture noire. Michael Wright dut freiner à fond pour éviter de heurter l'avant du véhicule de Keith, qui lui bloquait le passage. Le nègre leva une main, pour protéger ses yeux de la clarté éblouissante qui inondait le siège avant de sa voiture. Il semblait sincèrement désorienté par cette situation, et cela intensifia plus encore la rage de Keith – car ce type ne se rendait même pas compte qu'il agissait mal, il n'était pas d'ici et ne savait pas qu'on ne jouait pas à ce putain de jeu-là dans le coin. Les phares de la Dodge de Keith éclairaient des plaques de l'Illinois, l'ornement classe du capot était bleu et blanc, le nègre trop stupide pour savoir qu'il conduisait la voiture préférée du Führer. *Les jantes ça vous plaît ?*

Keith n'était jamais allé au nord de l'Oklahoma, il pensait qu'en dehors du Texas le monde était un cloaque où régnaient la mixité raciale et la confusion sur l'identité des bâtisseurs de ce pays, les négros et les latinos tendant les mains pour mendier ceci ou cela, et puis quoi encore, sans fournir une seule journée de travail correct de toute leur vie, et pourtant ils voulaient nous prendre nos emplois, nos femmes et nos filles. Et maintenant ça se passait dans notre petit Lark, au Texas. Et ça lui arrivait *encore* à lui.

Missy sortit la première de la voiture, chancelante. Elle portait un T-shirt blanc et une jupe à fleurs, et il ne put s'empêcher de penser qu'il serait si facile de glisser une main le long de sa cuisse. Il vit brusquement le visage de son fils et dut se retenir de leur foncer dessus et de les renverser tous les deux, les faisant basculer comme des quilles au bowling. Il l'avait déjà surprise ici une ou deux fois, et même quelques mois à peine avant la naissance du petit Keith. Il savait qu'il n'était peut-être pas de lui avant que le bébé violet, encore mouillé, sorte du ventre de sa mère en hurlant. Il aurait abattu Joe Sweet de ses propres mains si sa femme, cette petite pute maigrichonne, ne s'en était pas chargée avant. Noire ou pas, il ne pouvait que la respecter pour l'efficacité avec laquelle elle avait réglé le problème.

Depuis toujours, Keith avait été oppressé par son amour pour cette fille et son fils. Missy avait été sa chérie au lycée. Il l'avait invitée à son bal de promo, il avait quitté l'université d'Angelina en première année pour s'inscrire dans la sienne. Ils aimaient la même musique, la chasse, et la pêche. C'était une fille de la campagne, douce et forte. La première saison où ils avaient chassé le cerf ensemble, il était venu avec elle et son père le jour de l'ouverture et avait été sidéré de la voir abattre un mâle dès la première heure de la battue. Dieu qu'elle était jolie, avec ses yeux verts et ses cheveux blonds, son cul rebondi et sa taille si fine qu'il pouvait l'enlacer. C'était la seconde fille avec laquelle il était sorti. Un baiser et il avait été conquis.

Il l'avait épousée le plus vite possible, trouvant une petite maison où vivre avec elle. Ils voulaient des bébés, des tas de bébés. Puis il avait été emprisonné pour trafic de drogue, pendant trois ans, et il sut qu'il l'avait perdue dès l'instant de son retour à la maison. Il le vit à sa façon de détourner la tête quand il avait voulu l'embrasser. Ses lèvres s'étaient posées sur sa joue, et il avait compris que c'était fini.

Elle tendit les mains devant elle, les phares projetant des ombres noires sous ses yeux, les nuages de terre rouge tourbillonnant à ses pieds. « Non, Keith », dit-elle. Le croissant de lune n'était pas assez puissant pour percer à travers l'épais bosquet de pins et de peupliers, et l'obscurité était totale autour du halo lumineux des phares. « C'est pas ce que tu penses », dit-elle.

Le nègre sortit alors de la voiture.

« Je raccompagne madame chez elle, c'est tout », dit-il.

Il n'avait pas peur, pas encore, et cela déchaîna la fureur de Keith.

Il sauta de son pick-up et se jeta sur le nègre, l'attrapant par le col et le précipitant contre la voiture noire étincelante qui coûtait plus cher que ce que Keith avait gagné pendant les deux dernières années. La tête de l'homme heurta le toit du véhicule, et il commença à avoir très peur ; il était seul sur une route de terre obscure avec deux Blancs, dont l'un l'avait pris à la gorge. La panique sur son visage aiguisa le désir qu'avait Keith de le faire souffrir, et il lui asséna un coup en pleine figure. Derrière lui, Missy lui hurlait d'arrêter. Elle accourut de l'autre côté de la voiture et lui martela le dos de ses deux poings. Keith frappa l'homme à nouveau, avec une force meurtrière. Mais le nègre ne s'écroula pas. En fait, avant de toucher le sol, un changement se produisit dans sa posture, une montée des hormones du stress stimulant le désir de se battre plutôt que l'envie de prendre la fuite. Il se redressa brusquement et lui balança quelques solides coups sur la tête, reconnaissait Keith, pas assez pour l'égratigner, mais suffisamment pour l'empêcher d'être induit en erreur par la qualité de ses vêtements et ses mocassins en cuir souple. Le nègre savait se battre, et il aurait le dessus si Keith le laissait faire. Alors il se baissa, ramassa une poignée de terre et la jeta dans ses yeux. C'était un sale tour, mais à part Missy, il n'y avait pas de témoins, et Keith s'en foutait.

Cela lui suffit pour reprendre le dessus. Il s'attaqua à l'homme avec ses deux poings, le rouant de coups de haut en bas, le frappant à lui en faire éclater la peau, jusqu'au moment où les os se brisèrent sous ses doigts et où il vit le sang sur ses articulations à la lumière des phares du pick-up.

« Arrête, Keith ! » hurlait Missy, parce que le nègre n'était plus en état de parler. Keith ordonna à sa femme de hisser immédiatement son cul de pute à nègres dans la bagnole. Il recula de quelques pas, un mouvement que Missy et le nègre comprirent de travers, croyant qu'il battait en retraite. Elle s'approcha de l'homme à terre, essayant de l'aider à se remettre debout. Elle ne vit pas Keith se diriger vers l'arrière de sa Dodge et ne se rendit compte qu'il venait de récupérer un madrier de son chargement que lorsqu'elle le vit se dresser au-dessus d'elle et de l'homme à terre, lui disant : « Missy, dégage de là. »

Il souleva le madrier en bois plein et dit au nègre d'ouvrir les yeux. Il voulait qu'il le regarde quand il lui dirait : « Laisse ma femme tranquille.

– Putain, Keith, arrête… »

Le nègre cracha du sang dans la poussière. Il leva une main pour se protéger. « Je la ramenais chez elle, mec, articula-t-il à grand-peine. C'est tout. »

Keith s'apprêtait à balancer le madrier sur le crâne de l'homme quand Missy s'interposa entre eux. « Fais-le et tu devras me tuer moi aussi. Tu pourras peut-être justifier la mort d'un seul homme, mais t'es pas assez malin pour t'en tirer avec deux meurtres. » Les phares du pick-up étaient derrière lui, formant un halo autour de sa tête, et elle ne distinguait pas ses yeux à cause des ombres. « Il s'agit pas du gosse, dit-elle. Ça n'a rien à voir avec lui. Il me ramenait à la maison, c'est tout. » Keith ne lâchait toujours pas son arme, et elle ajouta : « Tu viens juste de sortir de prison, Keith. »

Ça le ramena à la réalité.

Il lâcha le madrier, décocha un dernier coup de pied dans le ventre du nègre, et lui cracha sur la tête. Ensuite il empoigna le cul de Missy et la poussa vers le pick-up. Les phares de la BMW, encore allumés, furent témoins de la manœuvre de Keith qui reculait pour faire demi-tour sur la route de terre avant de prendre le virage en direction de sa maison, plus haut sur la route. Le nègre respirait encore. « Je le jure. »

« Il ment, dit Van Horn. Comme il a menti depuis le début à propos de Missy. Il a presque tout avoué ici. » Il avait déboutonné le haut de sa chemise. Darren vit sa peau enflammée dont la chaleur lui montait au visage. Le shérif prit un mouchoir dans une poche de son pantalon et s'épongea le front.

« Il n'a avoué que le meurtre de Missy », dit Darren.

Ils se tenaient à l'extérieur de la salle d'interrogatoire, dans un étroit couloir garni du même lino éraflé et éclairé par les mêmes néons éblouissants. Van Horn semblait à la fois revenu à la raison et soulagé lorsqu'il informa Darren de son intention de demander au procureur de déposer plainte contre Keith Dale.

« Il l'a tuée pour couvrir l'autre meurtre, dit le shérif. Ensuite il a laissé son cadavre derrière le Geneva's, sachant que je chercherais le coupable parmi les habitués, en colère à cause de la mort de l'autre type. Je ne le savais pas aussi démoniaque. »

Darren fut le premier surpris de s'entendre prononcer les mots qui suivirent :

«Je ne pense pas qu'il l'ait tué, dit-il. Du moins, pas tout seul.»

Van Horn chassa cette idée du geste. «Il a tué la fille de sang-froid.

– Missy, oui. Mais pas Michael.

– Vous croyez vraiment ces conneries?

– Il y a quelqu'un d'autre.» *Il le faut.* Il repensa à Brady. Quelque chose clochait dans leur prise de bec derrière le bar.

«Attendez une minute, dit Van Horn. Dès l'instant où vous avez franchi la limite du comté vous n'avez cessé de brailler que Keith Dale était le coupable.

– Mais où est la voiture?

– Qu'est-ce que j'en sais? Peut-être qu'il l'a poussée dans le fleuve Trinity, pour ce que j'en ai à faire. Mais c'est bien lui qui a achevé le type cette nuit-là, c'est pas possible autrement.

– À moins qu'on l'ait aidé.»

Van Horn secoua la tête et s'éloigna dans le couloir, les talons de ses bottes claquant sur le lino, forçant Darren à le suivre dans son bureau, situé près de l'entrée du poste de police. Il était lambrissé de bois, comme la pièce où Darren avait lu auparavant les détails macabres de l'autopsie de Missy Dale. Mais ici, le sol était recouvert d'une moquette gris militaire qui jurait avec les lambris bon marché. Le bureau en chêne clair était large et entièrement vide, à l'exception d'un téléphone, d'un presse-papiers et du sandwich qu'il était en train de manger lorsque Darren était entré avec Keith Dale menotté. Un sandwich fait maison – du jambon à la diable entre d'épaisses tranches de pain blanc, avec de fines rondelles de tomates et d'oignons rouges qui dépassaient. Un soda light posé à côté.

Darren se surprit à examiner la pièce, cherchant des photos de famille, jetant un coup d'œil à la main gauche du shérif pour vérifier s'il portait une alliance. Ne voyant rien de tout cela, il eut soudain la vision d'un Van Horn en short, penché au-dessus de son plan de travail à l'aube, préparant son déjeuner, et il en fut troublé d'une manière qu'il ne parvint pas à mettre en mots. Il refusait de voir l'homme derrière l'insigne du shérif, il ne pouvait pas se le permettre. Van Horn le laissa entrer, et referma la porte derrière lui.

Une fois que les deux hommes furent seuls, le shérif dit : « Écoutez, vous avez gagné. Vous l'avez arrêté, et les gens ne l'oublieront pas.

– Brady, commença Darren.

– Qui ?

– Le gérant du bar. Il a proposé à Keith de tuer quelqu'un. *Moi.* Il m'a donné en pâture. » Darren sentit le rouge lui monter au visage à la mention de l'incident. C'était la fois où il s'était montré le plus faible en sa qualité de Ranger, le plus incapable de tenir bon comme on lui avait appris à le faire. « En guise d'initiation à la Fraternité.

– Écoutez, je sais que vous avez une dent contre la Fraternité, dit Van Horn pour le faire taire. Je sais que vous avez été viré de cette force opérationnelle.

– Faux.

– Mais il s'agit ici d'une affaire intérieure, c'est tout. Keith Dale s'est mis en pétard à cause de sa chérie qui était dans la voiture d'un autre… » Il s'interrompit là où un mot particulier menaçait de sortir du bois, puis se ressaisit : « … homme noir, et ça l'a rendu fou furieux, il l'a tabassé, et tué, et ensuite il a eu peur que Missy aille raconter quelque chose à quelqu'un alors il l'a étranglée pour qu'elle se taise. C'était un homme incapable de contrôler sa femme, et il tenait à avoir le dernier mot.

– Mais s'il avait déjà tué Michael Wright, pourquoi Brady lui aurait-il proposé de saisir sa chance de me tuer pour être accepté dans la FAT ? Dans ce cas il aurait déjà été initié.

– Vous n'écoutez pas, mon p'tit gars », dit Van Horn. Debout derrière son bureau, il regarda son sandwich entamé et le jeta dans la poubelle. Ce mouvement brusque libéra l'odeur des oignons, et l'air de la pièce devint aigre. « Keith Dale est trop trouillard pour être un membre de la Fraternité. » Il le dit comme si Keith avait échoué à remplir les conditions requises pour devenir Marine et que devenir membre de la Fraternité Aryenne du Texas était une marque d'honneur.

« Écoutez, je suis encore sur le coup, dit Darren.

– Vous ne l'avez jamais été.

– Les Rangers m'ont envoyé sur le terrain pour que j'enquête sur le meurtre de Michael Wright et je suis tenu, en leur nom et au nom de mon État, de retrouver son véritable assassin.

– Je suis prêt à arrêter Keith pour les meurtres de Wright et de Missy.

– Arrêtez Keith, et je dirai moi-même au procureur que cette affaire ne tient pas la route. S'il y a un procès et que vous perdez, vous serez jugé au mieux incompétent et au pire, vous donnerez l'impression que vous mettez ce crime sur le dos de Keith pour éviter le lien avec la FAT. Et ensuite je vous garantis que vous aurez les autorités fédérales dans votre comté avant d'avoir dit ouf. »

Il savait que ça l'atteindrait. L'idée que la Fraternité Aryenne pouvait être opérationnelle dans le comté de Shelby semblait le terrifier comme les feux de l'enfer.

« Vous voulez laisser ce garçon sortir d'ici ?

– Gardez-le pour son numéro dans la cour de la scierie. Donnez-moi du temps pour rassembler des preuves plus solides. Si c'est Keith, OK. Mais si quelqu'un d'autre s'en est mêlé, laissez-moi le retrouver.

– Je le garde pour coups et blessures, ce qui veut dire que la seule coupable du meurtre de Missy est Geneva Sweet, dit Van Horn, et elle reste bouclée. »

Il pensa à Geneva – seule, si elle avait de la chance – dans une cellule rouillée, sur une étroite couchette enchaînée au mur en ciment, sur un sol fissuré et souillé de Dieu sait quoi, avec des barreaux si rapprochés qu'un poing n'y passait pas. Elle y était déjà depuis plusieurs heures, mais les choses paraîtraient différentes après le coucher du soleil, le moindre bruit dans la nuit résonnant comme un écho menaçant. Il éprouvait un léger malaise à l'idée qu'elle y dormirait cette nuit. Il essaya de se souvenir de ce qu'elle portait. Si la température baissait, ces vêtements suffiraient-ils à lui tenir chaud ?

« Vous pouvez arrêter Keith pour Missy, dit-il. Je suis d'accord.

– Noon. Vous me faites douter de tout à présent », répondit Van Horn avec un sourire rusé. Il détenait cette carte à présent, et il la posa sur la table. « Geneva Sweet reste en prison. Je dispose de quarante-huit heures avant de la présenter à un juge. » Il prit la canette de soda light et engloutit ce qui restait au fond. Il rota bruyamment et dit d'une voix claire : « Vous avez deux jours, Ranger. »

20

Les marches du tribunal luisaient après la pluie, les nuages conspiraient pour cacher le soleil, et la grisaille envahissait le ciel. Le Texas de l'Est donnait une chance à l'automne cet après-midi, et l'air avait fraîchi. Pour la première fois depuis son arrivée dans le comté de Shelby, Darren se dit qu'il aurait dû porter une veste de sport, ou même le coupe-vent rangé dans son coffre. Il sentit le souffle de la bise se glisser sous le coton fin de sa chemise.

Il avait essayé d'entrer pour voir Geneva, et renouveler sa promesse de la sortir de là ; il avait juste besoin d'un peu plus de temps. Mais Van Horn avait annulé son droit de visite, et les adjoints du deuxième étage lui bloquèrent le passage.

Il se hâtait de regagner son pick-up quand il vit Chris Wozniak, le journaliste du *Tribune*, et Randie descendre de la voiture de location, garée un peu plus loin sur le parking du palais de justice. Lorsqu'elle l'aperçut, Randie se rua littéralement hors de la Buick pour courir vers lui, abandonnant le reporter. « Darren, dites-moi ce qui se passe. » Elle fit un signe de tête en direction de Wozniak. « Il raconte que Geneva a été arrêtée. Pour Missy. Mais ensuite on a amené Keith Dale. Ça veut dire qu'on le soupçonne d'avoir tué Michael ? » Elle tremblait, à cause de la chute de température et aussi du tour pris par les événements, qui la rassurait et la perturbait à la fois. Elle avait remis son manteau en cachemire, sali aux épaules après ces quelques jours dans le Texas de l'Est.

«J'ai coincé Keith, répondit Darren. Mais il y a encore quelques zones d'ombre. Nous ne disposons pas de tous les faits pour l'instant.» Il était embarrassé de devoir employer le langage prudent d'un communiqué de presse. Il lui avait presque offert Keith Dale pour remplir sa promesse de découvrir ce qui était arrivé à son mari. Keith était l'homme que Darren enverrait au tribunal pour mettre fin à ce cauchemar, et il semblait cruel de priver Randie de cette nouvelle quand il n'avait rien d'autre à lui proposer. Le journaliste le salua à peine et les dépassa d'un pas rapide en direction des portes du tribunal. Darren l'appela pour qu'il s'arrête. «Attendez, dit-il. Avant d'entrer, il y a des choses que vous devez comprendre, Chris. Il me faut plus d'informations avant de faire le moindre commentaire sur l'affaire.»

Il n'en avait pas dit autant à Randie, et elle l'attrapa par le bras quand elle sentit qu'il minimisait l'affaire. «Hé», dit-elle. Mais il continuait de suivre Wozniak. Le pantalon de l'homme était tout fripé après la pluie, et il se cramponnait à son sac de voyage comme s'il croyait sérieusement que Darren allait le lui dérober. Darren comprit alors que quelque chose avait changé entre lui et le journaliste. Avant de s'engouffrer dans le tribunal, celui-ci fit volte-face pour lui jeter:

«Je ne traite plus avec les Rangers sur ce coup-là.

– Pardon?

– Je vais vous parler franchement… un double homicide avec une connotation raciste évidente, un shérif qui au début a expédié sans ménagement le meurtre d'un Noir, et les Rangers du Texas qui envoient un officier suspendu…

– Je ne suis pas suspendu…» Mais alors même qu'il l'affirmait, il n'en était pas si sûr. Il ne portait pas son insigne de plein droit, on lui en avait seulement donné la permission. Son avenir chez les Rangers dépendait d'un grand jury du comté de San Jacinto.

« Vous savez ce que j'en déduis ? dit Wozniak. Que les Rangers n'ont jamais vraiment cherché à résoudre cette affaire. Vous ne valez pas mieux que les braves gars d'ici. En réalité vous êtes pires, parce que vous ne vous rendez même pas compte qu'on se sert de vous. »

Ses paroles firent à Darren l'effet d'un coup de poing dans l'estomac qui déclencha en lui un accès de doute nauséeux, car il n'était pas certain que le journaliste eût tort.

« Ce ne sont pas les Rangers qui m'ont envoyé, précisa-t-il. C'est un ami du ministère de la Justice qui m'a renseigné sur les meurtres de Lark.

– Je sais. Greg Heglund, répliqua Wozniak. Il m'a appelé.

– Il vous a appelé ?

– Désormais je me tiendrai informé auprès des autorités fédérales. »

Le journaliste fit une pause pour tenir la porte du tribunal à une femme en tailleur, chaussée de tennis, qui sortait pour fumer une cigarette. Il jeta un coup d'œil à Randie, qui attendait derrière Darren. « Vous venez ? » Comme elle tardait à répondre, il s'engouffra dans le bâtiment, laissant la porte en verre se refermer sur lui.

« Mais enfin, que se passe-t-il, Darren ? »

Elle venait à peine d'attacher sa ceinture quand il tourna pour entrer dans le parking d'un magasin de spiritueux, quelques pâtés de maisons plus loin, stoppant net le véhicule. Pourquoi Greg avait-il téléphoné au journaliste du *Tribune* ? Était-il impatient de monter en grade au point d'interférer dans la tâche que Darren s'efforçait de mener à bien ? Il ouvrait sa portière pour sortir du pick-up quand Randie demanda : « Qu'est-ce qu'on fabrique ici ? »

Il ignora sa question et descendit de voiture.

Il était trois heures de l'après-midi et il portait encore son uniforme, la chemise à col boutonné, les bottes et l'insigne, mais la dame noire derrière la caisse ne broncha pas quand il lui tendit vingt-cinq dollars pour une bouteille de Jim Beam, puisqu'il n'avait rien trouvé de mieux dans ce trou perdu. Il avait déjà retiré la capsule en plastique du bouchon quand il se glissa sur le siège du Chevy. Randie le regarda comme si elle ne l'avait jamais vu avant, et qu'un inconnu était monté dans le véhicule par erreur. Lorsqu'il ouvrit la bouteille et engloutit deux doigts de bourbon, goûtant la brûlure de l'alcool dans son gosier, la chaleur qui s'étendait à sa mâchoire et à sa gorge, elle dit: «Je ne suis pas tranquille avec quelqu'un qui boit au volant.»

Il lui lança les clés sans plus de cérémonie, puis sortit du pick-up pour changer de place pendant qu'elle se glissait sur le siège du conducteur.

Quand ils furent de retour sur la 59, il referma la bouteille ostensiblement, comme s'il avait juste besoin d'un petit coup de fouet, et que ce n'était pas un problème mais une légère entorse à ses principes.

Randie agrippait le volant, les mains positionnées à dix heures dix. Elle n'avait pas réglé le siège à sa taille et était perchée à l'extrême bord pour atteindre l'accélérateur et la pédale du frein. Elle n'ouvrit la bouche que lorsqu'ils approchèrent de Lark. «Ils ont placé Keith en garde à vue, et ensuite? Brusquement vous ne le croyez plus coupable?» dit-elle. Darren, échauffé par le bourbon, baissa la vitre pour laisser s'engouffrer un flot d'air sifflant qui tourbillonna dans la cabine. Il resta ainsi une minute, la langue pâteuse à cause de l'alcool, gagné par la peur de décevoir cette femme.

En entrant par le nord de Lark, ils arrivèrent près du bar de Wally. Darren lui demanda à deux reprises de s'arrêter et quand elle refusa, il voulut attraper le volant. Elle le repoussa mais finit par tourner dans le parking de gravier et couper le contact. Le moteur cliqueta en refroidissant, et pendant un moment il n'y eut pas d'autre bruit dans la cabine, à part le bourdonnement lointain de la batterie et de la guitare, le nasillement chaleureux de la country qui passait dans le bar.

Elle parla enfin. « Vous feriez mieux de m'expliquer tout de suite la situation, dit-elle en attrapant la bouteille posée entre eux pour la jeter sur la minuscule banquette arrière. Ne vous avisez pas de vous effondrer maintenant.

– Il y a peut-être quelqu'un d'autre dans le coup. »

Cela ressemblait à un aveu – ou du moins, à un appel à sa compréhension. Il se sentait terriblement incertain au sujet du holà qu'il avait mis à l'arrestation de Keith. *Et si je me trompais ?*

« Comment ? » En réalité elle voulait dire *pourquoi*. Pourquoi croyait-il à l'existence d'un complice ? Il lui parla de la BMW, du récit de Keith disant qu'ils étaient revenus sur les lieux pour découvrir que la voiture et Michael avaient disparu, évanouis dans la nature, engloutis par la nuit. Randie ne parut guère impressionnée. Mais quand il décrivit la Fraternité Aryenne comme un vivier de coupables potentiels, et précisa qu'une poignée de ses membres étaient comme chez eux dans le bar de Wally, cela retint son attention et elle hocha la tête à plusieurs reprises, ce qui encouragea Darren à suivre son instinct. L'histoire ne s'arrêtait pas là, il le savait. « Je sens l'odeur d'alcool dans votre haleine », dit-elle. Le pouls de Darren devint plus rapide à l'idée qu'elle était assez près de lui pour s'en rendre compte. C'était une sensation qu'il se refusait à nommer, et qu'il mit sur le compte du bourbon. « Je pense que vous ne devriez pas entrer », dit-elle, alors qu'il tirait une bouteille d'eau de la boîte à gants et en buvait la moitié.

« Faites-moi confiance : la nouvelle de l'emprisonnement de Keith Dale s'est répandue à présent. La Fraternité est certainement impatiente de riposter. Je ne tiens pas à attendre qu'une autre fusillade éclate alors qu'il m'est possible d'entrer dans le bar et de leur balancer tout de suite un message. Ça ne va pas se passer comme ça. Pas sous mes yeux. »

L'alcool l'avait rendu audacieux. Ou imprudent.

Il ne tarderait pas à le savoir.

Randie attendit dans le pick-up.

Darren lui avait demandé de faire demi-tour pour que l'arrière du Chevy se retrouve face au bar ; elle pourrait ainsi voir tout véhicule pénétrant dans le parking. Au premier signe inquiétant, elle devrait actionner le klaxon et ne plus le lâcher, comme une sirène. Dans le rétroviseur, elle le regarda s'avancer sur le porche et ouvrir la porte du bar.

À l'intérieur, il commença par le jukebox. Il se pencha et arracha du mur l'épais câble noir. La musique s'évanouit, et on n'entendit plus que le cliquetis des boules qui roulaient sur la table de billard. Les visages sur l'écran de la télévision, réglée sur Fox News et Food Network pendant la journée, furent les témoins muets de Darren Mathews dégainant son Colt .45. Il le garda à la main sur le côté, ordonnant à l'assistance de se rassembler. À cette heure de la journée il n'y avait que cinq personnes : Lynn derrière le bar ; deux hommes à la table de billard, qui avaient largement dépassé l'âge de la retraite, vêtus de Wranglers aux fesses informes, flétries par les années ; un homme assis au bar, seul, penché sur un bol de chili, son T-shirt comprimant les bourrelets de sa taille ; et Brady, qui constata aussitôt l'absence de renforts efficaces et voulut s'emparer du portable fixé à sa ceinture.

« Lâchez ça », lui ordonna Darren.

Il lui fit signe d'avancer, se servant du Colt comme d'un point d'exclamation pour réitérer sa requête. « Rassemblez-vous », dit-il encore. Il ordonna à Brady et à la femme de quitter leur place derrière le bar ; Lynn ne bougea pas avant que Brady obtempère. Et il ne s'avança qu'après avoir donné une claque sur la nuque du type blanc assis au comptoir, le poussant au bas de son tabouret. C'était le seul autre Blanc de moins de soixante-dix ans dans le bar, et Brady lui lança : « Réveille-toi, bordel ! » Le gros type et lui s'avancèrent tout doucement. Darren se plaça de façon à ne tourner le dos ni à la porte d'entrée, ni à la cuisine. Il n'eut d'autre choix que de croire Lynn sur parole quand elle affirma qu'il n'y avait personne à l'intérieur. Quitter la salle donnerait à Brady le temps et l'occasion de faire Dieu sait quoi. Il n'avait pas attrapé le calibre 12 derrière le comptoir dès la seconde où Darren avait franchi la porte, donc les clients présents ne faisaient pas partie de son clan. Autrement il aurait déjà réagi, sachant que ses frères de la FAT le suivraient en toutes circonstances, même en cas d'extrême violence. Dans ce cas, Darren s'en sortirait peut-être vivant. Brady croisa ses bras charnus, les tatouages tels des drapeaux flottant dans le vent. Lynn mordillait un coin de sa lèvre inférieure. La peau autour de sa bouche était rose, rouge et croûteuse là où elle avait entaillé sa chair, une blessure festonnée qu'elle travaillait depuis des jours. Les hommes plus âgés avaient posé leurs queues de billard. Le gros type lorgnait son chili avec regret.

L'un des vieillards leva les mains, comme s'il s'agissait d'un braquage, et qu'il n'avait pas vu l'insigne à cinq pointes de Darren, ou ne comprenait pas sa signification. « Ici, on veut pas d'histoires », dit-il. Son adversaire au billard opina du chef.

Darren s'adressa seulement à Brady, qui transmettrait à ses frères le message suivant : il était interdit de toucher au café de Geneva, et quiconque oserait s'approcher de Darren ou de Randie – ou même les fixer d'un air menaçant – risquerait d'être abattu à vue. « Si j'apprends que les habitants noirs de cette ville sont victimes de violences, je reviendrai ici et je descendrai le premier Blanc sur ma route et je dirai qu'il était armé. Bordel, je mettrai moi-même le flingue dans sa main. Et deux sacs de tout ce que vous avez en stock au fond de ce bureau. »

Il enfreignait trois lois différentes avec cette déclaration.

Mais il s'en foutait.

Il voulait leur flanquer la peur au ventre qu'il avait ressentie quand Brady l'avait coincé derrière le bar et qu'il avait cru mourir.

« Maintenant que tout ça est réglé… dit-il.

– Putain, Brady, s'exclama Lynn, dis-lui pour Keith. Il se fiche de tout le reste.

– Ferme ta gueule, cracha Brady.

– J'ai des gosses, mec. J'peux pas aller en taule.

– Je suis au courant pour Keith, dit Darren. Qui d'autre ? »

Brady fusilla Lynn du regard, et gardant ses pensées pour elle, la femme ravala ses paroles. « Mercredi soir, poursuivit Darren, vous avez dit que ça n'a pas plu à certains gens de voir Missy parler avec Michael. Qui étaient ces gens ?

– Personne en particulier, répondit-elle. Je voulais juste dire qu'ici, ça se fait pas. C'est pas le genre de la maison. » Elle regarda Brady, pour voir s'il approuvait ses propos. Il lui adressa un infime hochement de tête, et elle sourit. Elle portait une natte qui descendait le long de son visage, et elle avait peint ses ongles rongés en bleu, telles de minuscules flaques de couleur. Elle sentait le chewing-gum au raisin et son odeur corporelle n'était pas franchement répugnante, mais en tout cas, peu agréable.

« Keith est venu chercher Missy, reprit Darren. Quelqu'un a dû lui dire qu'elle était partie, et avec qui. Je veux savoir à qui il a parlé. »

Lynn ouvrit la bouche pour répondre, mais Brady posa une main sur son bras.

Elle réfléchit une seconde et dit : « En fait, j'ai pas vu du tout Keith ce soir-là. » Elle prononça ces mots comme une réplique de scénario dont elle se serait souvenue à point nommé. Darren vit le soulagement sur son visage. C'était pour Brady qu'elle jouait la comédie ; à lui qu'elle voulait plaire. Aussi changeante que le temps, et à cet instant, l'orage menaçait de ce côté-là. Elle avait plus peur de Brady que de l'idée lointaine d'être envoyée en prison pour un trafic de drogue qui, devinait-elle fort justement, n'intéressait pas Darren. En conclusion, il n'était pas plus avancé.

Après cela ils roulèrent pendant plus d'une heure dans les environs, fouillant chaque recoin de terrain, chaque taillis assez profond pour abriter un véhicule. Darren sillonna en long et en large toutes les routes de terre de Lark, souvent de simples chemins traversant des champs d'herbes folles. À deux reprises il sortit du Chevy pour fouiller des bâtiments abandonnés : un hangar à chevaux en bois grisâtre, dont des lattes entières avaient déclaré forfait et pourrissaient sur le sol sous les touffes d'ivraie ; et une grange vide au toit arraché par un ouragan venu du Golfe du Mexique, assez puissant et cruel pour déployer sa colère depuis Houston. Sous la lumière qui déclinait, il chercha des traces de pneus dans la terre. Il ne trouva rien que le temps n'eût déjà effacé.

Il remonta dans le pick-up sans un mot, et démarra.

Il franchit la limite du comté de Nacogdoches, cherchant dans les environs du minuscule Garrison où ils avaient passé la soirée précédente. Il sillonna de nouveau les petites routes et les prairies à hautes herbes, cherchant la BMW, avant de parcourir en sens inverse les mêmes itinéraires. Quand il revint sur la 59 et qu'ils dépassèrent la boîte, Randie se plaignit d'avoir mal au cœur. Elle se souvenait de la bête morte dont elle sentait encore le sang sur ses vêtements, affirma-t-elle. L'odeur persistait dans tous les recoins de la cabine du pick-up. Elle ouvrit son manteau et défit sa ceinture pour s'en débarrasser. Elle baissa la vitre côté passager et exposa son visage à la nuit tombante, avec une soif d'air désespérée. Elle avait le teint gris, la peau moite, et la sueur perlait sur son front.

« Vous ne retrouverez jamais cette voiture.

– Je dois la chercher, répondit-il.

– C'est peine perdue. Parce qu'elle a disparu. Parce que c'est sans importance. » Ses paroles étaient noyées par le souffle du vent qui s'engouffrait par la fenêtre, et il craignit qu'elle eût un malaise. Ce qu'elle disait n'avait aucun sens.

« Si je ne cherche pas au moins…

– Keith est en prison, Darren. Ça ne vous suffit pas ? Pourquoi ? »

Randie remonta la vitre, ce qui donna à Darren l'impression d'être enfermé avec elle dans un vide étanche. Il perçut lui aussi les effluves imperceptibles de la chair putréfiée de l'animal.

Elle se retourna sur son siège pour lui faire face.

« Je suis fatiguée, Darren, dit-elle, la voix brisée. Je veux rentrer chez moi. Je veux aller chercher Michael à Dallas, et le ramener à la maison.

– Je ne suis pas convaincu que ce soit Keith.

– Je m'en fiche.

– Vous voulez qu'un innocent soit accusé ?

– Il n'est pas *innocent.* »

Sa voix était comme écorchée par une colère sourde qui montait dans sa gorge. « Il a roué Michael de coups, et ensuite il l'a abandonné. Il l'a laissé mourir là, d'après ce qu'on nous a raconté. Pour moi c'est assez, Darren. Vous n'obtiendrez jamais rien de mieux de cette justice de bouseux texans. Alors je vais prendre ce qui se présente et ramener Michael à la maison. Vous avez un type en prison maintenant. Keith Dale me suffit. Je veux une condamnation, et ensuite je veux rentrer chez moi. » Le chagrin frappait à sa porte. Elle était sur le point de craquer, et avait tellement besoin d'être seule qu'elle était disposée à se contenter d'une demi-vérité pour quitter cette ville, ce comté, cet État – échapper à tout cela. C'était une réaction égoïste et dénuée de discernement. Un Ranger ne pouvait se satisfaire que de la vérité, et il le lui dit.

« Il ne s'agit pas de vous, lui cracha-t-elle à la figure.

– Bien sûr que si, répliqua-t-il. Je vous ai fait une promesse, et que Michael l'ait su ou pas, je lui en ai fait une aussi, dès que j'ai épinglé cet insigne sur ma poitrine.

– Vous avez aussi promis quelque chose à Geneva Sweet, rétorqua-t-elle. Mais vous roulez au hasard dans la campagne au lieu d'affronter sa famille et d'avouer que c'est à cause de vous qu'elle ne rentre pas chez elle ce soir. » Là-dessus elle lui tourna le dos pour ne plus le voir. Elle ne dit pas un mot quand elle attrapa la bouteille de Jim Beam sur la banquette arrière et but une longue gorgée. L'alcool dut lui brûler le gosier car les larmes lui montèrent aux yeux et l'instant d'après, elle émit un son aussi déchirant que les cris d'un animal blessé luttant bec et ongles pour s'extraire de ses entrailles. Elle suffoqua une ou deux fois et Darren finit par se garer sur le bas-côté de la route. Sans lui laisser le temps de détacher sa ceinture de sécurité, elle s'effondra dans ses bras, posa la tête contre sa poitrine et se mit à sangloter.

21

Randie n'avait rien mangé depuis près de vingt-quatre heures, mais en fait, elle avait raison. Il devait une explication à Faith, ou du moins, il devait lui faire comprendre que sa grand-mère n'avait pas été abandonnée. Il espérait seulement qu'elle saisirait l'objectif qu'il s'était fixé en prenant un chemin aussi périlleux.

En sa qualité d'homme de loi, il s'efforçait de surmonter les difficultés que présentait l'affaire: d'un côté, il essayait de protéger Geneva d'une arrestation injustifiée et de l'autre, il faisait tout son possible pour que le véritable assassin de Michael Wright soit condamné. En obtenant l'incarcération du meurtrier, il craignait d'échouer à libérer Geneva. *Pop*, songea-t-il, appelant ses oncles par leur petit nom. *À l'aide*. Il faillit le dire tout haut. Il aurait tout donné pour avoir la chance de discuter de cette affaire avec eux à la table du dîner, quand ils étaient seulement tous les trois, avant que William épouse Naomi et fonde une famille, avant que les frères cessent de se parler. Il aurait tout donné pour avoir la chance de remonter le temps et de s'asseoir devant un ragoût aux haricots blancs, la spécialité de Clayton, pour exposer l'affaire, demandant à chacun d'entre eux, l'avocat et le policier, comment il devait procéder, pendant que les frères discutaient en buvant un peu de whisky du Tennessee. À l'époque,

Darren sirotait des verres de jus de pommes, feignant de se délecter aussi de l'alcool tourbé qui inspirait à ses oncles le rêve d'un monde où les Noirs seraient en sécurité.

Bien sûr, il avait de la peine pour Missy Dale. Mais elle avait beaucoup de gens pour s'occuper d'elle. Le monde entier se souciait de Missy Dale. Il suffirait à Van Horn de claquer des doigts pour disposer dès demain de vingt Rangers pour rassembler des preuves sur le meurtre de la jeune femme. Aucun procureur ne se ferait prier pour intenter une action contre l'assassin de Missy Dale. *Dateline* lui consacrerait plusieurs émissions, *48 Hours* et *20/20* aussi. Mais Wozniak avait raison : pour résoudre le meurtre inexpliqué d'un homme noir dans le Texas rural, Wilson avait envoyé un seul homme – dont l'insigne était terni. Michael n'avait personne d'autre que Darren.

En réalité, Wilson ne l'avait même pas envoyé officiellement, il avait juste entériné une situation qui menaçait de devenir un problème de relations publiques pour son département. C'était la moindre des choses, rien de plus. Greg avait été le premier à lui parler des meurtres de Lark, et à mentionner le nom de Michael Wright. Il devrait l'appeler. Il n'avait jamais obtenu du ministère de la Justice du Texas les dossiers concernant Keith Dale qu'il avait demandés.

Lorsqu'il se gara dans le parking du Geneva's, le soleil se couchait. Randie sortit la première du véhicule, prenant la bouteille de bourbon sur la banquette arrière et l'emportant dans le café.

Elle fit passer le bourbon avec quelques gorgées de Dr Pepper glacé dont elle garda une bouteille suintante sur la table, tandis qu'ils attendaient leur repas. De fines tranches de porc cerclées de gras grillées dans leur propre graisse au milieu de la poêle, du riz aux haricots noirs, des oignons frits, du chou mariné et des rondelles de tomates sur une petite assiette. Randie but les deux premiers verres l'estomac vide, et devint étrangement silencieuse, tapotant du bout des doigts le dessus de la table, en cadence avec la guitare slide du jukebox. Elle ne quittait pas des yeux la guitare accrochée au mur en face de son box, la Les Paul qui avait conduit son mari dans le Sud. Darren était debout au comptoir et parlait à Faith qui, contre la volonté de sa grand-mère, avait gardé le café ouvert.

« Elle ne va pas rester longtemps là-bas », lui assura-t-il, ainsi qu'à Huxley.

Wendy, assise à côté de lui sur un tabouret, était penchée sur une assiette de poulet rôti et de maïs doux, déplaçant la nourriture sur son assiette comme si elle lui devait de l'argent, et l'avait insultée personnellement. Elle demanda à deux reprises du sel à Faith : « Du Lawry's ou des aromates. »

« Je vous promets que je fais tout ce que je peux pour qu'elle revienne à la maison », leur assura-t-il. Ils n'avaient pas encore appris que Keith Dale passait lui aussi la nuit en prison, accusé du même crime que Geneva et plus encore, et Darren dut prendre sur lui pour ne rien leur dire, même s'il avait honte de leur cacher une partie de la vérité. Les clients du café commencèrent à s'en aller pendant que Randie et lui mangeaient de bon appétit, noyant leur nourriture avec des verres de Jim Beam. Répondant à Freddie King dont la guitare résonnait dans le jukebox, gémissant à cause d'une peine de cœur, Wendy s'écria brusquement : « C'est un vrai gâchis, voilà ce que c'est. » Et Huxley hocha la tête quand Faith lui versa une seconde tasse de café. « Geneva a même pas fermé quand Joe a été tué.

– C'était un cambriolage ? » demanda Darren sur un ton interrogateur.

« La première fois que Geneva l'a laissé seul en trente ans, dit Huxley.

– Grand-mère m'avait emmenée à Timpson parce que j'avais besoin d'une robe pour mon bal de promo. Grand-père gardait le café tout seul.» Elle prit un chiffon blanc dans la poche du tablier en coton couleur d'hibiscus bleu qui appartenait à Geneva, et se mit à essuyer le comptoir.

«Que s'est-il passé?» demanda Darren.

Randie, le visage bouffi par l'alcool, la langue pâteuse, dit lentement: «Il a tabassé mon mari. Keith a fait ça.» Wendy l'entendit et comprit qu'elle était perdue dans un drame qui dépassait largement l'instant présent. Elle se leva sur ses jambes filiformes, s'approcha du box, et, sans un mot, se glissa sur la banquette en vinyle à côté de Randie. Elle tapota la main de la jeune femme, puis la prit dans la sienne.

«Y zétaient trois, à c'qu'on nous a dit, déclara Huxley.

– C'est aussi ce qu'on m'a dit, confirma Wendy.

– Isaac a dit qu'y sont venus après minuit.»

Darren tourna les yeux vers le minuscule salon de barbier désert à cette heure, au fond du café, pas de client sur le fauteuil pivotant, pas un seul peigne dans le flacon bleu électrique de barbicide désinfectant. Il n'y avait aucune trace d'Isaac.

«Il est pas revenu, dit Faith. Il est terrorisé depuis qu'on a tiré dans la fenêtre.

– Il est du genre nerveux, Isaac, ajouta Wendy. Ça va pas dans sa tête.

– En tout cas, reprit Huxley, Isaac a dit qu'il revenait après avoir sorti la poubelle quand il a entendu les coups de feu. Deux coups de feu consécutifs, comme ça.» Il ferma son poing pour taper sur le comptoir en formica. «Il a dit que quand il est rentré par la cuisine, il a aperçu les types qui remontaient dans leur voiture.» Il indiqua les fenêtres du café. Derrière la pompe à essence et le pick-up de Darren, le ciel trempé dans le bleu, le coucher de soleil jaune miel noyé dans l'indigo à l'approche de la nuit. «Trois hommes blancs, c'est ce qu'il a dit.»

Darren suivit le regard de Huxley dans le crépuscule. « Comment savait-il que les assassins étaient blancs ? » demanda-t-il.

Huxley haussa un sourcil et regarda Wendy, qui répondit à Darren : « Pareil que vous, quand vous avez compris que le type qui a tiré dans cette porte était blanc. » Elle haussa un peu les épaules, comme pour dire : *Qui d'autre ?* « C'est pas nouveau. » Darren s'était rué dehors quelques instants à peine après le coup de feu. Mais il avait tout juste réussi à lire deux ou trois chiffres de la plaque d'immatriculation, sans parler de distinguer les visages à l'intérieur du véhicule. L'histoire et les circonstances avaient comblé le reste.

« Tout le monde aimait cet homme, reprit Wendy, parlant de Joe. Y a beaucoup de gens qui vivent leur vie sur la route, mais lui et Geneva, ils ont fait de cet endroit leur maison.

– Il a tout laissé tomber pour elle, dit Huxley. La musique, la grande ville. »

Faith sourit : « Grand-père a pris racine par amour.

– Cet homme c'était toute sa vie, à Geneva, dit Wendy.

– Ça l'a fracassée, ce qui s'est passé, reprit Huxley. Plus personne ose aborder le sujet. » Il leva les yeux pour regarder Randie. « Avant l'arrivée de votre mari, personne avait posé de questions sur Joe depuis très longtemps. »

Randie se redressa dans le box, mais ce fut Darren, assis en face d'elle, qui parla le premier. « Michael Wright a posé des questions sur ce cambriolage ?

– C'est ce qu'a dit Geneva.

– Il faisait toujours ça », dit doucement Randie. Elle retira sa main de celle de Wendy et se versa encore une dose de bourbon. Ils buvaient dans de petits verres à liqueur en céramique ornés d'une photo de Big Tex[1] à

1. Haute statue et icône de marketing de la Foire annuelle du Texas.

Dallas. Faith les avait dénichés dans un placard de la cuisine rarement utilisé. Randie aspira l'alcool, s'abstenant de le noyer avec une rasade d'eau gazeuse. Son élocution était devenue incertaine. « Je pensais qu'il aurait dû faire du droit pénal. Je pense qu'il aurait peut-être suivi cette voie s'il ne m'avait pas épousée, si nous n'avions pas eu besoin d'argent. Il a renoncé à sa carrière pour moi. » Elle était de nouveau en larmes et parlait à tort et à travers. Darren prononça son nom, mais ça ne l'empêcha pas de continuer. « Il a toujours fait ça, n'importe quoi devenait une affaire avec lui. Il était attiré par le droit pénal. J'aurais dû l'encourager plus. Lui dire plus souvent que je l'aimais. Qu'il devait suivre… »

Elle s'arrêta brusquement.

« Je ne me sens pas très bien », dit-elle, se levant précipitamment. Wendy fit preuve d'une agilité surprenante à son âge et s'écarta pour la laisser passer. Randie courut vers la porte d'entrée tapissée de carton, se rua dehors, et se jeta à genoux près de la pompe à essence pour vomir. Le bourbon, le porc, le riz, le soda sucré, les tomates acides, le chou mariné dans du vinaigre et les piments rouges. Son corps mince était secoué par des haut-le-cœur tandis que se déversait par vagues le contenu de son estomac. Darren se hâta de la rejoindre. Il entendit la clochette de la porte tinter derrière lui quand il prit Randie par les épaules pour l'aider à se relever.

Ils n'étaient ni l'un ni l'autre en état de conduire.

Faith les conduisit dans la caravane. Elle dit que ça lui était difficile de permettre à quelqu'un de dormir dans la chambre de sa grand-mère, même si Geneva ne devait pas s'en servir cette nuit, mais Darren répondit qu'il comprenait et proposa à Randie d'occuper la chambre d'amis. Il passerait la nuit sur le canapé. Mais dès que Faith eut terminé de disposer des serviettes et des draps propres,

Randie demanda à Darren de rester avec elle, et il accepta. Elle était couchée sur le lit tout habillée. Darren s'assit sur un tabouret en cuivre taille poupée, sans table ni miroir assortis – du moins pas dans cette pièce minuscule, avec ses murs plaqués bois et sa moquette orange foncé à poils longs. Ne trouvant aucun endroit où la poser, il laissa la bouteille de bourbon à ses pieds. Il jugea préférable de ne pas en proposer à Randie, mais le gentleman texan qu'il était le fit par réflexe. Elle secoua la tête et le regarda en boire une gorgée au goulot. Ses cheveux étaient éparpillés autour d'elle sur l'oreiller, d'épaisses boucles noires se déversant comme des rivières de montagne, et il crut la voir fermer les yeux. Mais elle se remit à parler. « C'est pour cette raison que vous avez été suspendu ? »

Elle parlait de l'alcool.

Il reposa la bouteille sur le sol et secoua la tête :

« C'est devenu un sérieux problème, enfin, peu importe quoi, ça a vraiment commencé à cause de cette histoire avec Mack. » C'était la première fois qu'il utilisait ce mot – *problème* – à propos de l'alcool. Il en eut le vertige, les contours du monde se brouillèrent, et la chaleur du bourbon l'envahit d'une manière plutôt agréable. « Je n'ai commencé à boire autant qu'après les difficultés rencontrées à la suite de l'interpellation de Mack, et du conflit avec ma femme, Lisa.

– Je ne comprends pas.

– Ça lui a donné une excuse, la suspension… une excuse pour dire que j'avais été inconséquent, que mon choix de rejoindre les Rangers avait été absurde dès le départ », dit-il, évoquant la nuit passée chez Mack, dans le comté de Jacinto, l'incident qui avait conduit à son blâme, à la suspension provisoire de son insigne, à la possible inculpation d'un homme qui essayait juste de protéger sa famille. Lorsqu'il la regarda, elle avait fermé les yeux pour de bon, et il se pencha pour recouvrir ses jambes avec un angle du dessus-de-lit, puis il se rassit sur le tabouret en cuivre. Il tendait de nouveau la main vers la bouteille quand Randie se redressa et s'appuyant sur un coude, demanda brusquement :

« Pourquoi vous l'avez fait ? »

La question sema le trouble dans l'esprit de Darren. Il ressentit une pointe de terreur à l'idée de s'être exposé sous un certain jour, persuadé qu'elle parlait de cette nuit dans le comté de Jacinto, mais elle précisa sa pensée : « Pourquoi êtes-vous revenu ici ? Vous aviez une porte de sortie. Michael aussi. Il est allé à Notre Dame, dans l'Indiana. Et ensuite, à l'université de Chicago, pour faire son droit. » À la faible lumière d'un lampadaire placé dans un angle de la pièce, un faux Tiffany en verre coloré, il vit des ombres noires sous ses yeux, et se sentit brusquement envahi par une fatigue insurmontable, incapable de combattre la sensation du sang qui épaississait dans ses veines et alourdissait ses gestes. À cet instant, il voulait seulement trouver un endroit où poser sa tête. Il se dirigea vers la porte pour aller se coucher sur le canapé de l'autre pièce, mais Randie le rappela. « Venez près de moi », dit-elle.

Il hésita sur le seuil, la main sur le chambranle, respirant l'odeur âcre qui montait de ses aisselles humides. Il ne se souciait plus de la bouteille et ne pensait qu'à une seule chose : dormir quelque part, n'importe où.

« Allongez-vous près de moi. »

Il abandonna le bourbon dans les longs poils de la moquette orangée et se débarrassa de ses bottes. Puis il grimpa sur le dessus-de-lit au crochet et s'installa à quelques centimètres de Randie. Il glissa son bras sous sa tête et fixa le plafond. Debout, en chaussettes, il pouvait presque le toucher. Couché sur le dos, dans son état d'épuisement, il lui parut inaccessible. « Vous êtes revenu pourquoi ?

– C'est chez moi. »

Ces mots étaient dénués de sens pour Randie, qui avait passé la plus grande partie de sa vie dans la région atlantique – Washington DC et Baltimore, ensuite le Delaware, suivant de ville en ville son père commerçant. Lorsqu'elle était au lycée, la famille s'était installée dans l'Ohio avant d'emménager finalement dans l'Illinois l'année de sa terminale. Elle se souvenait à peine de la maison où elle était née, de la ville où elle avait passé les six premières années de sa vie. Elle était revenue à Washington DC à la fin de son troisième cycle ; et avait d'abord été engagée dans un magazine politique pour un simple stage. Elle avait cherché la maison où elle avait grandi et s'était perdue dans la seizième rue, incapable de se souvenir si les Winston avaient habité au Nord-Ouest ou au Sud-Ouest. C'était l'excursion d'un après-midi, rien de sérieux. Elle avait pris des photos et s'était arrêtée dans un petit bar pour boire un café, puis était retournée dans son appartement avant la tombée de la nuit, sans savoir si elle était passée devant sa propre maison. Mais au fond d'elle-même, peu lui importait de l'avoir trouvée ou pas. Ce lieu ne lui évoquait rien. L'attachement de Michael pour le Texas, l'attirance que cette terre, ou le souvenir qu'il en avait, exerçaient sur lui, comme si une partie de lui n'avait jamais quitté la terre rouge du Texas de l'Est, Randie ne le comprenait pas.

Vous ne le pouviez pas, pensa Darren.

« Mais la vérité, c'est qu'il en est reparti. Il savait que ce n'était pas un endroit pour lui. Vous êtes allé à l'université de Chicago, dit-elle, se calant sur un mince oreiller replié. Vous auriez pu aller n'importe où.

– Je l'ai fait. »

Elle hocha la tête, le fixant à la lueur du lampadaire. « Mais pourquoi être revenu ?

– Jasper », répondit-il tout bas.

Il fixa le plafond, éclairé en jaune et bleu par l'abat-jour. L'un d'eux devrait se lever pour éteindre la lumière s'ils décidaient de dormir. «Jasper, répéta Randie, prononçant lentement ce nom. Je m'en souviens. J'étais en troisième année à l'université. Je n'avais jamais vu ça de ma vie. Torturer un homme de cette façon. Et j'ai pensé… Le *Texas.*

– C'était mon 11 septembre.»

Randie se tut une seconde, et Darren prit son portable dans sa poche et le posa sur le sol à côté de son étui de revolver en cuir et de ses bottes. Sa femme ne lui avait pas téléphoné depuis qu'il avait annoncé qu'il ne rentrerait pas à la maison. Et il savait à part lui que leur conversation suivante déciderait de certaines choses qu'il n'était pas prêt à affronter. Il respira profondément et se ressaisit, comme s'il avait besoin de puiser en lui le courage qui l'avait poussé à quitter la faculté de droit, pour prononcer simplement ces mots:

«C'était un appel. Une limite à ne pas franchir, pas si je pouvais l'empêcher. L'insigne était ma manière de dire: cette terre est aussi à moi, c'est mon État, mon pays, et on ne m'en chassera pas. Moi aussi, je reste sur mes positions. Mon peuple a construit tout cela, et nous ne partirons nulle part. J'ai choisi la Fraternité Aryenne du Texas comme point de mire, parmi d'autres, et consacré ma vie aux Rangers du Texas, à cet insigne», dit-il en désignant l'étoile sur sa poitrine. Comme Randie se taisait, et que la lumière jaune miel trop faible l'empêchait de déchiffrer son expression, il ajouta: «Elle n'a pas compris non plus.» Il roula jusqu'au bord du lit, le plus loin possible, pour tendre le bras et éteindre le lampadaire. «Lisa ne comprend pas ce que ça représente pour moi. Je veux dire, elle sait ce qui se passe dans le Texas rural. Elle pense que c'est un travail qui compte, mais elle préfère que ce soit un autre qui mène ce combat. Elle veut que je rentre tous les soirs.

– Je ne l'en blâme pas », dit Randie.

Darren ferma enfin les yeux. Il entendit grincer les ressorts du sommier quand elle se tourna face au mur de l'autre côté du lit. « Ce n'est pas contre vous, murmura-t-elle dans le noir, mais malgré tout ce que vous essayez de faire ici, ça marche pas, putain. Il n'aurait jamais dû revenir. »

22

Wilson le réveilla encore une fois.

Pendant trente bonnes secondes, il crut qu'il rêvait. Il ne reconnaissait ni la chambre ni la femme qui dormait près de lui, et dont il sentait la respiration sur le bas de son visage, le corps blotti contre lui, la tête tournée vers le haut, à quelques centimètres à peine de son épaule. *Lisa,* songea-t-il. Mais les cheveux qui lui frôlaient le cou étaient épais, alors que ceux de Lisa étaient fins et lisses, et la peau avait une odeur aigre très différente du parfum vanillé des crèmes coûteuses que sa femme appréciait. *Randie.* Il chuchota son nom avant de comprendre ce que disait son lieutenant. Elle expira et s'écarta de lui, tournant le corps vers le mur opposé. Darren s'assit et glissa les jambes par-dessus le bord du lit. Il déplaça le téléphone qu'il ne se souvenait pas d'avoir décroché, le calant contre son cou. Wilson était en train de parler, aboyant presque. « Je veux que vous veniez tout de suite à Center. Ils organisent la séance au tribunal, et le quartier général d'Austin exige votre présence devant la caméra.

– Mais de quoi parlez-vous ?

– De la conférence de presse.

– Quelle conférence de presse ?

– Ranger, dites-moi que vous avez passé les quatre dernières heures coincé sous un arbre qui vous est tombé dessus et que vous n'avez pas fait exprès d'ignorer mes appels toute la matinée. »

Darren jeta un coup d'œil à son portable. Il était à peine un peu plus de neuf heures et il avait reçu huit messages dans sa boîte vocale depuis cinq heures du matin. Il reconnut le numéro de Wilson, ainsi que celui de Greg, qui l'avait appelé à trois reprises au moins depuis son bureau du FBI à Houston. « Attendez, dit-il en se frottant les yeux, défroissant le tissu tassé entre ses jambes. Qui organise une conférence de presse ?

– Keith Dale a été arrêté.

– Pour le meurtre de sa femme ?

– Pour les deux meurtres.

– Mais non, protesta Darren en se levant. Van Horn m'a accordé plus de temps pour l'affaire Michael Wright. Il a promis de ne pas bouger avant...

– Ranger, vous avez résolu votre affaire », dit Wilson, qui ne parut pas comprendre où était le problème. Il avait confondu le manque d'enthousiasme de Darren avec un accès de mauvaise humeur: son jeune officier cherchait sans doute une quelconque excuse. Wilson poussa un soupir exaspéré. « On va dire que je n'ai rien entendu, OK ? Vous avez votre arrestation.

– Fondée sur quoi ?

– Ils ont obtenu des aveux.

– C'est faux », répondit Darren. Il se dirigea vers la porte de la chambre, se glissant dehors pour laisser dormir Randie, mais quand il jeta un coup d'œil derrière lui, il vit qu'elle était déjà réveillée et le regardait en s'asseyant. « J'ai assisté à l'interrogatoire, dit-il, s'appuyant contre le mur de l'étroit couloir qui menait aux deux autres chambres. Il a dit qu'il avait tabassé le type, rien de plus.

– Van Horn le croit coupable des deux meurtres.

– Il manque quelque chose, insista Darren. La voiture, d'abord.

– Il y a toujours des éléments qui ne collent pas. Vous le savez.

– S'il l'a fait, je ne suis pas sûr qu'il ait agi seul. Il pourrait y avoir une implication plus importante de la FAT dans cette histoire. Le bar de Lark est un bastion de la Fraternité. Même s'il ne l'autorise pas ouvertement, Wallace Jefferson est tout à fait au courant de la présence de membres d'un gang criminel qui fraternisent dans l'établissement. Si nous creusons un peu plus…

– Écoutez, c'est exactement ce que le comté et les autorités fédérales veulent éviter.

– Les autorités fédérales ? répéta Darren, se souvenant des appels de Greg.

– Il s'agit d'un de ces foutus trous perdus blancs minables, Mathews, et vous le savez, dit Wilson. Vous l'avez compris dès le premier jour. Et la dernière chose dont nous ayons besoin, c'est de faire courir le bruit que la Fraternité Aryenne devient incontrôlable dans le Texas de l'Est ou que les Noirs et les Blancs s'entretuent dans cet État. Toutes les manifestations qui ont eu lieu dans le reste du pays… le Texas peut s'en passer. Les gens sont encore en train de ruminer la fusillade de Dallas qui a causé la mort de plusieurs policiers. Ne commençons pas une guerre raciale à cause d'un bouseux blanc du comté de Shelby. Pour l'instant, il n'y a pas l'ombre d'une preuve de l'implication de la Fraternité dans cette affaire, alors acceptons la victoire qui se présente et n'en faisons pas une croisade. »

Pourtant quelque chose ne collait pas.

Darren le sentait, même s'il savait qu'il n'avait pas d'autre choix que de retrouver son chef à Center, Texas, le siège du comté, où Wilson avait apporté, avec une prévoyance remarquable, la chemise blanche et le pantalon noir repassé rangés dans le tiroir de son bureau à Houston. Il se changea dans les toilettes pour hommes du rez-de-chaussée, où une file de gens attendaient pour faire une demande de certificat de mariage et obtenir des actes de naissance.

Darren s'habilla en hâte, car Wilson avait dit qu'ils ne commenceraient pas sans lui. Il rentra sa chemise dans son pantalon dont il lissa le devant, qui brillait malencontreusement pour avoir été trop souvent repassé. Il ne se souvenait pas depuis combien de temps les vêtements étaient rangés dans son tiroir, et il eut honte de l'excitation qu'il ressentit en constatant que son bureau n'avait pas été vidé en son absence, qu'il était peut-être encore le bienvenu parmi les Rangers, pour de bon cette fois-ci. Il devina qu'il devait cela à Michael Wright, et la reconnaissance perverse qu'il éprouvait était ternie par un terrible sentiment de culpabilité, un poids qui paralysait le bas de son corps. Il se dit qu'assumer ce rôle était au-dessus de ses forces, jusqu'au moment où il plaça le Stetson sur sa tête. S'il réussissait – s'il se présentait devant ces gens et leur permettait d'utiliser la couleur de sa peau pour annoncer à une bande de journalistes qu'il n'y avait rien à voir, qu'ils avaient trouvé leur coupable, que la mort d'un Noir de Chicago et d'une femme blanche de Lark n'était qu'une affaire de famille, les Rangers et le comté ayant fait appel à un officier noir pour veiller à ce que les questions raciales soient prises en compte –, s'il adhérait au scénario simpliste du mari jaloux qui avait perdu le contrôle, s'il « acceptait la victoire », comme le disait Wilson, il pourrait récupérer son insigne et rentrer chez lui. La porte des toilettes s'ouvrit, et Greg passa la tête à l'intérieur. « D », dit-il, souriant quand leurs regards se croisèrent.

Il était plus petit que Darren.

Mais c'était le cas de la plupart des gens.

Il portait un costume bleu marine ajusté, bien que son torse eût pris de l'ampleur depuis sa jeunesse. Cela lui donnait l'apparence d'un adolescent grandi trop vite, à l'étroit dans son unique complet présentable pour un enterrement imprévu. Son humeur enjouée ne convenait pas non plus à l'événement, qui exigeait de la discrétion. Il voulut le serrer dans ses bras, mais Darren se raidit, embarrassé, et Greg se contenta de lui donner une tape dans le dos. « Tu as réussi, mon pote, c'est génial.

– Le Bureau t'a envoyé ? »

Greg acquiesça. « Quand mon chef a su que c'était moi qui t'avais rancardé sur le double homicide, il m'a envoyé ici pour proposer mon aide aux gars du comté qui risquent d'être dépassés par les événements. » En employé modèle, il portait très courts ses cheveux châtain clair, un style très différent de la coupe en brosse enduite de gel qu'il avait exhibée au lycée, et qui lui donnait l'air d'avoir introduit un doigt mouillé dans une prise. Ses grands yeux avaient la couleur de l'herbe au printemps, et au contraire de Darren, il était rasé de près aujourd'hui. C'était un bel homme, avait dit une fois Lisa, et Darren connaissait sans aucun doute l'effet que Greg produisait sur les femmes. Adolescent, il avait été jaloux de l'aisance avec laquelle il était capable d'obtenir d'une fille ce qu'elle refusait aux autres garçons. Ne comprenant pas vraiment ce que Greg faisait à la conférence de presse, Darren ouvrit la porte des toilettes et ils sortirent ensemble, les bottes du Ranger claquant sur le sol gris.

« Rien n'indique dans le dossier pénitentiaire de Keith Dale qu'il ait été lié à la FAT pendant son incarcération. » Greg dit qu'il avait vérifié auprès du département de la justice pénale du Texas. Il avait reçu hier à peine un rapport de leur part.

« Si le shérif affirme qu'il n'y a aucun lien avec la FAT, pourquoi la présence des Fédéraux est-elle nécessaire ?

– Nous n'en savons rien. Il n'a pas encore été inculpé.

– Et tu ne trouves pas bizarre qu'ils tiennent une conférence de presse alors qu'il n'est inculpé pour aucun des deux crimes ?

– D'après ce que je comprends, tout le travail de terrain a été fait, répondit Greg. Je veux dire, tu as chopé le type, Darren. La nouvelle de son arrestation va rassurer les gens. Et ma présence va donner au public l'impression que le shérif et ses hommes ne mijotent pas un coup tordu.

– En d'autres termes, nous sommes tous les deux des accessoires.

– On fait notre boulot, mec », dit Greg, un peu dépité que Darren ne parût pas apprécier l'opportunité qu'il lui avait offerte sur un plateau. « Quelqu'un ira en prison pour ces crimes. Le shérif parlerait encore d'un simple cambriolage si tu n'étais pas venu à Lark. Si je ne t'avais pas appelé. » Il tenait à souligner ce point.

« Tu as parlé à ce type de Chicago ? Wozniak ? » demanda Darren.

Greg acquiesça et ajouta : « L'affaire commence à faire beaucoup de bruit. Un correspondant du *Times* est arrivé. CNN a envoyé une équipe de tournage de Houston. Ils voudront aussi te parler à toi », dit-il comme s'il venait de s'en souvenir ; mais son comportement surexcité, sa façon de se pencher en avant les pieds bien ancrés au sol, indiquaient que pendant les dernières vingt-quatre heures cette idée n'avait pas quitté son esprit une seule seconde. « J'ai obtenu une rencontre à *Nightline*, l'émission d'ABC, pour nous deux, tu sais... pour expliquer que je t'ai appelé le premier. » *Il recommence,* songea Darren, attristé de constater combien il était important pour Greg de s'attribuer cette sorte de mérite, et de voir que trois années passées derrière un bureau l'avaient rendu si désespéré de gravir les échelons qu'un double homicide devenait pour lui une opportunité avant d'être un crime contre nature. Mais Darren n'avait-il pas lui aussi sa part de responsabilité ?

Keith Dale avait sans doute tué sa femme et il avait reconnu avoir laissé Michael Wright pour mort. Randie avait raison ; il n'était pas *innocent*. Peut-être que la justice était plus approximative que ne l'avait cru Darren quand il avait épinglé cet insigne sur sa poitrine ; elle ne valait pas mieux qu'un tamis, un filet bon marché, un système où tous les coups étaient permis, qui donnait l'illusion de la probité, alors que le besoin d'un jugement équitable ne pouvait se satisfaire de la résolution approximative proposée par le tribunal. Keith Dale méritait la prison, bien entendu, mais Darren ne pouvait se défaire de l'idée que le traitement infligé au jeune homme n'était guère différent de celui réservé aux Noirs depuis des siècles. Prenez-en un, n'importe lequel, et ne posez plus de questions.

« Rappelle-toi, tu n'avais jamais entendu parler de Lark quand je t'ai envoyé les premiers éléments de l'affaire, dit Greg. Eh bien, ce serait un angle parfait pour présenter cette histoire.

– Tu sais que je n'ai pas le droit de parler aux médias sans en référer à ma hiérarchie.

– Après ça, ils te laisseront faire ce que bon te semble. »

Ils étaient arrivés à l'entrée de la salle de presse improvisée, à l'autre bout du tribunal du comté. La plaque sur la porte indiquait LOUNGE, mais la salle avait été transformée pour accueillir la conférence de presse. Darren vit à travers le vitrage armé de la porte une bonne douzaine de journalistes debout derrière une masse compacte de caméras vidéo, leurs objectifs et leurs micros orientés vers une tribune où Wilson, Van Horn et un des adjoints attendaient Greg et Darren.

Il ne prononça pas un mot de toute la séance, gardant le silence pendant l'annonce de l'arrestation de Keith Dale pour les meurtres de Michael Wright et de Missy Dale, puis l'explication du rôle joué par les Rangers du Texas, et même les questions posées spécifiquement au Ranger Mathews, s'en remettant à Wilson et à Van Horn pour répondre à sa place. C'était à eux de vendre leur histoire. Il garda les mains croisées devant lui, le dos aussi raide qu'un tronc de peuplier, les bottes plantées solidement dans le sol.

Greg prit la parole. Bien entendu.

Il philosopha sur le rôle salutaire du gouvernement fédéral dans le maintien de l'ordre pour ses citoyens, sur son habileté à enquêter sur des crimes de nature sensible – tout cela sans jamais utiliser les mots *crime « de haine »* ni préciser quand ou *si* quelqu'un serait poursuivi pour le meurtre de Michael Wright, par l'État du Texas ou le ministère de la Justice. Il ne parla de Missy que pour compléter son récit ; il expliqua que dans l'intérêt de la communauté, il ne fallait pas tirer de conclusions hâtives sur le mobile du meurtre d'un Noir au Texas. Tout en l'écoutant, Darren éprouva un étrange sentiment de dédoublement, comme s'il vivait un rêve éveillé dans lequel il reconnaissait sans les reconnaître le monde qui l'entourait ou les mots articulés dans sa langue maternelle. L'objectif de cette conférence de presse n'était-il pas de conclure cette affaire au plus tôt, de se cramponner au radeau qui ramènerait sains et saufs Van Horn et Wilson sur l'autre rive de ce gâchis bouillonnant, loin des eaux boueuses de l'Histoire et du marécage racial qui les engloutiraient tout entiers s'ils s'y laissaient prendre ?

La séance prit fin très vite, avant que les reporters sachent seulement quelles questions poser. Nombre d'entre eux, comme Darren à peine quatre jours auparavant, n'avaient jamais entendu parler de Lark. Le mystère et sa résolution avaient été exposés en douze minutes à peine. Avec une précision satisfaisante, telle la dernière pièce posée au centre d'un puzzle, le déclic d'une photo panoramique. Une vérité sans appel.

Ensuite, Wilson tapota le dos de Darren et lui dit qu'à présent il avait un argument concret à présenter au quartier général pour lever sa suspension. Il ne pouvait pas intervenir avant que le grand jury ait pris une décision au sujet de Rutherford McMillan, mais il espérait cette fois-ci que Darren pourrait reprendre son travail.

« En particulier si la fouille de votre maison de Camilla ne donne rien.

– Ils ont procédé à cette fouille il y a des semaines. »

Wilson se pencha vers Darren pour lui confier tout bas : « Écoutez, je serais intervenu si j'avais pu, mais j'aurais eu des problèmes. Le procureur voulait jeter encore un coup d'œil. Ça ne venait pas de moi, Mathews. Ce n'était pas ma décision. »

Ils avaient donc procédé à une seconde fouille de sa maison, se dit-il.

« Putain.

– Ils sont venus ce matin.

– Ils savaient que je ne me trouvais pas dans le comté », dit Darren. Il ne parvint pas à chasser de son esprit l'idée que Wilson avait fourni cette information au procureur du comté de San Jacinto, et il ne prit pas la peine de cacher le ton accusateur de sa voix.

« S'il n'y a rien, pas de problème, dit Wilson. Vous n'avez aucune raison d'avoir peur.

– Il n'y a rien dans cette maison. »

Mais pourquoi la fouillaient-ils alors que le grand jury avait eu connaissance de toutes les preuves à charge contre Mack… et que les jurés étaient déjà en train de délibérer ?

De nouvelles accusations étaient-elles prises en compte ?

Des accusations contre Darren ?

À cette pensée, il fut paralysé par la panique.

« Pas de quoi vous inquiéter, reprit Wilson. Vous êtes un jeune homme intègre. Et j'avais énormément de respect pour votre oncle William. Voyons ce que le grand jury décidera sur l'autre affaire, et je verrai alors si je peux vous renvoyer sur le terrain, à la place qui vous revient,

Ranger. » Il avait, lui dit Wilson, témoigné de sa volonté de faire passer les faits avant ses sentiments, et son oncle aurait été fier de lui. Darren fut contrarié de cette référence, et il aurait pu répondre que William Mathews n'aurait jamais admis qu'une enquête sur le meurtre d'un Noir soit menée avec ce degré d'incertitude et de malaise, juste pour donner bonne conscience aux Blancs, compte tenu de la situation au Texas. Il aurait pu dire qu'il était certain d'avoir manqué à son devoir de poursuivre la vérité, aussi ardue et compliquée que fût sa tâche – un devoir transmis par les oncles Mathews qui l'avaient élevé. Mais il tint sa langue et prit son portable. Quand la dernière journaliste et son cameraman sortirent derrière les autres, Darren trouva un endroit tranquille et laissa un message sur le répondeur de sa mère, lui disant qu'il lui donnerait quelques centaines de dollars si elle se rendait dans la maison Mathews à Camilla et nettoyait le bordel laissé par les adjoints du shérif après leur visite. Il lui en promit encore plus si elle n'en disait rien à personne. Il ne voulait surtout pas inquiéter Clayton en lui apprenant que cette histoire avec Mack risquait de prendre un tour périlleux pour son neveu. *Il n'y a rien dans cette maison.* De plus, si Clayton apprenait que le département du shérif avait mis à sac une seconde fois la maison familiale, cela ne ferait qu'aggraver sa rancœur à l'égard de la police, et Darren ne voulait pas en entendre parler pour l'instant.

Lorsqu'il raccrocha, Van Horn le rejoignit dans le hall et lui dit d'un ton parfaitement indifférent: « Geneva Sweet peut rentrer chez elle à présent. »

Elle refusa sa proposition la première fois, car elle préférait attendre sa petite-fille. Mais après que Darren eut téléphoné à Faith – qui lui répondit que son aide serait la bienvenue, étant donné qu'elle avait gardé le café ouvert contre l'avis de sa grand-mère – Geneva finit par céder.

Devant le tribunal, il y avait encore des camionnettes de presse garées le long de la rue San Augustine, et quelques cameramen cherchant à capter une dernière image du tribunal qui rendît le bâtiment de brique plus majestueux qu'il n'était. Le nom de Geneva Sweet n'avait pas été mentionné une seule fois pendant la brève conférence de presse, et personne ne prêta attention à la femme noire de soixante-dix ans guidée par Darren qui, sans son chapeau, aurait pu passer pour son fils ou son neveu l'escortant gentiment jusqu'au parking.

Il voulut l'aider à monter dans le pick-up, mais elle repoussa sa main, et avec un grognement, parvint en marmonnant une prière à se hisser dans la cabine surélevée. Quand Darren eut contourné le véhicule pour se glisser sur le siège du conducteur, elle avait déjà bouclé sa ceinture de sécurité et mis les mains sur ses genoux. Il posa son Stetson sur la banquette entre eux et démarra.

L'effort de monter dans le Chevy l'avait un peu essoufflée et Darren, lui jetant un coup d'œil, remarqua le jeu de lumière sur son front luisant, et les boucles grises collées à sa peau comme des moucherons sur du papier tue-mouches. Elle régla le débit de l'air conditionné, puis resta immobile et silencieuse.

Ils s'engagèrent sur l'Interstate 87.

Darren se demanda s'il devait couper à travers le comté et prendre les petites routes pittoresques pour rentrer à Lark. Cette partie du Texas de l'Est était assez proche de la Louisiane pour que l'air s'imprègne d'humidité et de l'arôme moussu des chênes verts ; un cadre enchanteur qu'on ne se lassait pas de contempler. Mais il supposa que Geneva préférait la voie la plus rapide pour rentrer, et il tourna en direction de Timpson, où il bifurqua sur la 59, et roula vers le sud pour regagner Lark. Il respecta son silence pendant les premiers kilomètres. Mais à la fin, il sut qu'il devait dire quelque chose. « Je n'ai rien à voir avec votre arrestation », lui dit-il. Il voulait que cela soit bien clair. Mais il se trompait : elle ne desserra pas les mâchoires pour autant. Il ignorait ce qu'elle savait au juste sur l'arrestation de Keith ou le fait que le shérif Van Horn avait failli la relâcher la veille – y renonçant car Darren avait insisté pour obtenir plus de temps, ce qui lui avait valu de passer une nuit glaciale en prison. « Je ne vous voulais aucun mal dans cette affaire », dit-il, jetant un coup d'œil vers le siège passager, mais elle l'ignora. Elle ne hocha pas la tête, ne desserra pas les dents, et Darren sentit la colère monter en lui. Vieille ou pas, elle se comportait comme une enfant récalcitrante, entêtée et volontaire.

« Vous ne m'aimez pas beaucoup, dit-il.

– Vous connais pas. » Les mots jaillirent de nulle part, comme un rot fétide qui l'aurait prise au dépourvu. « Pas de raison d'avoir confiance, c'est tout.

– Je suis venu pour vous aider.

– Et voyez le bien que ça m'a fait », dit-elle en lissant le devant de sa jupe en coton mélangé, souillée pendant sa nuit en prison.

« Vous auriez été arrêtée pour Missy que je sois venu à Lark ou pas. Vous vous êtes mise dans cette situation par votre manque de franchise, en omettant de dire que vous aviez vu la jeune femme le soir de sa mort, alors même que vous saviez que le shérif cherchait à mettre ce crime sur le dos de quelqu'un », répliqua Darren, agrippant le volant au point de rentrer ses ongles dans ses paumes. « Si je n'avais pas braqué le projecteur sur Keith, vous seriez sans doute encore dans cette cellule, avec le procureur mettant un grand jury en demeure de vous y laisser.

– Eh bien, vous avez eu ce que vous vouliez, alors maintenant vous pouvez retourner là d'où vous êtes venu et mener votre petite vie tranquille, lâcha-t-elle, les yeux fixés sur la route. Nous autres on va devoir vivre dans cette région longtemps après votre départ.

– Ça veut dire quoi ? » répondit-il. Ses paroles avaient mis en alerte une partie de son cerveau. Il perçut dans sa voix une peur qu'il n'avait jamais entendue, il la sentit vibrer entre eux dans la cabine exiguë du pick-up. Il se tourna vers elle, essayant de déchiffrer son expression.

« Rien ne prouve que Keith soit coupable.

– Ah, il a assassiné cette fille, ça fait aucun doute. Ce fils de pute a privé mon petit-fils d'une mère qui veille sur lui dans ce monde. » Elle était figée sur son siège, très droite, vibrant de rage comme un fil sous tension. « Et vous êtes un idiot si vous pensez qu'il a pas tué aussi ce type noir. J'aime pas du tout que les gens débarquent ici, dans le village où nous vivions avant que vous soyez capable de pisser droit, et s'imaginent qu'ils ont tout compris. Vous et cette fille.

– Je suis né à San Jacinto, dit-il. Et cette fille a un nom. »

Randie.

« Je ne la connais pas, puisqu'elle est entrée dans mon café sans jamais faire preuve de respect pour moi.

– Elle a perdu son mari, Geneva.

– Elle n'est pas la seule. »

Joe.

Il craignit de prononcer le nom à voix haute, de peur de l'interrompre.

« J'ai aimé celui que Dieu m'a donné, dit-elle. Je savais qu'il était précieux. »

Elle se tut après cela, et Darren s'efforça de garder le silence. Mais il se sentait tenu de défendre Randie et ne comprenait pas en quoi la jeune veuve avait offensé Geneva. « Vous ne savez rien de son mariage avec Michael. » Il songeait à Missy et aux ragots, à ce que lui avait raconté Randie sur les autres femmes qui avaient peuplé leur vie de couple agitée.

Geneva haussa un peu les épaules, l'air indifférent.

« Je sais ce qu'il m'a confié, dit-elle. Et Missy m'en a parlé elle aussi.

– Missy ? »

Elle se détourna et regarda défiler derrière la vitre le paysage verdoyant mêlé de jaune d'or, sous le bleu constant du ciel. « Vous savez ce qu'elle m'a raconté de sa conversation avec Michael ce soir-là, où tout a commencé ? » Elle lui fit face, et leurs yeux se croisèrent au-dessus de la banquette. Darren sentit sa poitrine se nouer au niveau du sternum. Il était impatient d'entendre la suite.

« L'amour perdu. Mon fils ; la femme de Michael. On le leur avait arraché à tous les deux, d'une manière différente et pas pour la même raison. Missy avait vu chez Michael la même chose que moi, lorsqu'il est venu dans mon café. »

23

Il lui rappelait son fils.

Impossible de mettre le doigt dessus, mais l'âge était identique, même si l'apparence ou l'histoire personnelle étaient tout autres. Quand elle voyait un homme noir de cet âge, avec cette prestance particulière – une retenue dans la démarche, le charme discret du visage –, Geneva avait toujours un pincement au cœur. Lorsque Darren était entré la première fois dans son café, il lui avait aussi rappelé son fils.

Mercredi dernier, elle faisait tremper des haricots rouges dans la cuisine, et salait une dinde pour que Dennis la fume. Vers dix-sept heures cet après-midi-là, elle franchit la porte battante, s'essuyant les mains sur un pan de son tablier. Elle entendit tinter la clochette de la porte à l'instant où une chanson de Lightin' Hopkins démarrait dans le jukebox. *Have you ever loved a woman, man, better than you did yourself?* L'une des préférées de Joe, songea-t-elle en souriant avant de lever les yeux et de voir Michael Wright devant elle. Il portait un T-shirt et un jean noirs, et le reflet de la voiture de luxe qu'il avait garée dehors illuminait les fenêtres et l'enveloppait d'une chaleur ambrée. C'était le dernier jour de sa vie, elle le savait aujourd'hui, et l'instant s'était figé dans le temps pour toujours.

Il portait cette guitare dans son étui au cuir râpé après un demi-siècle. Huxley se tenait près du fauteuil d'Isaac où Tim se faisait couper les cheveux avant de repartir sur les routes. Ils étaient peut-être même en train de faire une partie de cartes sur l'accoudoir du fauteuil de barbier. Michael prit le siège de Huxley au comptoir, posant la guitare sur les deux autres tabourets.

« Vous jouez ? » demanda Geneva en lui tendant un menu en papier, qui servait aussi de set de table. Sans lui demander son avis, elle lui versa un grand verre d'eau.

« Non », répondit Michael, la fixant comme s'il essayait de décider quelque chose.

« Il avait presque la même couleur de peau que vous », dit-elle à Darren. Mais ses yeux étaient noirs, et il portait des lunettes à monture ronde en métal doré.

« Non madame, répéta Michael. Je n'ai jamais joué d'un instrument.

– Qu'est-ce que je vous sers ?

– Une assiette de poisson-chat.

– Quelle garniture ? »

Il jeta un coup d'œil au menu. « Euh… des petits pois et de l'okra à la tomate.

– Vous voulez boire autre chose que de l'eau ?

– Je prendrais bien une bière si vous en avez. »

Geneva ouvrit la vitrine réfrigérée qui contenait des bouteilles d'eau gazeuse et de bière en verre. Elle en sortit une Coors et l'ouvrit avec un décapsuleur accroché à la porte de la glacière avec une ficelle. Elle la tendit à Michael et cria à Dennis, dans la cuisine : « Envoie une assiette de poisson avec des petits pois et de l'okra. »

Il porta la bière à ses lèvres et elle vit son alliance.

Elle ne comprenait pas d'où il venait. La voiture était immatriculée dans l'Illinois, mais il y avait chez lui quelque chose de familier, une aura qui lui donnait l'air d'être en terrain connu dans cette salle de café au fin fond du Texas rural. Ou bien, si elle y repensait, c'était peut-être la guitare qui semblait être à sa place. Elle lui reposa la question : « Si vous jouez pas, pourquoi trimballer ça avec vous ? »

Il posa la Coors, manquant de peu le cercle humide déposé sur le menu par le cul de la bouteille. Relevant la tête, il examina son visage, laissant s'écouler plusieurs secondes, tandis que Lightnin' continuait de chanter. *Have you ever tried to give 'em a good home same time she act as a fool and left ?* Il tapota le haut de l'étui de la guitare.

« Elle appartenait à Joe Sweet, dit-il, guettant sa réaction. Joe "Petey Pie" Sweet. » Il la regarda contourner le comptoir pour venir ouvrir l'étui. C'était une 55 Les Paul, une beauté. Elle glissa les doigts sur le bois, surtout aux endroits où le vernis était usé – signes du temps. Michael la dévisagea en lui adressant un sourire avec un murmure de soulagement car il n'avait pas fait tout ce trajet pour rien. « Vous êtes sa femme ?

– C'est la guitare de Joe ?

– Oui madame. J'espérais la lui rendre, commença-t-il d'une voix un peu hésitante. Je veux dire, j'en avais l'intention, mais je comprends qu'il n'est plus de ce monde. Donc elle est à vous aujourd'hui.

– Comment vous connaissez Joe ? Vous allez pas me dire que vous êtes son fils perdu depuis toujours ou une connerie du même genre ? » Elle étudia longuement son nez et sa bouche.

« Non madame, répondit-il avec un petit rire. Il jouait avec mon oncle autrefois. Booker Wright. Ma famille vient de Tyler. » Il indiqua du menton les fenêtres en façade, comme si Tyler se trouvait juste derrière les arbres de l'autre côté de la voie rapide. « Booker a été le premier à quitter le Texas. Ensuite ma mère a épousé mon père, et ils ont suivi son frère dans le Nord, pour s'installer à Chicago et ne jamais revenir. Pour le meilleur ou pour le pire, j'ai oublié cette histoire de guitare. Je suis désolé d'avoir mis autant de temps à honorer la dernière requête de mon oncle. Il voulait vous la rendre.

– Booker.» Elle n'avait pas prononcé ce nom depuis des années. Elle se souvenait bien de lui, elle revoyait sa silhouette sur le seuil de l'ancien Geneva's, s'attardant assez longtemps pour donner à Joe la possibilité de changer d'avis, de sauter dans l'Impala avec lui et le reste du groupe. La séparation avait laissé entre les deux hommes une amertume qui avait perduré pendant des décennies. Joe avait envoyé une ou deux cartes postales. Mais les seules qu'on pouvait trouver dans le comté de Shelby représentaient des drapeaux du Texas ou des chênes verts, des lupins vivaces (la fleur du Texas), des pâturages et des vaches, ce qui ne fit qu'attiser les braises du ressentiment de Booker, furieux que le Texas rural lui eût pris le meilleur guitariste qu'il eût jamais connu – un homme qu'il considérait comme un frère, un ami. «Joe l'aimait beaucoup, dit Geneva.

– Je sais.»

Elle sourit à Michael, heureuse de revivre les moments de cette partie de son existence en entendant prononcer le nom de Joe Sweet. «Vous êtes sûr de pas l'avoir connu?

– Seulement par ouï-dire, répondit-il. J'aurais eu du plaisir à le rencontrer. Booker m'a parlé de vous et de Joe à l'époque. Un sacré coup de foudre.

– Joe disait toujours qu'un homme peut pas passer sa vie sur les routes.»

La porte de la cuisine s'ouvrit et Dennis arriva avec une assiette de filets de poissons panés dans la farine de maïs, saupoudrés de sel aromatique Lawry's, avec un mélange d'épices fabriqué par Geneva qu'elle gardait à part. Dennis posa l'assiette et fit glisser la sauce piquante sur le comptoir en direction de Michael. Pendant un moment, Geneva le laissa se restaurer en paix. Elle emporta la guitare et l'étui dans un box vide et les posa sur la table. C'était au-dessus de ce box que la guitare était suspendue aujourd'hui. Michael mangea de bon cœur et demanda une tranche de pain blanc pour essuyer le reste de sauce piquante, de graisse et de jus de tomate. Il but une autre bière et parut de bonne humeur, rassasié par un repas qu'il n'avait jamais eu l'occasion de déguster depuis son enfance. Il se tourna sur le tabouret en vinyle et regarda Geneva avec cette guitare.

«Je suis désolé d'avoir mis aussi longtemps à venir», dit-il.

Elle chassa cette pensée du geste sans quitter l'instrument des yeux.

«Vous avez une femme, votre vie à vivre.» Elle désigna son alliance. Michael se crispa. Il détourna le regard et fit tourner lentement le tabouret, sirotant sa seconde bière. Geneva perçut le changement plus qu'elle ne le vit, comme si un nuage avait englouti le soleil. Elle laissa l'étui dans le box, puis revint à son poste. Elle gagna du temps en débarrassant l'assiette de Michael et elle essuya le comptoir. «J'ai des beignets aux fruits.

– Non, merci madame.»

Il consulta sa montre, rompant le charme.

«Vous avez des enfants? demanda-t-elle.

– Non.

– Vous êtes marié depuis combien de temps?

– Six ans.

– C'est une longue période sans petits bouts à vos pieds.

– Ma femme voyage beaucoup», répondit-il. Il leva sa bouteille de bière pour signaler qu'il en désirait une autre, puis il se ravisa. Il la reposa devant lui et gratta l'étiquette avec l'ongle de son pouce. «Pour son travail.» Il éprouva le besoin d'expliquer. «Elle réussit d'une manière incroyable, et je ne le lui reproche pas. Et je ne me vois pas quitter mon poste pour la suivre de mission en mission à travers le monde. Ce ne serait pas juste de lui demander d'y renoncer pour moi, je le sais. Mais dites-moi, madame. Peut-être que j'ai tout compris de travers. Je croyais que c'étaient les hommes qui ne se fixaient jamais.

– Les gens font ce qu'ils veulent – homme ou femme, qu'importe. »

Il y avait dans ses paroles une accusation voilée qui le mit sur la défensive.

« C'est une femme bien, et je suis loin d'être parfait, dit-il. En fait, je ne sais pas si je l'ai trompée parce qu'elle n'était pas là ou si elle s'en allait parce que je la trompais. Je sais juste que nous avons tout gâché d'une manière que je ne comprends pas vraiment. Nous nous sommes aimés autrefois. Je l'aime encore. »

En écoutant le récit de Geneva, Darren eut un coup au cœur. Le couple de Michael et Randie ressemblait au sien avec Lisa, mais les sexes étaient inversés. Darren était celui qui voulait vagabonder, qui était incapable de fonder un foyer. *Les gens font ce qu'ils veulent – homme, femme, qu'importe.* Randie et Darren en savaient-ils vraiment plus qu'ils ne voulaient bien l'admettre l'un ou l'autre ?

Au Geneva's, Michael renonça à sa bouteille de bière et demanda s'il y avait un endroit où il pouvait boire quelque chose de *sérieux*. Geneva l'avait mis mal à l'aise, et il cherchait une porte de sortie. Elle lui répondit que le seul bar se trouvait un peu plus loin sur la route, et qu'il ferait mieux de ne pas y mettre les pieds. Ses paroles avaient un ton acrimonieux qu'il ne reconnaissait pas. « Vaut mieux pas fréquenter le bar de Wally », dit Huxley qui venait du salon de coiffure d'Isaac pour se verser une autre tasse de café. Il retourna à sa partie de cartes, et Michael, mettant de côté sa propre émotion, interrogea Geneva sur sa vie. « Vous avez eu des enfants avec Joe ?

– Juste un garçon, dit-elle. On a essayé d'en avoir un autre. Mais aucun voulait s'accrocher. Alors on a juste aimé la famille que Dieu nous avait donnée.

– Joe est mort dans un cambriolage ? »

Geneva acquiesça. « Le premier soir où je l'ai laissé seul. Avec mon fils, Lil' Joe, sa femme Mary et leur fille, Faith, on était allés à Dallas acheter une robe à la petite pour son bal de fin d'études, et trois hommes sont entrés après minuit. Ils ont volé la recette de la semaine et abattu mon mari de sang-froid. » Elle replia le chiffon avec lequel elle avait essuyé le comptoir et le rangea à portée de main. Les muscles de ses épaules et de son dos contractés par le chagrin et l'anxiété que ce récit avait fait resurgir.

« Terrible, ce qui s'est passé », dit Huxley, et Geneva et Michael se rendirent compte que tout le monde les écoutait. La tondeuse d'Isaac s'immobilisa à deux centimètres du crâne de Tim.

« Isaac a tout vu », dit-il.

Le coiffeur se racla la gorge et se remit au travail. « Je sortais la poubelle derrière le café quand ils sont entrés par la porte de devant. » Geneva baissait la tête, et Isaac poursuivit sans se soucier des sentiments de la vieille femme, ou incapable d'y prêter attention. Happé par son souvenir, il revivait le danger de l'instant, l'héroïsme dont il avait fait preuve. « J'ai entendu un coup de feu. *Pan!* Comme un coup de tonnerre, ou une carabine. Et quand je suis arrivé de la cuisine, je les ai vus démarrer dans leur voiture. » Il désigna la voie rapide qu'on distinguait par les fenêtres, derrière la pompe à essence et la BMW noire de Michael, qui se tourna pour suivre son regard.

« C'étaient trois hommes blancs. M. Joe était couché là, baignant dans son sang », continua Isaac, indiquant un endroit derrière le comptoir, près de la caisse et du tabouret où Michael était assis. « C'est moi qui ai appelé la police. »

Michael posa les yeux sur le sol, se tourna vers les fenêtres, puis vers Isaac. « Comment saviez-vous qu'ils étaient blancs ?

– Pardon ? » répondit Isaac en rallumant la tondeuse, disant à Tim de baisser la tête pour qu'il dégage bien la nuque.

« Vous avez dit qu'il faisait nuit. » Michael regarda Geneva pour en avoir confirmation. « Et vous les avez vus partir. Donc, comment saviez-vous qu'ils étaient blancs ? »

Darren avait posé la même question. Il avait trébuché sur la même incohérence de l'histoire, que Geneva refusa cette fois encore de reconnaître, écartant les questions de Darren comme auparavant celles de Michael, déclarant que le shérif était venu pour tout vérifier, et que ça n'avait plus aucune importance désormais puisque ses deux hommes étaient au cimetière.

Dès qu'il se gara dans le parking du café, Darren vit deux véhicules familiers. La voiture de location bleue de Randie et l'énorme pick-up Ford de Wally, dont les pare-chocs chromés étincelaient au soleil, créant un effet de halo incandescent qui lui brûla les yeux. Darren insista pour aider Geneva à descendre, refusant de tenir compte de ses protestations. Il lui prit délicatement le coude et l'accompagna jusqu'à la porte d'entrée. En dépassant la Ford bleue que Randie conduisait depuis plusieurs jours, il glissa un coup d'œil rapide à l'intérieur, sans savoir ce qu'il cherchait, mais surpris de découvrir son bagage en cuir calé sur le siège avant, et le sac photo posé dessus. L'heure avait sonné. Elle repartait. Darren ne tarderait pas à l'imiter, aujourd'hui, sans doute. Le mystère qui planait sur les dernières heures de la vie de Michael Wright – un homme que Darren avait fini par connaître et comprendre, et qui avait, comme lui, passé son enfance dans le Texas de l'Est – lui avait glissé entre les doigts. Il avait échoué à dénouer les fils de ce drame d'une manière qu'il ne parvenait pas à définir, obsédé par l'idée qu'ils s'étaient trompés de coupable.

À l'intérieur du café, Wally était derrière le comptoir, prenant une bière dans la vitrine réfrigérée. Il la décapsula avec l'ouvre-bouteille en plastique suspendu à la porte du frigo, but une gorgée, et salua de la tête Geneva et Darren qui entraient, comme s'ils venaient juste se mettre à l'abri du soleil dans son salon, et qu'il les attendait avec des boissons fraîches pour leur faire la conversation. Il gesticula avec sa bière en direction du morceau de carton taché recouvrant la porte d'entrée, que la minuscule clochette en cuivre venait de heurter avec un son étouffé. « J'ai un ouvrier qui vient demain à la première heure pour réparer cette porte », lança-t-il à Geneva. Ce n'était pas encore l'heure du déjeuner, et Wally avait déjà un sacré coup dans le nez, et le teint enflammé d'un ivrogne.

« Cette porte sera réparée quand je l'aurai décidé », répliqua Geneva.

Une réaction neutre, dénuée de reproche et de honte. Elle attendait simplement qu'il reprenne ses esprits et fiche la paix à son tiroir-caisse. Elle n'eut pas besoin de le répéter. Wally regagna la salle du café, la croisant alors qu'elle s'apprêtait à reprendre la place qui lui revenait de droit derrière le comptoir, face à la Route 59. Lorsqu'ils furent à quelques centimètres l'un de l'autre, Wally lui attrapa le bras. Un geste possessif, contredit par l'expression désespérée de ses yeux qui la suppliaient de lui accorder la faveur muette qu'il attendait. Le regard qu'ils échangèrent embrasa l'atmosphère de la pièce. Darren le perçut, ainsi que l'éclair menaçant qui traversa le visage de Geneva quand elle se dégagea de son étreinte et l'écarta pour passer. Wally resta figé sur place, la regardant une bonne minute avant d'aller se percher sur un des tabourets rouges, à deux sièges de Huxley, qui était installé à sa place habituelle avec une tasse de café et son journal. Wendy était dans l'un des boxes près de la fenêtre, sous la guitare Les Paul de Joe. Elle faisait une partie de solitaire compliquée qu'elle avait inventée, avec des pièces de jeux de dames et deux paquets de cartes. Elle entreprit d'extraire son corps vieillissant du box pour saluer Geneva en bonne et due forme, mais celle-ci lui dit de ne pas prendre cette peine. Elle ne toucherait rien ni personne avant de rester au moins un quart d'heure sous une douche bien chaude. Elle avait posé la main sur la porte de la cuisine quand Wally parla de nouveau. « Lark pourra dormir sur ses deux oreilles cette nuit, avec un tueur de sang-froid derrière les barreaux.

– On est fermés, Wally », annonça Geneva, coupant court à toute autre conversation.

Et lorsqu'il regarda autour de lui la nourriture exposée, les clients en train de manger, l'activité débordante du café, elle ajouta impassible : « Je viens de le décider. »

Il sourit, comme si cette femme ne manquait jamais de le divertir.

Il but une autre gorgée de bière en guise de remontant contre la faiblesse qui s'était emparée de lui un peu plus tôt, étalant au grand jour une nostalgie de ce qu'il aurait voulu obtenir de Geneva. Il tripota le diamant de son alliance, déployant ses jambes pour les croiser sous le comptoir, une paire de bottes en croco cornu jaillissant des jambes de son Wrangler noir. « J'espère qu'y a pas d'rancune entre nous. »

Geneva s'arrêta sur le seuil de la cuisine, l'air méfiant.

Wally haussa les épaules, comme si ça n'avait guère d'importance. « Je devais la vérité au shérif à propos de ce que j'ai vu : Missy est venue chez vous le soir où elle a été tuée. »

Darren s'avança. « Vous l'avez raconté à Van Horn ?

– Je lui en ai peut-être touché un mot au début, quand il fallait envisager toutes les éventualités. Parker posait des questions, c'est tout. »

Huxley descendit aussitôt de son tabouret, comme si la trahison était contagieuse. Il s'éloigna à plusieurs mètres de Wally, s'asseyant en face de Wendy dans son box.

Darren s'installa à la place qu'il avait libérée, regardant Wally bien en face.

Il secoua un peu la tête, comme s'il essayait de libérer une pensée, la graine du doute encore logée dans un recoin obscur de son esprit.

« Non, dit-il. C'était l'autopsie.

– Oui, c'est ce qui l'a confirmé, dit Wally. La nourriture et le reste. »

Il regarda Geneva debout derrière le comptoir, et se drapa dans son indignation pour faire face aux représailles. « Mais écoutez, Van Horn sait que je vis depuis près de cinquante ans de l'autre côté de la voie rapide, en face de ce café, et que je vois absolument tout ce qui s'y passe depuis la fenêtre de mon salon.

– J'ai dit que j'étais fermée », répéta Geneva. Puis, dans un accès de colère, elle poussa la porte battante, hurlant : « Où est Faith ? » La porte claqua, emportant l'écho de ses paroles dans un courant d'air chaud au parfum d'ail et de feuilles de laurier. Wally parut satisfait de cet échange. Il avait le sourire aux lèvres car elle ne l'avait pas chassé, ni frappé, ni banni de son établissement. Il aspira le fond de sa bière et rota avant de se tourner vers Darren.

« Tout s'est passé au mieux, lui dit-il. Vous avez mis les deux meurtres sur le dos de Keith, et maintenant vous pouvez quitter ce petit village comme vous l'avez trouvé. »

Il se redressa de toute sa hauteur, un mètre quatre-vingt-sept, à peine un peu plus petit que Darren. Il tapota le comptoir en Formica de ses poings fermés, puis ouvrit la porte et sortit.

Darren le regarda partir.

Il tourna sur son tabouret et suivit chacun de ses mouvements, le voyant monter dans la cabine du Ford, puis faire marche arrière avec son gigantesque camion et rejoindre la 59, traversant la voie rapide pour franchir la petite distance entre le café Geneva's et sa porte d'entrée. Qu'avait dit Wally ? Qu'il habitait depuis un demi-siècle en face de Geneva's, de l'autre côté de la route, et voyait tout ce qui s'y passait depuis sa fenêtre. Darren jeta un coup d'œil aux habitués du Geneva's, Huxley et Wendy. « Ils n'ont jamais retrouvé les coupables ? demanda-t-il.

– Vous parlez de Keith ? répondit Wendy en fronçant le front sans comprendre.

– Non. Les types qui ont tué Joe Sweet. »

Huxley croisa le regard de Wendy, et d'un commun accord, ils observèrent un instant de silence. Un sens inné des convenances l'imposait. Wendy le rompit la première, avec un léger sifflement, une *blue note* qui resta suspendue dans l'air, un appel qui exigeait une réponse. « Quoi ? » dit Darren, les fixant tour à tour.

Wendy secoua la tête. « Nan. Ils ont jamais attrapé personne.

– Enfin, cette histoire a jamais tenu la route », dit Huxley, excité à l'idée d'aborder un sujet tabou, le souffle entrecoupé, les mots se bousculant sur ses lèvres.

« Tout' cette affaire a jamais tenu la route, reprit Wendy. On a un seul shérif, et il a bouclé l'enquête avant que Geneva ait enterré Joe.

– Tout ça n'a ni queue ni tête, commenta Darren.

– C'est juste », approuva Huxley.

Darren jeta un coup d'œil au fauteuil du barbier, qui était vide, ainsi que le box où il coupait les cheveux. Il se rendit compte qu'il n'avait pas vu cet homme depuis le soir où la porte du Geneva's avait été mitraillée. « Vous pensez qu'Isaac a menti ?

– Oh, Isaac est un foutu crétin, répondit Huxley. C'est le shérif qui a dit que trois hommes blancs avaient tiré, Isaac a fait que répéter la même chose.

– En tout cas ce qu'Isaac a vu cette nuit-là lui a fichu la trouille, dit Wendy. On a l'impression que toute l'affaire a été enterrée avec Joe.

– Personne a osé en parler avant l'arrivée de ce type noir.

– Michael ? » dit Darren.

Il sentit un bourdonnement dans sa poitrine, une vibration de plus en plus rapide, comme l'arrivée d'un train, d'une locomotive lui signalant qu'il approchait du but.

Huxley hocha la tête.

« Geneva a jamais voulu en parler, dit Wendy.

– Pas changé d'avis ! » Ils l'entendirent pousser la porte de la cuisine.

Elle entra, encore vêtue des habits qu'elle avait portés en prison. « Cette fille vous cherchait derrière le café, dit-elle d'une voix neutre. J'suppose que vous allez tous partir bientôt. » Elle prononça ces mots comme si elle avait tout son temps pour attendre ici de les voir s'en aller.

« Qu'est-ce que Van Horn vous a dit sur ce qui est arrivé à Joe ? demanda Darren.

– Pourquoi vous remettez ça sur le tapis ?

– Quelque chose ne colle pas, vous ne croyez pas ? Dans le récit d'Isaac.

– On vit avec ça depuis six ans, répondit-elle. C'était un cambriolage. »

On avait raconté la même chose à Randie à propos de son mari quand elle était arrivée dans le comté de Shelby.

« Et vous ne trouvez pas bizarre, insista Darren, que cela soit arrivé précisément le soir où vous avez laissé Joe seul dans le café ?

– Je vois pas c'que ça change, à moins que vous essayiez de dire que c'était ma faute, dit Geneva. Et si vous pensez que je porte pas ce fardeau depuis des années, alors vous êtes pas seulement méchant, mais aussi foutrement stupide.

– Je dis que c'est presque comme si quelqu'un savait quand frapper, quelqu'un qui verrait tout ce qui se passe ici depuis la fenêtre de son salon. »

Il vit à l'expression de son visage qu'elle avait brusquement compris ce qu'il sous-entendait par là, et qu'elle refusait de le croire. « Laissez tomber, OK? » Elle était gagnée par la colère, mais Darren perçut autre chose en elle, une terreur sourde et tenace.

« De quoi avez-vous aussi peur ?

– J'ai pas peur », répliqua Geneva, et c'était peut-être vrai, ou du moins, il ne s'agissait pas de la peur qu'il avait imaginée. Sans doute la bouffée de malaise qu'il avait perçue venait-elle plutôt d'un accès aigu de prudence, de la crainte de se heurter aux barbelés que le temps avait déployés autour de son cœur pour y enfermer l'espoir. « Je vis dans cet État depuis plus longtemps que vous, et je sais comment ça marche pour des gens comme moi. »

Elle avait renoncé à la vérité, comme Randie.

Il était attristé et furieux de porter un insigne qui ne voulait rien dire aux yeux de ces deux femmes, et de constater que la justice et le désespoir étaient si inextricablement liés que le plus souvent, se battre pour l'une ne valait pas l'effort de supporter l'autre.

« Montrez-lui la carte que l'homme vous a donnée », dit soudain Huxley.

Geneva écarta l'idée d'un geste.

Il la regarda, sachant qu'il s'avançait sur un terrain glissant, mais il continua néanmoins. « Cet avocat, ce Michael. Il a laissé à Geneva la carte d'une boîte qui étudie de vieilles affaires, des gens qu'il connaissait à Chicago.

– Vous l'avez encore ? » demanda Darren.

Geneva haussa les épaules, mais Huxley fit lui-même le tour du comptoir pour retirer une carte de visite qu'on avait glissée sous un coin de la caisse. Il la tendit à Darren, qui examina les lettres gravées : LENNON & PELKIN ORGANISME D'ENQUÊTE. Il regarda Geneva, qui poussa un gros soupir.

24

C'était un cabinet de détectives privés géré par deux ex-flics qui avaient, au cours des années, été engagés de nombreuses fois par une branche privée du Projet Innocence dirigé par un ancien professeur de droit de l'université de Chicago. Après quelques coups de téléphone et une recherche approfondie sur Google, Darren comprit pourquoi Michael Wright avait suggéré à Geneva de faire appel à eux. En étudiant les cas d'hommes et de femmes le plus souvent noirs ou latinos qui avaient été accusés à tort et souvent incarcérés pendant des décennies, les deux enquêteurs avaient découvert un schéma : pour chaque histoire d'une épouse, d'une sœur ou d'une mère noire pleurant un homme emprisonné pour un crime qu'il n'avait pas commis, il y avait une mère, une sœur, une épouse, un mari, un père ou un frère pleurant un être cher pour lequel *personne* n'avait été incarcéré. Pour les Noirs, l'injustice venait des deux côtés de la loi, c'était une arme à double tranchant. Lennon et Pelkin avaient mis sur pied tout un secteur de leur agence pour enquêter sur des meurtres irrésolus où la race jouait un rôle – comme si la race de la victime donnait des semelles de plomb aux autorités locales, ralentissait le rythme de l'enquête et finissait par émousser leur curiosité au point de les plonger dans l'inertie. Le *New York Times* avait publié un article sur le profil de l'agence et de ses fondateurs, et sur les quelques crimes restés en suspens qu'ils avaient déterrés et résolus. Michael avait proposé à Geneva un moyen de trouver l'assassin de Joe Sweet.

Darren était sorti devant le café pour téléphoner, et se demanda si Wally savait que Michael avait posé des questions sur la mort de Joe Sweet pendant les heures précédant son décès ; il se demanda où Wally avait passé la soirée au terme de laquelle Michael avait été assassiné. La question lui parut urgente, et il cherchait déjà ses clés de voiture quand il leva les yeux de son portable et vit Randie qui s'approchait de lui. Elle tendit la main pour lui toucher l'avant-bras.

« Ils en ont terminé avec le corps, dit-elle. Je ramène Michael à la maison.

– Ne partez pas. » Il l'avait dit avant d'y avoir réfléchi. Il eut l'impression de lui demander sa permission ou son approbation alors qu'il avait un devoir envers Michael, mais aucun envers Randie ; la justice ne requérait pas le consentement de ceux qui restaient.

« C'est fini, Darren, dit-elle. Je voulais…

– Randie.

– Merci, Darren. J'apprécie tout ce que vous avez essayé de faire pour moi, pour Michael. Je ne comprends pas cet endroit, cet État, mais Michael, si. Il aurait respecté ce que vous essayez d'accomplir ici. Il se serait entendu avec vous.

– Randie, attendez.

– Je ne peux pas, dit-elle. Je n'ai plus rien à faire ici. » Elle se dirigea vers la portière de sa berline bleue. Il la retint, lui attrapant le bras gauche.

« Je pense que Keith a dit la vérité sur Michael. »

Le visage de Randie se durcit alors qu'elle se dégageait de son étreinte. « Arrêtez avec ça.

– Je pense que ce n'est pas lui qui l'a tué.

– Je n'en peux plus, Darren, répondit-elle en ouvrant la portière de sa voiture de location.

– Et si la mort de Michael n'avait rien à voir avec Missy Dale ?

– Et alors ? » répliqua-t-elle, sa voix se changeant en cri, ses yeux bruns enflammés par la rage. « Alors pourquoi mon mari est-il mort, Darren ?

– Joe Sweet. »

Elle le regarda sans comprendre. L'espace d'une seconde, elle parut avoir oublié le nom, la guitare, l'histoire d'amour, la raison pour laquelle Michael avait pris la Route 59 pour se rendre dans le Texas de l'Est. Et lorsque le nom lui revint enfin, elle fut terrassée par l'épuisement, comprenant ce que Darren lui demandait d'endurer. D'autres questions insolubles se poseraient, alors qu'elle pouvait simplement monter dans sa voiture et s'en aller.

« Michael a interrogé Geneva sur la nuit où Joe Sweet a été assassiné.

– Et alors ? » Elle ouvrit la portière plus largement, pour mettre une barrière entre eux.

« Donc quelqu'un en ville aurait pu avoir une raison de s'en prendre à lui. »

Darren jeta un coup d'œil derrière lui, en direction du Monticello de Wally, de l'autre côté de la voie rapide, réfléchissant à la manière de procéder pour confirmer son intuition.

« Restez ou partez, lui dit-il. Moi, je vais aller jusqu'au bout. »

Il voulait savoir une chose : les chemins de Wally et de Michael s'étaient-ils croisés la nuit de sa mort ? Le bar de Wally était le dernier endroit où Michael avait été vu avant d'être tabassé sur cette route de terre. Darren voulait retracer tous les déplacements de Wally cette nuit-là. Il traversa la 59 et franchit le portail du manoir. Personne ne vint lui ouvrir la porte d'entrée, bien que l'énorme pick-up de Wally fût rangé dans l'allée circulaire. Darren s'était garé juste derrière. Il appuyait une troisième fois sur la sonnette quand il entendit des bruits derrière la maison. Des pas dans les feuilles mortes, puis une porte qui s'ouvrait et se refermait. L'écho se répercuta à travers les chênes qui se dressaient comme des fantômes autour du manoir, leurs épaisses branches projetant des ombres noires sur le toit. « Wally ! » appela Darren. Personne ne répondit, et il commença à faire le tour de la maison, se retrouvant nez à nez avec le labrador noir attaché. L'animal tira sur sa chaîne, aboyant et montrant les crocs. Il s'approcha si près que Darren sentit la chaleur moite de son haleine à travers le tissu de son pantalon. Il évita le chien, se plaquant contre la surface rugueuse du mur en brique rouge lui entamant le milieu du dos.

« Wally ! » appela-t-il encore, pensant qu'il était peut-être dans l'arrière-cour.

Mais seul le silence lui répondit. Il n'y avait pas un bruit, excepté le bruissement des feuilles volant sur le sol et le battement d'ailes des oiseaux s'élevant des arbres comme s'ils pressentaient qu'il allait se passer quelque chose de grave. Darren le perçut lui aussi, dans le calme inquiétant qui régnait autour de lui.

Le terrain derrière la maison ressemblait plus à une forêt sauvage qu'à un jardin paysager. Il était envahi par les racines noueuses d'une famille de chênes verts. Les pins traditionnels du Texas de l'Est montaient la garde au nord et au sud, le long de la propriété. Il y avait quelques bâtiments, des petites structures couvertes de feuilles mortes et de pommes de pin squelettiques ; une étroite serre qui servait aussi à ranger des outils, et un hangar plus vaste dont le bois gris terne était érodé par le temps. Ses portes étaient largement entrebâillées et le cadenas de sécurité ouvert, suspendu au loquet comme un ornement inutile. Darren vit sur le sol devant l'entrée quelque chose qui le pétrifia sur place. Il y avait des traces de pneus qui disparaissaient dans l'obscurité, de l'autre côté des portes en bois.

Où est la voiture ?

Il se posait la question depuis des jours. C'était la pièce manquante qui l'avait convaincu que Keith Dale disait sans doute la vérité. Darren ne savait pas plus déchiffrer les empreintes de pneu que lire dans les feuilles de thé. Mais il eut l'intuition troublante de ce qu'il allait découvrir à l'intérieur. Il poussa une des portes, tressaillant à cause de l'effroyable grincement des gonds rouillés. C'était, se souvint-il, le son qu'il avait entendu quand il se trouvait devant la porte d'entrée de l'autre côté de la maison.

Avant que ses yeux s'adaptent à l'obscurité, il perçut le bruit d'un pistolet qu'on armait, et il sut qu'il n'était pas seul. Grâce aux minces rayons de lumière qui filtraient par les trous du toit et au tourbillon de poussière suspendu dans l'air, il vit Isaac plaqué contre le mur du fond, braquant un minuscule pistolet sur lui. Darren tendit la main vers son Colt, mais sans lui laisser le temps de le sortir de son étui, Isaac tira. La balle passa au-dessus de son épaule, le ratant de peu. Darren tendit une main devant lui et de l'autre, saisit son .45. «Isaac, baissez votre arme. »

Isaac tira encore, faisant voler en éclats une latte de la porte.

Darren entendit une femme hurler dans la villa.

« Wally, quelqu'un est en train de tirer dehors ! »

Ils étaient donc à la maison, pensa-t-il.

Il se représenta le petit garçon à l'intérieur et sentit ses jambes se dérober sous lui.

« Wally va pas aimer ça », marmonna Isaac.

Darren leva les mains en l'air. « Dites-moi juste ce que vous avez vu, Isaac. »

Le barbier semblait terrifié, les yeux écarquillés, injectés de sang. Il avait peut-être pleuré. Il se rapprochait de la porte pendant que Darren se tenait à distance, de telle sorte qu'ils semblaient évoluer au rythme d'une danse étrange, décrivant des cercles lents qui s'achevèrent en une pirouette, Isaac se retrouvant sur le seuil, et Darren au fond du hangar, vide à l'exception de vieux pots de peinture. La BMW, à supposer qu'elle eût été garée à l'intérieur, avait disparu à présent. Isaac battit en retraite dans la lumière, se glissa dehors et partit en courant.

Darren empoigna son arme et s'élança à ses trousses.

« Isaac, je ne vous veux aucun mal, mec ! »

Mais l'homme était agile et avait l'avantage de mieux connaître les environs. Il disparut dans les bois alentour et Darren le perdit de vue aussitôt. Il repartait en direction de la porte arrière de la maison quand il tomba sur Wally, qui leva les mains en l'air avec un sourire en coin, les yeux fixés sur l'arme du Ranger.

« Où est la voiture, Wally ?

– Je n'ai pas tué ce gars de Chicago.

– Où est cette putain de bagnole ? »

Darren entendit un véhicule se garer dans l'allée de l'autre côté de la maison. Une portière s'ouvrit, puis claqua en se refermant, des pas lourds s'approchèrent, et un adjoint du shérif apparut à l'angle de la villa, s'approchant tout essoufflé. Le sourire de Wally s'élargit, et Darren comprit qu'il avait orchestré cette mise en scène à son intention. « Baissez votre arme, monsieur », ordonna l'adjoint, son propre pistolet tremblant dans sa main.

« Il essayait de me tuer, déclara Wally.

– Baissez votre arme, je vous dis !

– Vous parlez à un Ranger du Texas », dit Darren. Il voulait lui montrer son insigne mais craignait de faire un mouvement brusque. « Appelez Van Horn et dites-lui que je tiens l'assassin ici même.

– Il est en route, répondit l'adjoint. Laura a appelé à propos d'une fusillade, d'un intrus... Le shérif a envoyé quelqu'un à sa recherche sur la 59.

– Est-ce que vous pouvez prier ce type de baisser l'arme qu'il pointe sur moi ? dit Wally.

– Cet homme est en état d'arrestation », répliqua Darren.

L'adjoint les regarda tour à tour. Il braquait encore son revolver sur Darren, ne sachant pas à qui se fier. Le talkie-walkie fixé à sa ceinture émit un son strident. Il le prit, et ils entendirent tous les trois une voix qui disait : « Shérif, ici Redding. Nous avons toujours un avis de recherche pour cette BMW dernier modèle, noire ? »

La voix de Van Horn retentit sur la ligne ouverte. « Affirmatif. »

Darren eut un frisson quand il entendit Redding annoncer : « Nous l'avons interceptée en direction de la limite du comté à la sortie de Lark. Daniels et Armstrong ont interpellé le conducteur. L'épouse est encore au café, là-bas. Ils sont en route avec la voiture. »

Dans un comté où les scanners de police étaient légion, la nouvelle s'était répandue comme une traînée de poudre. Lorsque Darren se gara dans le parking du Geneva's, il y avait déjà une foule qui montait la garde devant le café. Geneva et Dennis, Huxley et Faith, et plusieurs clients du Geneva's. Wendy. Et Randie. Elle l'avait donc attendu. La brise de la fin d'après-midi soulevait les feuilles éparses et la poussière rouge des champs avoisinants. Elle frissonnait, la tête tournée vers le parking. Elle croisa le regard de Darren, et il faillit aller vers elle pour lui prendre la main. Mais il resta près de son pick-up avec Wally et l'adjoint qui les avait trouvés derrière la villa. M. Jefferson, ainsi que l'appelait le jeune adjoint, avait consenti à monter à l'avant de la voiture de patrouille. Le flic avait des questions à poser sur ce qu'il avait vu, et devait retrouver Van Horn ici. Le véhicule d'un adjoint arriva le premier, conduit par celui qui s'appelait Daniels. Darren entrevit la forme d'Isaac derrière les grillages à l'arrière. Il baissait la tête et ne regardait personne. Puis, moins d'une minute plus tard, la BMW noire se gara devant le café. En la voyant, Randie flageola sur ses jambes. Geneva se précipita pour la soutenir et lui éviter de s'effondrer sur le béton. L'adjoint qui s'appelait Armstrong l'avait pilotée jusqu'ici. Le jeune homme au cou trapu, aux épaules de joueur de ligne défensive, descendit du véhicule et s'approcha de Van Horn, qui était arrivé peu avant Darren et Wally. « C'est la voiture de cet homme, n'est-ce pas ? demanda-t-il. Celui qu'on a sorti du bayou ? »

Randie s'arracha à l'étreinte de Geneva et courut vers la voiture de police où se trouvait Isaac, martelant de ses poings les vitres latérales. « Qu'est-ce que vous avez fait ? » Wally resta de marbre, la regardant courir d'un côté à l'autre de la voiture, tandis qu'Isaac essayait de se cacher au fond du siège. La voix de Randie, réduite à un chuchotement rauque, ressemblait à une corde de piano tendue au point de craquer, incapable d'émettre un son. « Qu'est-ce que vous avez fait ? » Darren la rejoignit, et à cet instant seulement, elle détourna les yeux d'Isaac et pressa le visage contre sa poitrine en pleurant, saisie à nouveau par la douleur vive et crue des premières heures du deuil. Van Horn la regarda, puis se tourna vers le petit homme noir à taches de rousseur, à l'arrière de la voiture de police. « Emmenez-le d'ici. »

25

Il avait assisté à toute la scène. Keith Dale traînant Michael hors de sa voiture, les premiers coups de poing, et Missy criant comme si elle avait le diable à ses trousses, hurlant à Keith d'arrêter tout de suite. Il avait vu le sang, et Michael se remettre debout, chancelant, puis le moment où Keith était allé prendre le madrier dans son pick-up, ce qui avait changé la donne. Isaac avait tout vu à la faveur de la nuit, caché derrière le bosquet de pins et de peupliers entre la route de terre et l'arrière du bar. Il savait aussi qu'aucun habitant noir de Lark ne se ferait prendre près du Jeff's Juice House, devenu le repaire des ploucs blancs. Il n'en avait pas toujours été ainsi. Autrefois, quand il était gamin, on pouvait entrer pour boire un Coca si on en avait envie. Il y avait même du jus de raisin Nehi quand Geneva était à court. L'endroit n'était pas vraiment chaleureux, mais on ne risquait pas de se faire écorcher vif juste parce qu'on le fréquentait. Maintenant il y avait des Blancs tatoués au crâne rasé là-dedans, qui le glaçaient de la tête aux pieds. Mais il savait que Wally voudrait qu'il lui parle du type qui était allé au Geneva's, et des questions qu'il avait posées sur Joe Sweet. Isaac avait donc décidé d'aller trouver Wally dans l'arrière-cour de son bar pour lui dire que s'ils intervenaient rapidement ils éviteraient les ennuis.

Il était alors tombé sur le type tabassé à moitié mort, à genoux, un vrai coup de chance, une opportunité qui avait atterri devant lui comme un don du ciel. Dissimulé dans la broussaille et les arbres longeant la route, il avait vu Keith Dale lever ce madrier pour l'abattre sur la tête de Michael, entendu Missy hurler « Il me raccompagnait à la maison, c'est tout ! ». Et comme Keith ne lâchait pas son arme, elle avait dit : « Fais-le et tu devras me tuer moi aussi. Tu pourras peut-être justifier la mort d'un seul homme, mais t'es pas assez malin pour t'en tirer avec deux meurtres. » Keith avait lâché le madrier et était remonté dans son camion, traînant Missy avec lui. Il l'avait pratiquement jetée sur le siège avant de faire le tour pour se mettre au volant, sans cesser de grommeler. Au bout de quelques minutes ils étaient partis.

« Qu'est-ce que vous avez fait ? » demanda Darren.

Il était de retour dans la petite salle d'interrogatoire du département du shérif à Center. Au début, Isaac avait refusé de s'asseoir, comme s'il tenait à s'infliger sa propre punition. Mais l'entrevue, ajoutée au fardeau de ce qu'il devait avouer, l'avait épuisé. Il s'était effondré dans un coin de la pièce, le dos tassé entre deux murs miteux. Darren s'était accroupi devant lui pour croiser son regard.

« Il était déjà à terre quand je l'ai trouvé », dit Isaac, entraînant peu à peu Darren dans le fouillis de ses pensées cette nuit-là. Il n'était pas sûr d'avoir le temps d'aller jusqu'à chez Wally pour lui rapporter les questions qu'avait posées Michael, qui paraissait savoir ce qu'ils avaient fait, et connaître le secret que Wally et lui avaient gardé toutes ces années. Et si, pendant le temps qu'il faudrait à Isaac pour courir sur la route et aller chercher Wally, Michael reprenait ses esprits, remontait dans sa voiture et se rendait aussitôt chez le shérif à Center ? Wally tiendrait sûrement Isaac pour responsable de ce gâchis, et qui sait ce qui se passerait ensuite ? Il était aussi inquiet à l'idée que Geneva découvre la vérité qu'à la perspective de se retrouver en prison. Geneva était comme sa famille ; et son travail dans le café, son seul gagne-pain.

Il passa donc très vite à l'action.

Il ramassa le madrier que Keith avait laissé dans l'herbe. Michael n'était pas tout à fait inconscient. Il avait apparemment entendu ses pas et essayait de se relever quand Isaac le frappa de toutes ses forces avec cette arme. Michael s'effondra comme une poupée de chiffons. Isaac le frappa de nouveau. Affolé par l'acte qu'il venait de commettre, il traîna l'homme de la route de terre au bord du bayou Attoyac, et le poussa à coups de pied dans sa dernière demeure. On penserait sûrement que Keith était le coupable. Mais lorsque Isaac s'éloigna sur la route de ferme il se rendit compte de son erreur, et du manque de discernement dont il avait fait preuve, comme souvent par le passé. Il savait que les gens le prenaient pour un demeuré, et murmuraient *Dieu le bénisse* dans son dos. Et il s'en voulut. Il avait oublié la voiture. Elle était restée sur la route de terre, le moteur tournant au ralenti, au milieu des arbres, les papillons de nuit dansant à la clarté des phares. Isaac n'avait d'autre choix que de la déplacer. Il la conduisit aussitôt chez Wally qui, après avoir compris l'enjeu qu'elle représentait, lui dit : « Je vais la changer de place. »

Ils avaient déjà vécu une pareille situation, liés par un mensonge inavouable.

Isaac avait une peur bleue de Wally, il avait honte de ce qu'il avait fait des années plus tôt, de sa terrible faiblesse. Mais il avait aussi besoin de son aide. Ensemble, Wally et lui pouvaient faire en sorte que Geneva ne découvre jamais la vérité. Sinon il serait perdu.

26

Ce soir-là, six ans plus tôt. Minuit passé, après la fermeture.

Isaac avait fini de balayer et grignotait une petite tranche de quatre-quarts trempée dans du Dr Pepper, comme il aimait. Joe avait posé un verre de whisky en équilibre sur le bord de la caisse enregistreuse tout en comptant la recette de la journée. Il était de bonne humeur. Un disque de Bobby Bland sur lequel il jouait passait dans le jukebox, et sous l'effet de l'alcool, les souvenirs de sa vie de bluesman, de la voie qu'il avait abandonnée par amour, le rendaient euphorique. Il racontait cette histoire au moins pour la cinquantième fois, décrivant l'instant où il avait posé les yeux sur Geneva et où la terre s'était inclinée, le précipitant vers elle comme une bille de flippeur. « Rien n'aurait pu se mettre en travers de notre amour. »

Ils entendirent tous les deux tinter la clochette de la porte.

« On est fermés », lança Joe avant même de regarder qui entrait.

Isaac se retourna et aperçut Wally le premier. Le regard vitreux, les gestes désordonnés, il avait l'air bizarre, et Isaac mit un moment à comprendre qu'il était soûl.

Wally s'installa au comptoir et posa un pistolet sur le Formica.

Joe vit l'arme, leva les yeux, et découvrit Wally.

Ils ne firent aucun mouvement brusque. Isaac se figea sur son tabouret, si proche de Wally qu'il sentait l'odeur d'alcool qui émanait de lui, et une puanteur âcre où se mêlaient la sueur et la rage. Il avait le cou et le visage enflammés.

« Quand est-ce que tu vas me vendre ce café, Joe ? dit Wally. Neva n'est pas là, peut-être que je peux te faire entendre raison. »

L'emploi de ce petit nom fit exploser Joe.

« Foutez le camp, dit-il.

– Bien sûr, je pourrais simplement le prendre », continua Wally avec un sourire de travers. Il portait une chemise fripée à col boutonné, la taille de son Wrangler surmontée d'une petite bedaine apparue depuis quelque temps. Wally était débraillé et presque puéril dans sa posture irascible. Oh, il ne lâcherait pas l'affaire, dit-il. « Je pourrais m'approprier ce qui me revient de droit. Le restaurant, le terrain, tout ça.

– Isaac, appelle le shérif », dit Joe.

Isaac commença à descendre de son tabouret, mais Wally plaqua sa paume sur le comptoir, près du pistolet : « Tu bouges pas de là, lui ordonna-t-il.

– Je veux pas d'histoires avec vous, dit Joe. Alors j'vais vous parler franchement. Cet endroit nous appartient, à Geneva et à moi. On l'a acheté en bonne et due forme à votre papa, et vous le savez très bien. On dirait que vous vous battez contre un homme qu'est plus là.

– Papa avait pas le droit. Cet endroit, cette terre, c'est mon héritage. Vous me le volez. Chaque dollar que ce café rapporte est à moi, autant que je sache. Et il est hors de question que mon frère à moitié-nègre mette ses pattes dessus un jour. »

Il l'avait dit à voix haute.

Il regarda Joe bien en face et lui dit que son fils n'était pas de lui.

Il y avait des choses qui ne se faisaient pas à Lark, Texas. Par exemple, on ne regardait pas de trop près les origines.

« Foutez-moi le camp d'ici, vous avez pas le droit de me parler comme ça, dit Joe.

– Hors de question, compris ? Tout ça, c'est à moi. Papa aurait dû me le donner, bordel. Tu m'entends ? Papa aurait dû me la donner, *elle.* »

Le dernier mot les prit de court tous les deux.

Isaac, qui avait travaillé très jeune chez les Jefferson, comme Geneva, se souvenait des matins où Wally, en adoration devant la jeune fille, la suivait du regard, les yeux brillants quand elle était dans la même pièce que lui ; mais tout avait changé lorsque son père avait construit le café pour elle.

« Vous avez dit quoi ? » demanda Joe.

Le visage de Wally se durcit, et il se mit à déblatérer sur Geneva, la frustration de toutes ces années se transformant en une rage pure, acrimonieuse. « Papa était un imbécile. Si elle n'avait pas ouvert les cuisses... »

Joe allongea le bras par-dessus le comptoir pour attraper le cou de Wally, mais l'autre fut plus rapide.

Il tenait son pistolet et le braqua sur la tête de Joe en terminant sa phrase : « Sans ça, zauriez rien eu du tout, bande de sales nègres. »

Joe leva les mains. « Isaac », dit-il, l'appelant à l'aide.

Isaac se leva et se dirigea vers le téléphone à pièces.

Il composait le numéro quand il entendit le coup de feu. Il fit volte-face et vit que Wally avait abattu Joe d'une balle dans la tête. Joe s'était recroquevillé derrière le comptoir et saignait sur le sol. Wally pointa son arme sur Isaac. Il le tint en respect pendant qu'ils mettaient au point le mensonge. Wally empocha l'argent de la caisse pour que l'histoire soit crédible. Il chargea Isaac d'appeler la police, puis attendit pour s'assurer qu'il avait bien retenu sa leçon, et partit dès que les sirènes retentirent sur la voie rapide, un quart d'heure plus tard. Lorsque les adjoints arrivèrent, Isaac raconta l'histoire des voleurs blancs, et la répéta encore à deux reprises : une fois au shérif, et ensuite à Geneva lorsqu'elle revint de

Dallas avec sa famille. À présent, Isaac, les lèvres mouillées par ses propres larmes, murmura tout bas : « Dites à Geneva que je regrette. »

Darren quitta le poste de police dans un état second, les lignes de la voie rapide se brouillant alors qu'il passait en revue toutes les pistes qu'il avait suivies sans voir ce qui se passait juste sous ses yeux : l'enchevêtrement des liens familiaux qui avaient tissé l'histoire du village et conduit au meurtre. Il s'efforça de répéter ce qu'il allait dire à Geneva quand il la verrait, mais quand il revint au café de Lark, les mots s'étaient envolés de la cabine de son pick-up, emportés par le vent d'octobre.

La clochette tinta quand il entra.

Randie, dans l'un des boxes, se leva aussitôt. Geneva, qui se tenait derrière le comptoir, se tourna pour dévisager Darren, éclairé par le halo du couchant qui se déversait par les fenêtres. Elle savait ce qui suivrait, et quand il demanda à lui parler en privé, elle indiqua Randie d'un signe de tête, et dit : « C'est aussi son histoire. »

Il emmena les deux femmes dans la caravane, les installa côte à côte sur le canapé du salon, et leur fit le compte rendu de toute l'histoire, du début à la fin, remontant au soir de printemps, six ans plus tôt, où Wally avait tué Joe Sweet, pour arriver enfin à la nuit où Isaac avait asséné le coup fatal à Michael Wright. Geneva pleurait. Darren n'avait jamais vu un spectacle aussi déchirant. Son masque tomba totalement, et elle s'effondra, se tordant de douleur à cause de la folie qui avait coûté la vie à son mari. Elle bascula tel un totem, et sa tête atterrit sur les genoux de Randie. La jeune femme sursauta, puis se détendit pendant que Geneva tremblait comme un oiseau blessé, animée par le besoin désespéré d'être dans les bras de quelqu'un. Elles étaient en sécurité à présent. Darren resta avec elles pendant des heures, montant la garde.

27

Il resta deux jours de plus afin de boucler l'affaire. Assez longtemps pour que Wally soit arrêté pour le meurtre au premier degré de Joe Sweet, l'un des nombreux chefs d'accusation retenus contre lui par le comté de Shelby. Les empreintes que Darren avait relevées le soir où il avait trouvé le renard ensanglanté dans la cabine de son pick-up appartenaient à Wallace Jefferson III. Personne ne pouvait le rendre responsable de la fusillade du Geneva's, mais Van Horn – qui avait lui-même beaucoup de comptes à rendre, étant donné que tous ces événements avaient eu lieu sous son nez – arrêta aussi Wally pour ça. Néanmoins, ce qui persuada les Rangers du Texas de rendre son poste à Darren fut l'ensemble des charges retenues contre Wally pour possession de drogue avec intention de la vendre, sur la base des preuves saisies lors d'une fouille du bar : un petit laboratoire de meth en activité dans les cuisines, avec des sachets de produit et un grand nombre de balances. Isaac avait sans doute été traduit en justice et se trouvait déjà dans une cellule de la prison du comté. Mais le nom de Wally allait s'ajouter à la liste des suspects de la force opérationnelle fédérale. Darren avait vu juste pour le trafic de drogue et les activités de la Fraternité Aryenne à Lark, mais il s'était trompé sur tout le reste. Certes, les meurtres de Michael et de Missy étaient des crimes raciaux, mais surtout à cause du rôle déterminant de la race à Lark, en termes d'amour et d'imprévu, et en raison des liens familiaux que cela créait. Il avait oublié que l'instinct le plus élémentaire de la nature humaine était l'amour, pas la haine, l'un et l'autre étant inextricablement liés. Isaac avait tué Michael pour garder l'affection de Geneva et sa place au coin de sa cheminée. Wally avait tué Joe parce qu'il était incapable d'accepter, ou de comprendre, ses sentiments pour Geneva, et ne supportait pas non plus l'idée qu'ils faisaient tous partie de la même tribu : Geneva, Lil' Joe, le petit Keith, et lui.

Ils formaient une grande famille.

C'était pareil pour Keith qui ne pouvait s'empêcher d'aimer un fils issu d'un père noir. Cette éternelle parenté lui inspirait de la honte, et il ne parviendrait jamais à en gommer la réalité, en dépit des tatouages de la Fraternité qu'il accumulerait une fois incarcéré dans le pénitencier de Huntsville pour le meurtre de Missy, et malgré tous ses efforts pour éloigner sa peau blanche du teint sombre de Geneva. Les vies de Wally et de Keith évoluaient autour des Noirs qu'ils prétendaient haïr mais ne laissaient pas en paix. C'était, comme le disait son oncle Clayton, une obsession qui les minait, les mettait en colère, et les emprisonnait dans leur propre cœur.

Le matin de l'enterrement de Missy Dale, sa mère l'appela deux fois. Darren ne décrocha pas, la laissant déposer un message sur le répondeur : *Il faut qu'on parle, fils.* Un terme qui n'était ni tendre, ni concret, mais dont l'angle particulier indiquait un désir manifeste de capter son attention et son affection. Quand il eut terminé de ranger son pick-up et fut prêt à quitter Lark, il eut l'horrible pressentiment que des problèmes l'attendaient chez lui.

Geneva lui avait demandé deux fois s'il avait faim et, sans qu'il eût rien répondu, lui avait préparé une assiette pour le voyage. C'était de sa part le témoignage de gratitude le plus explicite qu'elle pût lui rendre. Avec son étreinte, à peine trop longue. En cette sombre journée elle était d'humeur joyeuse parce que Laura lui avait amené le bébé.

«Je ne pense pas qu'il comprenne ce qui se passe aujourd'hui, dit Mme Jefferson en tendant l'enfant à sa grand-mère. La famille de Missy me l'a confié, et à mon avis, sa présence n'est pas vraiment nécessaire là-bas.» Elle était vêtue d'une robe noire garnie d'un col à volants qu'elle tripotait. «Vous pourriez le garder?»

Geneva tenait le petit sur sa hanche, ses jambes potelées se balançant autour de sa taille pendant qu'elle faisait ses adieux à Darren et à Randie, debout sur le seuil de son café. En reculant pour sortir du parking, il observa Geneva dans son rétroviseur et sa gorge se noua car elle lui fit penser à sa mère – avec une certaine nostalgie – d'une façon qui, savait-il, ne lui causerait que de la souffrance. Il avait demandé à la compagnie de location d'envoyer chercher la voiture de Randie afin de la raccompagner lui-même à Dallas. Il voulait prendre son temps pour lui dire au revoir, ainsi qu'à Michael – et présenter ses modestes respects à un homme dont la femme lui inspirait aujourd'hui de tendres sentiments, un homme auquel il avait essayé de rendre justice, et dont la mort lui rappelait le sens du serment qu'il avait prêté en sa qualité de Ranger. Pendant le trajet, ils parlèrent de ce qui attendait Randie. Elle voulait arrêter de travailler quelque temps, se poser quelque part, peut-être. Il y avait une ville proche de Vancouver dont elle était tombée amoureuse quelques années plus tôt. Ce serait peut-être pour elle l'occasion de repartir de zéro. Elle n'était pas sûre de rester à Chicago, ni d'avoir envie de vivre dans ce pays une fois que tout serait terminé et que Michael reposerait en paix – autant de démarches qu'elle devrait assumer seule. « Vous allez l'enterrer là-bas ? demanda Darren. À Chicago ?

– Bien sûr. »

Il posa les yeux sur le paysage du Texas, les collines basses et les pins.

Ils étaient à une soixantaine de kilomètres de Tyler.

Randie se tut. « Réfléchissez-y », dit-il.

Ils entrèrent dans Dallas en silence, et lorsqu'il se gara dans le parking du bureau du médecin légiste, elle tendit le bras au-dessus du siège en cuir pour lui prendre la main. « Je me suis trompée, dit-elle, sur beaucoup de choses. » Darren portait son insigne, et c'était important. Ce furent les derniers mots qu'elle lui adressa alors qu'ils attendaient dans le couloir devant la porte de la salle où se trouvait le corps de son mari, juste après qu'elle lui eut dit *merci*.

Camilla

Il quittait à peine l'Interstate-45 après Huntsville, tournant sur les petites routes d'État qui traversaient le comté de San Jacinto pour rentrer chez lui, quand il apprit que le grand jury était revenu sans « acte d'accusation » contre Rutherford McMillan. C'était officiel : Mack ne serait pas inculpé pour le meurtre de Ronnie Malvo. Darren se demanda si Wilson avait été prévenu que le procureur refusait d'engager des poursuites et si c'était la vraie raison pour laquelle il retrouvait son poste, et non l'arrestation pour trafic de drogue à Lark. Au fond, c'était sans importance. Mack avait la vie sauve, c'était le principal. Il se sentit soulagé comme si on l'avait délivré d'une bête de cent kilos le serrant à la gorge. Clayton était aux anges, l'appelant d'Austin pour dire qu'il voulait organiser le soir même un dîner dans la maison de Camilla pour célébrer l'événement avec Mack et sa petite-fille Breanna. Il pria Darren de prendre sept livres de poitrine de bœuf et deux poulets chez Brookshire Brothers. Darren promit de nettoyer le fumoir et de s'assurer qu'ils aient assez de noyer pour entretenir un feu pendant plusieurs heures. Clayton dit qu'il irait chercher Naomi après son dernier cours, et qu'ils rentreraient d'Austin ensemble.

« J'ai invité Lisa.

– Oh », fit Darren, sentant un étrange flottement dans sa cage thoracique. En réalité, il était excité par la perspective de revoir sa femme, de la toucher à nouveau. Mais il n'était pas impatient de lui dire qu'il ne retournerait pas sur les bancs de la faculté de droit. Il ne l'avait pas non plus annoncé à son oncle, mais ce soir ils le sauraient tous.

Il gardait son insigne.

Il entrait dans le parking du supermarché de Coldspring lorsqu'il rappela enfin sa mère. Il voulait savoir dans quel état se trouvait la maison après la fouille des adjoints du comté, dont il ne souhaitait toujours pas informer son oncle. Il ne disposait que de quelques heures pour tout préparer avant le dîner. Bell répondit dès la seconde sonnerie, réclamant avant tout les trois cents dollars promis par Darren.

« Ils ont cassé quelque chose ?

– Pas vu de verre cassé ni rien d'autre », répondit-elle.

Elle faisait rouler un bonbon dur dans sa bouche, et Darren l'entendit cliqueter contre ses dents jusqu'au moment où elle le suça bruyamment avant de le retirer avec ses doigts. « C'est quoi toute cette histoire au tribunal avec Mack ? On raconte qu'il a tué quelqu'un, tu sais. »

Darren trouva une place près de l'entrée, regardant un gamin qui se balançait sur un cheval électrique, sa mère attendant près de lui avec un autre quarter à la main. Il était agacé par les commérages de sa mère, par les demi-vérités et les histoires décousues qu'il entendait depuis des années. Elle avait essayé une fois de le convaincre qu'un juge du comté louait une fois par semaine l'une des maisons dont elle faisait le ménage pour un rendez-vous galant avec une femme qui n'était pas la sienne – en réalité cet homme s'appelait Judge et peu importe qui était la dame en question, car cela ne regardait pas Bell Callis de toute manière. « Ce n'est pas ce qui s'est passé, répliqua-t-il.

– T'en es pas sûr.

– Je dois y aller, Mama. On a des gens à dîner ce soir.

– Ah, très bien. Ça marche fort pour toi à présent. »

Darren crut l'entendre marmonner *nous verrons* avant de raccrocher.

Dans le magasin, il parcourut les étroites allées de l'épicerie, manœuvrant son chariot de façon à ne pas coincer les roues dans l'une des nombreuses fissures des plaques du lino. Il les connaissait toutes, il faisait ses courses chez Brookshire Brothers depuis des années, chaque fois qu'il rentrait chez lui. Il jeta des poivrons et des oignons dans le chariot, du maïs à griller, et des sachets de salade, parce que les choux mettraient trop de temps à cuire. Une vague sensation de terreur pesait sur sa poitrine. Il s'attarda dans l'allée des alcools mais décida en fin de compte de ne rien acheter. Il se souvint que Lisa serait là.

Mack arriva le premier, suivi de sa petite-fille, avec une grosse bouteille de bourbon du Texas, sa manière de remercier Darren. Il n'en fallait pas plus. Darren avait déjà bu deux verres quand son oncle arriva avec Naomi. « Pop », s'exclama-t-il avec un sourire. Clayton, qui ne rechignait jamais à boire un bourbon, le rattrapa en moins d'une heure, et la soirée leur parut aussi douce et chaleureuse que le couchant illuminant la véranda de derrière. Clayton ouvrit les deux portes principales de la maison, pour que l'agréable fumée du bois de noyer les enveloppe alors qu'ils s'installaient dans le salon – Mack en Wrangler sur le canapé, étendant ses longues jambes sous la table basse, les talons de ses bottes posés sur le tapis indien qui, d'après les souvenirs de Darren, n'avait jamais changé de place. Les murs étaient blanchis à la chaux et couverts de photographies encadrées du clan Mathews. Clayton, William et le petit Duke, leur jeune frère, les grands-parents et les arrière-grands-parents des générations précédentes, que Darren se sentait incapable de nommer. Le mariage de Naomi avec son oncle William était également exposé ici. À dix-neuf ans, elle avait été une mariée superbe, les cheveux coiffés en chignon, sa peau caramel irradiant de bonheur. Darren prenait soin de laisser cette photo bien en vue. Cela ne semblait pas déranger le nouveau couple le moins du monde. Clayton avait obtenu ce qu'il désirait depuis toujours et ne reprochait pas à son neveu de tenir à ce souvenir d'un événement aussi ancien. « Parlons de tes études, fils.

– Je préfère pas, Pop.

– Nous avions un accord, Darren. »

Il ne répondit pas car il entendit les pas de sa femme.

La façon particulière dont ses hauts talons martelaient les lattes en bois de la véranda l'excitait et le terrifiait à la fois. Elle s'arrêta sur le seuil de la porte d'entrée ouverte de la maison, et il se leva pour l'accueillir. Sans en être priés, Clayton, Naomi – sa longue robe d'été couleur de corail glissant sur le sol –, Mack et Breanna se dirigèrent vers la véranda de derrière, laissant Darren seul avec son épouse.

Elle arrivait du bureau, les cheveux tirés, la taille sanglée dans une veste de tailleur gris pâle, et, muet d'émerveillement, il la regarda retirer son armure, déboutonner la veste et libérer son poignet d'un lourd bracelet-manchette. Elle le serra contre elle et l'embrassa, les lèvres douces et charnues, son souffle le ramenant à la vie. Il faillit l'entraîner dans l'une des trois chambres de la maison pour rattraper des semaines d'amour avec elle, emportés par le tourbillon d'étreintes et de baisers qui leur avait manqué tout ce temps, quand elle s'écarta, ses yeux marron scrutant les siens, et dit : « Tu restes, c'est ça ?

– J'espérais rentrer à la maison, dit-il.

– Je voulais dire, tu restes chez les Rangers. »

Elle l'avait compris dès l'instant où elle l'avait regardé.

« Oui. »

Elle eut un soupir résigné et répondit : « OK. »

Ses mots, son baiser l'avaient rendu hardi. « C'est-à-dire que j'irai là où on m'enverra, dit-il.

– OK.

– OK, je peux rentrer à la maison ? »

Elle s'interrompit un long moment. « Ça ne me plaît pas que tu boives », dit-elle.

C'est à cause de toi, aurait-il voulu lui répondre.

C'est ce que l'abandon fait à un homme.

Bon sang, il était tellement en colère. Il ne s'en était pas rendu compte avant de se trouver en face d'elle, avant de voir son visage. Elle était si foutrement belle, équilibrée et intelligente, elle contrôlait si totalement leurs vies qu'il en éprouvait un ressentiment dont il n'avait peut-être pas eu conscience pendant toutes ces années. Quand il repensa à cette soirée plus tard, et seulement alors, il se rappela qu'il n'avait jamais dit qu'il rentrerait à Houston avec elle.

Ils s'assirent côte à côte à la table du dîner, Lisa gardant une main posée sur la cuisse de Darren durant la moitié du repas. Mack parla de son projet de monter un petit commerce, il sentait qu'on lui avait offert un nouveau départ dans la vie. Il s'occupait de l'entretien de la propriété des Mathews et de quelques autres dans le comté, mais il voulait créer une entreprise plus lucrative de gestion de terrains boisés pour des propriétaires privés ou pour des sociétés. Avant que le dessert soit servi, Clayton promit de lui écrire une lettre de recommandation.

Après le dîner, Naomi apporta un gâteau au citron, se léchant les doigts alors qu'elle déposait six tranches sur des assiettes en porcelaine bleu et blanc, de fines rides se plissant en étoile autour de ses yeux lorsque Clayton la félicita pour la beauté et le goût succulent de la pâtisserie.

Darren se versait son quatrième verre quand il entendit la voix de sa mère.

« Darren. »

Sa main se figea.

Bell Callis se tenait sur le seuil, une expression de défi sur le visage lorsqu'elle croisa le regard de l'oncle Clayton, son ennemi juré. Darren fut saisi de panique. Il savait que sa mère prendrait un malin plaisir à mentionner, si l'occasion s'en présentait, la fouille de la maison Mathews par la police, une situation que la famille Callis avait endurée pendant des années. *Les frères de ta mère, y valent rien !* disait Clayton. À l'entendre, ces hommes passaient tellement de temps dans la prison du comté que chacun d'eux avait sa cellule préférée et sa couverture à y laisser pour le séjour d'après. Ils formaient un clan de charognards du bayou pour lesquels travailler dur était un pis-aller. Bell en voulait à Clayton parce que Duke Mathews ne l'avait jamais épousée. *Il faudra me passer sur le corps,* avait-il répété plus d'une fois quand son frère était encore en vie.

Darren craignait qu'elle ne se mît à parler à tort et à travers.

Il se leva aussitôt de table, empêchant Bell de s'avancer sur le seuil. Clayton ne voulait pas d'elle dans la maison et le dit à son neveu, chuchotant : « Ne la laisse pas s'approcher de l'argenterie », alors qu'ils ne possédaient que deux objets en argent, une théière et une grande cuillère, ternies toutes les deux. Bell ne souhaitait pas s'attarder non plus. En réalité, elle refusa de parler à Darren à l'intérieur et le pria de sortir avec elle dans la véranda de devant.

Lisa lui prit la main avec sollicitude. « Darren ?

– Tout va bien », lui répondit-il.

Mais en refermant la porte derrière eux il éprouva un vague malaise, comme si le sol risquait de se dresser d'une minute à l'autre pour lui frapper le visage.

Les étoiles étaient apparues, minuscules points de lumière dans le ciel bleu-noir.

Une longue allée de terre menait à la maison.

Darren ne voyait pas au-delà du second véhicule garé, la clarté de la véranda n'étant pas assez puissante pour lui indiquer d'où sa mère était venue, si elle avait pris sa voiture ou été déposée par quelqu'un. Ses ballerines noires étaient couvertes de poussière rouge.

« Il faut qu'on parle, Darren.

– Je n'ai pas trois cents dollars en liquide sur moi, dit-il. Demain je passerai à la banque en ville, et ensuite je ferai un saut à la caravane, OK ? »

Elle l'interrompit pour dire : « Je l'ai trouvé, Darren.

– Comment ?

– Le petit .38. Tu voulais pas que la police le découvre. »

Le pistolet de Mack.

Celui que cherchaient les flics.

« Pour quelle autre raison l'aurais-tu enfoui dans la terre ?

– Mama, écoute, je n'ai pas…

– Clayton aime souligner que j'ai jamais été la bienvenue dans cette maison, mais Duke et moi on traînait ici tout le temps quand ses frères étaient pas là. Je connais encore très bien cet endroit », dit-elle. Dans la nuit, ses yeux étaient noirs comme du charbon, et ses rides soulignées par des ombres. Cela lui donnait un visage de sorcière, et Darren eut du mal à respirer, gagné par l'anxiété face à cette femme qui était une étrangère pour lui. Il ne la connaissait pas assez bien pour savoir ce qu'elle était capable de faire dans cette situation, ni quels ennuis l'attendaient. « Après avoir fait le ménage et porté les ordures jusqu'à la poubelle », dit-elle en indiquant l'endroit où elles étaient rangées à présent, le long de la maison, « j'ai regardé cet arbre juste là et j'ai su qu'il n'y était pas avant. » Elle lui montra un chêne à gros fruits qui avait en effet été récemment planté.

Darren l'avait remarqué environ une semaine après l'assassinat de Ronnie Malvo.

Il ne lui était jamais venu à l'esprit que Bell s'en apercevrait elle aussi, sinon il ne lui aurait jamais permis de s'approcher de l'ancienne ferme.

Bell, qui avait eu vent des recherches menées par le département du shérif et des soupçons pesant sur Mack, avait creusé la terre meuble autour de l'arbre planté depuis peu, et trouvé le .38 au nez retroussé quelques heures à peine après le départ des adjoints du shérif. Elle ne savait pas à qui il appartenait, mais elle comprenait qu'il était précieux et qu'entre ses mains il avait sur son fils un pouvoir dont elle avait grand besoin. Désormais, elle pourrait l'obliger à faire ses quatre volontés. Et même le forcer à l'aimer, ou peut-être à l'inviter à vivre avec lui, et à prendre soin d'elle plus tard.

Elle ne dit rien de la sorte. Pas encore.

Mais Darren la voyait venir.

Elle soutint son regard dans la nuit, le clouant sur place. « Qu'est-ce que tu as fait ? »

Rien.

Il n'avait rien fait.

Il savait que Ronnie Malvo avait été tué avec un .38, mais il n'avait pas demandé à Mack où était son arme. Il avait remarqué le nouveau chêne dans sa propriété, mais n'avait pas interrogé Mack afin de savoir quand et pourquoi il l'avait planté. Il n'avait rien fait parce que Malvo était un sale type, un cancer, un bloc de haine, qui propagerait une destruction incommensurable si on ne l'enrayait pas. Il n'avait rien fait et en réalité, il se fichait éperdument que ce type soit mort. Il n'avait rien fait parce que Mack était un homme bon qui n'avait jamais eu de problème avec le shérif du comté, jamais commis le moindre mal durant près de soixante-dix ans. Darren aurait pris connaissance de tous les éléments s'il s'était donné la peine de regarder autour de lui. Mais il s'en était abstenu. Il n'avait posé aucune question à Mack, se comportant comme un avocat de la défense alors qu'il avait prêté serment pour être flic. Quelquefois il ne savait plus très bien de quel côté de la loi il se situait, il ne se rappelait pas toujours quand un homme noir pouvait respecter la loi sans courir de danger.

Il n'avait rien fait.

Cela le rendait-il meilleur que Mack, et Mack meilleur que les assassins de Lark ? Non, ça ne pouvait pas être vrai. Mais Darren n'était plus sûr de rien, sa lucidité vertueuse se brouillant dans son cerveau imbibé de bourbon. Il regarda sa mère dans la véranda obscure. Un essaim de moustiques tournoyait autour de sa tête, mais elle se tenait tout à fait immobile, un léger sourire narquois sur les lèvres. Il vit que ses mains sèches et calleuses agrippaient une pochette pailletée. Elle s'était habillée pour l'occasion, songea-t-il. Il se laissa tomber sur une chaise de jardin en métal lorsqu'il comprit qu'elle avait ramassé le pistolet trouvé au pied de l'arbre. Il était maintenant dans son sac, et elle tenait dans ses mains toute sa carrière de Ranger du Texas.

Remerciements

Je souhaite remercier Reagan Arthur, Joshua Kendall, Sabrina Callahan, et ma nouvelle famille de Mulholland et Little, Brown pour l'attention et l'enthousiasme avec lesquels ils ont accueilli mon livre.

Comme toujours, je suis reconnaissante à Richard Abate, mon agent et ami, dont le soutien m'est précieux.

Merci au lieutenant Kip Westmoreland des Rangers du Texas, qui n'est pas responsable des libertés que j'ai prises ni des faits que j'ai modifiés dans l'intérêt de l'histoire. Il a eu l'amabilité de m'accorder un peu de son temps.

Merci à mes parents, Sherra Aguirrev et Gene Locke, de m'avoir insufflé l'amour du Texas de l'Est.

Merci également au Dr Cheryl Arutt pour chaque séance du jeudi pendant ce voyage.

Et enfin, ce livre n'existerait pas sans l'amour et la compréhension de ma famille et surtout de ma fille Clara, qui a regretté l'absence de sa mère pendant plus d'un match de foot alors que j'étais occupée à écrire, et de mon mari, Karl, qui a souvent accompli la tâche de deux parents. Vous êtes tous les deux des prières exaucées, des rêves à venir, et un cadeau du ciel.

CET OUVRAGE A ÉTÉ ACHEVÉ D'IMPRIMER
SUR ROTO-PAGE
PAR L'IMPRIMERIE FLOCH À MAYENNE
EN DÉCEMBRE 2020

N° d'édition : 558. N° d'impression : 97346
Dépôt légal : janvier 2021
Imprimé en France